Tea Mollink
2014 Deventer

De Nederlandse maagd

naar duitsland

blz 123   De Ned
maagd

blz 135 : Verwijzing naar Gustav Meyrink
'Het Groene gezicht'

(

AKO Lit prijs
2014 (Marente de Moor
Coming of age onder Nationaal Soci-
alisme
Slaviste = Rusland Correspondent

Egon von Bötticher getraumatiseerd uit de oorlog
Het schermen dient om ook
de volgende oorlog onder
controle te krijgen

blz 138: Marente de M bedenkt
de schd scènes met Egon v.
Bötticher zelf.

Ander werk van Marente de Moor

Petersburgse vertellingen (1999)
De overtreder (roman, 2007)

Marente de Moor

De Nederlandse maagd

Amsterdam · Antwerpen
Em. Querido's Uitgeverij BV
2012

Bekroond met de AKO Literatuurprijs 2011

Voor het schrijven van deze roman
ontving de auteur een werkbeurs van
het Nederlands Letterenfonds.

Eerste, tweede en derde (e-book) druk, 2010;
vierde, vijfde, zesde, zevende, achtste, negende,
tiende, elfde, twaalfde, dertiende, veertiende
druk, 2011; vijftiende druk, 2012

Omslag Brigitte Slangen
Omslagbeeld Clayton Bastiani/Trevillion Images
Binnenwerk Hannie Pijnappels
Foto auteur Allard de Witte

ISBN 978 90 214 4029 3 / NUR 301
www.querido.nl

A braggart, a rogue, a villain, that fights by the book of arithmetic!
Why the devil came you between us? I was hurt under your arm.

Shakespeare, *Romeo and Juliet*

Deel I

Maastricht, 10 september 1936

Beste Egon,

*Deze brief behoeft geen postzegel en zal zeker niet ongelezen blijven,
want ik geef hem mee aan mijn dochter, die erop zal toezien dat je
hem opent. Een persoonlijk antwoord verwacht ik allang niet meer,
maar mijn hart juicht bij de gedachte dat jij het meest dierbare in
mijn leven leert kennen. Janna, geboren in een tijd die jij mislukt
noemde. Ook weet ik dat je erom zult lachen, met het cynische gegrinnik van iemand die is vergeten waarvoor de lach bedoeld is. Dat
juist mijn dochter bevangen moest worden door die krankzinnige
hartstocht die jij levenskunst noemt, 'de levenskunst van het doden',
hoe verzin je het. Ze heeft me van slag gebracht. Zal het dan toch
waar zijn dat aarde waarop een oorlog heeft gewoed, slechts strijd kan
voortbrengen? Janna is, dat onthul ik je met enige schroom, verwekt
op de plaats van het slagveld. Heb ik daarmee grafschennis gepleegd?
Dat was niet mijn opzet. Het land lag er toen al vreedzaam bij. Er was*

9

*niets meer van te zien, wonden waren geheeld, het gras was mooi toe-
gegroeid. Zacht was het en fris rook het. De geur van het onverstoorbare leven.*

*Het was niet zo warm als toen. Toen begreep niemand waar de
hitte opeens vandaan kwam; van de brandende zon of de aarde, die
vers bloed uitwasemde. Misschien was het niet eens dezelfde plek,
maar beslist een plek die zich leende om nieuw leven te brengen in
een warmbloedige vrouw, die later, toen het stof was neergedaald, voorgoed een doodse kilte bewaarde.*

*Natuurlijk, ik was daar met een ander doel, dat ben ik niet verge-
ten. Geloof me, ik heb heus gezocht. Ik heb boeren, hoefsmeden, koet-
siers aan de tand gevoeld. Niemand kon mij iets vertellen. Ik heb je
alles uitgelegd, maar jij vond dat geen antwoord waard. Ik heb mijn
best gedaan. Ik heb je paard niet gevonden.*

*Nu deelt mijn dochter jouw hartstocht voor het vechten. Ik heb
haar ervan proberen te weerhouden. Wat denk jij, geen schijn van
kans. Het is zo'n meisje zoals je ze tegenwoordig wel vaker ziet, dat er
niet op zit te wachten een vrouw te worden. Mijn eigenwijze schat.
Begrijp je dat ik het goed met je maak? Vóór alles bied ik jou, de
maître, wellicht de beste leerling die je ooit zult hebben. Janna is werkelijk goed! En daarna bied ik jou, mijn vriend, mijn twijfel, die ik je
heb onthouden toen je het zo nodig had. Veel mannen sterken zich met
de twijfel van andere mannen. Misschien is schermen inderdaad die
onmisbare levenskunst waar ik niets van begrijp. Ik ben inmiddels
wijs genoeg om toe te geven dat ik niets met zekerheid kan weten.*

*Dat is nog niet alles. Het zal je misschien tevreden stemmen, als
je bent bekomen van je leedvermaak, dat ik me in de schermkunst
heb verdiept. Nee, ik heb nooit een wapen vastgehouden, een arts hoeft
niet ziek te zijn om een diagnose te stellen. Voordat ik op deze gravure
stuitte, was ik geenszins van plan om Janna naar jou toe te sturen.
Maar het kan verkeren. Kijk er eens goed naar, alsjeblieft. Hij komt uit
een zeldzame uitgave van de Nederduitse rijmen van Bredero.*

'O nieuwe Wapenaar! die soo wel als verweent / De wyse Kunst met kracht versamelt en vereent.'

De plaat is niet enkel een curiositeit. Dit is vergeten kennis die levens kan redden. Als je wil, is hier meer over te vinden. Natuurlijk de methode zelf, prachtig geïllustreerd. Gehandschoend heb ik in een verlaten bibliotheek te Amsterdam zitten bladeren, aantekeningen gemaakt. Het is een wonderbaarlijk boek. Dit is schermwetenschap. Ze noemen het een geheim, verborgen kennis der onaantastbaarheid, maar laat die mysteries voor wat ze zijn, je weet hoe ik daarover denk. Het is gewoon de wetenschap van het niet geraakt worden – allicht geen eenvoudige materie, maar te bestuderen. Doe dat, Egon. Behoed jezelf, je land, voor mijn part de hele wereld voor nog meer ellende. Mijn dochter is even oud als de vrede. Even oud als jij, toen je besloot je aan te melden bij het leger. Ik hoop, nee ik geloof stellig dat

I

Je zou kunnen zeggen dat Von Bötticher verminkt was, maar na een week merkte ik zijn litteken al niet meer op. Zo snel went een mens aan uiterlijke afwijkingen. Zelfs gruwelijk mismaakten kunnen gelukkig zijn in de liefde, als ze iemand vinden die op het eerste gezicht niets om symmetrie geeft. De meeste mensen hebben echter de hebbelijkheid om, in weerwil van de natuur, de dingen te delen in twee helften die elkaars spiegelbeeld moeten zijn.

Egon von Bötticher was mooi, zijn litteken was lelijk. Een slordige wond, toegebracht met een bot wapen in een onvaste hand. Omdat mij niets was verteld, leerde hij mij kennen als een geschrokken meisje. Ik was achttien en veel te warm aangekleed toen ik uit de trein stapte na mijn eerste buitenlandse reis. Maastricht-Aken, een ritje van niks. Mijn vader had me uitgezwaaid. Ik zie hem nog staan voor het wagonraam, verrassend klein en mager, terwijl achter zijn rug de stoomzuilen oprijzen. Hij maakte een gek sprongetje toen de wagenmeester met twee hamerslagen vroeg de remmen te lossen. Naast ons trokken de rode wagens uit de mijnen voorbij, daarachter een rij loeiende veewagons, en in dat kabaal werd mijn vader steeds kleiner, tot hij in de bocht verdween. Geen vragen stellen, gewoon vertrekken. In zijn monoloog, een avond na het eten, was niet eens ruimte geweest om te ademen. Het ging om een oude vriend, eens een goede vriend, nog steeds een goede maître. Bon, verder, we moesten eerlijk zijn, we wisten dat ik deze kans moest aangrijpen om iets te bereiken in de sport, of wilde ik soms in de huishouding gaan werken, nou dan, zie het als een vakantie, een paar weekjes schermen in het mooie Rijnland.

Tussen die twee stations lag veertig kilometer, tussen de twee oude vrienden twintig jaar. Op het perron van Aken stond Von Bötticher de andere kant op te kijken. Hij wist dat ik wel naar hem toe zou komen, zo'n man was het. En ik begreep inderdaad dat hij die zongebruinde reus met de roomwitte Homburg moest zijn. Bij de hoed droeg hij geen pak, alleen een kamgaren poloshirt en een soort zeemansbroek, zo eentje met een brede band in de taille. Heel modieus. En daar kwam ik, de dochter, in een opgelapte overgooier. Toen hij zijn gescheurde wang naar mij toe draaide, stapte ik terug. Het wilde vlees was met de jaren verbleekt, maar nog steeds roze. Ik denk dat mijn schrik hem verveelde, hij zag die blik natuurlijk wel vaker. Zijn ogen weken uit naar mijn borst. Ik pakte mijn medaillon om te verbergen wat in zo'n jurk toch nauwelijks te zien is.

'Dat is het?'

Hij bedoelde de bagage. Hij kneedde mijn schermtas, voelde hoeveel wapens erin zaten. Mijn koffer moest ik zelf dragen. Heel snel vervaagde het zoete beeld dat ik van mijn maître had voordat ik hem ontmoette.

Dat beeld was ontstaan uit een wazig kiekje uit ons familiealbum. Twee mannen, de ene ernstig, de andere bewogen. Eronder een datum: januari 1915.

'Dat ben ik,' had mijn vader gezegd, wijzend op de ernstige

man. En van de andere, van wie alleen te zien was dat hij een losgeknoopte kapotjas en een bontmuts droeg: 'Dat is je maître.'

Mijn vriendinnen vonden de foto reuze. Het onscherpe gezicht liet zich wel invullen. Hij was fors en galant, dat telde, en hij had een landgoed waar ik kon gaan lanterfanten, zoiets moest toch aflopen als in een film. Ik zag alleen een afgesloofde man zonder wapen. Boven mijn bed hing niet Gary Cooper of Clark Gable, maar de gebroeders Nadi. Een unieke foto, die ik nergens heb kunnen terugvinden: Aldo en Nedo, olympische helden, beiden rechtshandig, saluerend voor een partij. Schermers worden niet vaak in deze pose gefotografeerd. Hier staan ze nog in dezelfde houding tegenover elkaar, tussen hun kaarsrechte lichamen ligt precies vier meter, beiden houden de kling voor het ongemaskerde gezicht. Op de foto lijkt het alsof ze elkaar langs het staal van hun wapen de maat nemen, maar bij wedstrijden duurt zo'n groetritueel nooit lang. Niet zo lang als vroeger, toen dualisten voor de laatste maal het leven in de ogen van de ander bekeken.

Herr Egon von Bötticher kreeg zijn gezicht door *Oorlog en vrede*, waar ik hem als boekenlegger in had gestoken. Als ik het opensloeg, ontweek hij mij zoals hij voor de lens had bewogen. Las ik door, dan kreeg hij vorm. In de mist van de onscherpe vereeuwiging was hij zijn trots verloren. Eigenlijk droeg hij geen bontmuts, maar een steek, gouden epauletten op zijn schouders, links van zijn schoot een sabel in een rode schede. Dat wist ik zeker. In de trein probeerde ik snel door te lezen, maar ik werd afgeleid door een loerende passagier. Steeds als ik opkeek, keek hij weg. Ik las een paar zinnen, voelde dan weer zijn verhitte blik dwars door het ruitje van de coupé over mijn lichaam gaan, en begon nog sneller te lezen. Hele passages sloeg ik over om te komen waar ik wilde zijn: de kus van Bolkonski en Natasja. Die bereikte ik precies op tijd, toen we de tunnel binnen reden. De passagier was verdwenen. De foto stopte ik weg. Ik had geen gezicht nodig, mijn Bolkonski zou ik herkennen uit duizenden. Op die nazomerdag in 1936 was hij de statigste van alle mannen op station Aken. Dichterbij gekomen bleek hij een verminkte vlerk, die me mijn koffer zelf in de auto liet tillen.

'Uw vader heeft verteld wat de bedoeling is?' vroeg hij.

'Ja meneer.'

Niet, dus. Geen idee waar hij het over had. Beter leren schermen, dat was mijn bedoeling, maar mijn vader kende de maître uit een verleden dat niet lang meer duister zou blijven. Duitser, adel, landgoed Raeren. Mijn moeder begon hoofdschuddend te snikken toen ze het hoorde. Een andere reactie hadden we niet verwacht. De pastoor had haar gewaarschuwd voor de nazi's, die zouden katholieken slecht behandelen. Mijn vader zei dat ze zich niet zo op stang moest laten jagen. Eerlijk gezegd, ik heb er niet op gelet. Nazi's zeiden me niets. Von Bötticher daarentegen was onvermijdelijk. Hij reed me de stad uit zonder te remmen, langs onverharde haarspeldbochten; als hij schakelde, stootte zijn hand ruw tegen mijn been terwijl zijn knie, rechts van het stuur, tegen de mijne had geleund als ik niet schuin in de cabriolet was gaan zitten. Hij kleedde zich niet naar zijn leeftijd. Hij droeg sandalen die met een koordje om zijn enkels waren geknoopt. Mijn vader zou gezegd hebben: een *pigeon*.

'We zijn er,' was de derde zin die hij tot me richtte, na een tocht van zeker een uur. Voor de poort remde hij zo abrupt dat ik van de zitting schoot. Hij smeet het portier achter zich dicht, beende naar de hekken, duwde ze grommend open, sprong terug in de auto, scheurde de oprijlaan op en stapte weer uit om de poort te sluiten. De geluiden van die handelingen maakten duidelijk dat ik voorlopig niet meer buiten zou komen. Tussen de uitgebloeide kastanjes naast de oprijlaan zag ik eerst de oude dakruiter, die gebruikt werd als duiventil. Het zou een week duren voordat ik door het getrippel en gekoer heen zou slapen. Daarna zou ik wakker liggen van een veel grotere onrust.

Zet een spiegel tegenover een andere en ze tonen zichzelf in elkaar. Steeds kleiner en vager, maar de ene zal voor de andere niet verdwijnen. Zo is dat ook met sommige herinneringen. Ze ontkomen niet aan die eerste indruk, waarin een oudere herinnering is besloten. Vóór de jaarwisseling had ik in de bioscoop *The Old Dark House* gezien, met in de hoofdrol Boris Karloff, bekend van Frankenstein. Ik herkende het Raeren uit die film, althans, vond het er toen op lijken. Ik wist toen al dat ik in mijn herinnering altijd het huis uit de film zou blijven zien, dat de ramen altijd open zouden staan, met wapperende gordijnen, dat de spiegels gebroken zouden blijven en de wingerd rond de voordeur morsdood.

2

De voordeur leek op het deksel van een doodskist. Ik overdreef natuurlijk, maar toen Von Bötticher mij voor de dichte deur liet staan omdat hij iets in de auto was vergeten, straalde vooral eenzaamheid van het huis op mij af, en andersom. In de paar minuten die verstreken, staarde ik naar de zwarte lak, de doffe klopper en de zilveren nagels, toen ging de deur open en verscheen er ook nog eens een lijkwit mannetje op de drempel. Hij zei niets. Hij zag eruit als op een daguerreotype, uit een tijd waarin mensen nog ontzag hadden voor hun plotselinge bestendiging: wit weggetrokken, aan de grond genageld, blik op oneindig.

'Heinz, waar was je,' riep Von Bötticher uit de verte. 'De poort moet geolied. Nog even en ik krijg hem nooit meer dicht. Waar is Leni?'

Het mannetje zette zich schrap, nam me de koffer uit handen en schraapte zijn keel. 'Op bed. Maakt u zich geen zorgen, ze heeft beloofd vóór de lunch weer op de been te zijn.'

'Dit is Janna, de nieuwe leerling. Je herinnert je het verhaal?'

'Ik kan thee maken,' zei Heinz, maar hij keek me niet aan.

'Breng het meisje naar boven. Ik wil vandaag eens niet gestoord worden.' En plotseling, met een glimlach: 'Behalve door jullie!'

Hij bedoelde de sint-bernard en een kleinere hond, die in de hal hadden staan wachten. Op zijn verheugde gebaren begonnen ze cirkels te draaien met hun achterwerk. Dat was tenminste iets. Hoewel we thuis geen honden hadden, maakten ze toch een vertrouwde indruk. Woordeloos, kunnen dieren eenvoudigweg niet vreemd zijn. De grote liet zich even aaien, maar rende toen de tuin in, waar hij met beide voorpoten tegelijk op de grond begon te slaan om zijn baasje uit te dagen tot een spelletje. Ik bleef achter met Heinz. Hij moest iets kwijt: 'Wij hebben hier nog geen telefoon.' Hij wees met een priemende vinger naar buiten. 'De draden lopen via de hoofdweg naar het noorden en doen deze kant niet aan. In het dorp staat al op elke hoek van de straat een mast, maar de baas geeft er niet om. Er komen hier niet veel mensen. Dat moet u weten. Afgezien van de slager en de studenten krijgen wij hier nooit bezoek.'

De klok in de hal stond stil. Later zou ik merken dat het Raeren veel klokken telde die niet liepen en dat er kasten waren zonder iets erin. Alsof alles voor de vorm was neergezet. Het interieur hinkte op twee gedachten: boersheid en vergane chic. Geleefd werd alleen in de rokerige keuken, waar aan de draagbalken wildhaken en ketels hingen, die veel werden gebruikt, net als de grofgebouwde eettafel met knoesten, om met je ellebogen op te leunen. In het deftige deel van het huis heerste een stilte, die bijzonder nadrukkelijk was omdat alles veel geluid maakte als iemand er een voet durfde te zetten. Sporadische bewegingen werden door drempels, vloeren en meubels met een salvo van houtgeluiden begroet. Niemand had zin in dat gekraak, daarom hing er in die vertrekken geen rook, maar stof.

Von Bötticher kwam de hal weer in gebanjerd, de honden in

zijn gevolg. 'Breng het meisje naar de zolderkamer, en deze twee, plus Gustav, naar mijn studeerkamer.'

'Gustav, die krijg ik niet te pakken, meneer.'

'Probeer het eens met een koekje. Daar zijn konijnen dol op.'

Had ik dat goed verstaan? Mijn kennis van het Duits dankte ik aan de zomers bij mijn tante in Kerkrade. Een Duitser noemden we daar een *Pruus*. Mijn tante had een vliegend winkeltje in koffiebonen, in een straat die over de hele lengte is opgedeeld in twee landen. Op onze helft heet ze Nieuwstraat, aan de overkant Neustrasse. Haar klanten stonden met hun voeten in Duitsland terwijl hun handen in Nederland kochten. Taalgrenzen hoefden niet genomen te worden. Iedereen sprak het dialect van de Ripuarische Franken, die in de vijfde eeuw hun woorden in karavanen van sleeptonen door het Rijnland hadden getrokken.

Ik was vijf, droeg een rauwe ham in mijn schort voor een Pruus die om een *sjink* had gevraagd. Meteen terugkomen, hoor! Ik herinner me grote drukte. De ham werd steeds zwaarder. Twee dronken kompels wezen op mijn schoot, schaterden. Zo jong nog en dan al een volle bakoven... Ik verdwaalde. Na drie uur werd ik in een Duitse achtertuin gevonden, met sjink en al. De bewoonster zag me ernstig spelen, dat is het enige wat er voor een kleuter op zit, in zo'n geval. Toen de Duitse me riep, rende ik in haar armen. Ze sprak de taal van mijn tante, het *Kirchroädsch* plat dat door zijn tonaliteit altijd iets verontwaardigds leek te hebben: 'Ey, doe kling engelsje....weë bis doe dan?' Sinds dat uitstapje over de grens kwam ik van elke zomervakantie Ripuarisch *kallend* terug, tot afschuw van mijn moeder, die al mijn germanismen door Maastrichtse gallicismen verving.

Kaninchen sind verrückt danach. Ik proefde de woorden terwijl ik Heinz naar zolder volgde. De trap verdroeg ons als een oud lastdier, kreunend van overloop tot overloop. Daar hield de bediende telkens halt, zette mijn koffer neer, pakte de volgende leuning en kraakte verder, trede na trede.

'Schermt u al lang?'

'Sinds de olympiade.'

Heinz draaide zich fronsend om. Hij dacht aan de Spelen in Berlijn, die een paar weken daarvoor waren afgelopen.

'Ik bedoel de Spelen van 1928, in Amsterdam.'

'Ach zo. U had onze olympiade moeten zien. De olympiade der olympiades. Er was een estafette met olympisch vuur. En voor de degenschermers hadden ze een elektrisch systeem uitgevonden, waarmee ze konden zien wanneer een punt was gemaakt.'

Op elke verdieping zocht ik het daglicht, maar er waren alleen gangen met aan weerszijden gesloten deuren. Hoe hoger we kwamen, hoe unheimischer het begon te ruiken. Geen stank, maar de lucht van onbenutte ruimtes. Eens was dit huis gebouwd omdat een leven werd voorbereid, genoeg om tien kamers, een keuken en een balzaal mee te vullen. De trap had een jonge heer des huizes gedragen die zijn bruid naar boven droeg, over de leuning waren kinderen omlaag gegleden, maar decennia gingen voorbij, de trap werd bestegen en soms niet meer levend afgedaald, een kamer werd verduisterd, een verdieping verstomde, toen de volgende, en die daaronder, tot het stil bleef op de laatste tree. Dit huis had lang leeggestaan, dat voelde ik. Sommige huizen komen zoiets nooit meer te boven. Schilderen helpt niet, zoals een verlaten vrouw nog troostelozer wordt als ze zich opdoft. Beter zo laten: barsten, vegen, de vette afdruk van een hand die in de haast tussen diner en bal houvast had gezocht, de losgetrilde klink van een dichtgesmeten deur. Het behang op de zolderverdieping was aan flarden. Een kat, een kind, opgesloten? Het was er benauwend warm.

'Woont Von Bötticher hier al zijn hele leven?'

'Nee.' Heinz zette mijn koffer tegen een kleine deur en zocht in zijn sleutelbos. 'Hij komt oorspronkelijk uit Königsberg. Na de oorlog is hij eerst naar Frankfurt verhuisd, toen kwam hij hier. Eigenlijk zijn dat zaken die u niet aangaan.'

De kamer viel mee, was zonnig, had een klein balkon. Olijfgroen behang, hoge twijfelaar, bureau met inktstel, petroleumkacheltje. Het gekoer kwam van heel dichtbij. Heinz trok de balkondeuren open, twee duiven maakten rechtsomkeert in de lucht.

'Ik moet snel verder,' zei hij, achterwaarts de kamer verlatend. 'Ik kan nu niets meer voor u doen, mijn vrouw zal u later iets te eten brengen. Wassen kunt u zich aan het einde van de gang, daar is water.'

Hij stommelde de trap af, mij achterlatend met de vogels. Ik begon mijn koffer uit te pakken. De linnenkast zat onder het stof, ik offerde een sok op om het eruit te vegen. Deze ruimte moest gevuld worden met mijn armzalige plunje, anders zou het nooit meer goed komen. Verdroogde vlieg op het nachtkastje, gestorven tijdens een wezenloze verdwaling: weg ermee. *Oorlog en vrede* ervoor in de plaats, schermtas in de hoek, jas aan het haakje. Op de bodem van mijn koffer vond ik de envelop. Stevig karton, groot formaat. Op de voorkant alleen de naam van de geadresseerde: Herr Egon von Bötticher, een naam als een opdonder. Ik liep naar het zonlicht, maar het karton liet niets door.

Ik overwoog het, natuurlijk. Als ik de brief toen had gelezen, waren dingen misschien anders gelopen. Maar de ervaring leert dat de ontdekking het gedoe niet waard is. De spannende voorstellingen die in je hoofd rondspoken terwijl je een envelop openstoomt, verdampen bij de aanblik van de brief zelf. Een paar mededelingen over het saaie leven van een ander, wat kun je ermee.

Daarna moet je de boel nog zien dicht te plakken, zit je met gescheurde randen, zenuwen en schaamte. Ik legde die brief dus aan de kant.

Uit de tuin klonk gedempt gevloek. Over het gazon schoof de schaduw van een mens met iets aan een touw wat op een bal leek, maar wat niet wilde rollen. Het was Heinz met het grootste konijn dat ik ooit had gezien. Ik keek nog eens goed. Ja, het was echt een konijn. Werkelijk enorme oren, enorme poten, die geen stappen konden zetten, maar alleen een sprong maakten zo nu en dan, zijwaarts, achterwaarts. Heinz had er weinig geduld mee. Hij keek om zich heen en gaf het beest toen een schop. Juist toen ik me begon af te vragen of er in dit huis dingen waren die normaal verliepen, gehoorzaam waren of op zijn minst vriendelijk, werd er op de deur geklopt. Toen ik opendeed, schrokken we allebei, de vrouw in de gang en ik. Nee, ze was het niet, ze had een bredere neus dan mijn tante, en blauwe ogen. Voor de rest was ik haar zo in de armen gevallen, als ze geen volgeladen dienblad had gedragen. Het kon me niets schelen hoe ze zou blijken te zijn, op dat moment had ik besloten dat ze aardig was.

'Dag meisje, ik ben Leni.'

Ze trapte de deur toe en zette het dienblad op tafel. Ik zag worstenbroodjes en knoedels met poedersuiker, maar durfde er niet op aan te vallen. Leni pakte een stoel en ging voor het raam zitten, leunend op haar grote knieën. Ze zuchtte eens diep.

'Daar zit je dan, als een vod weggestopt op zolder.'

'Het is een fijne kamer.'

'Ach welnee, het stinkt hier naar duivenstront. Dat is een heel ongezonde lucht.'

'Ik ruik het niet.'

'Eten dan maar, voordat je het wel ruikt.'

Als ze lachte, schudde alles mee – wangen, borsten, buik,

onderarmen uit opgestroopte mouwen. Waarschijnlijk hadden zelfs haar billen gelachen als ze er niet op gezeten had. Ik begon te eten.

'De baas is een rare kwibus,' zei ze plompverloren. 'Kijk me niet zo aan, dat heb je heus wel gemerkt. Toen hij het Raeren kocht, zaten wij al zes seizoenen zonder werk. We hebben altijd bij Lambertz gewerkt, die van de koek. Toen we op straat stonden, hoopten we dat Philips een fabriek zou openen. Die geruchten deden namelijk al vijf jaar de ronde. Volgens Heinz moesten we er niet langer op wachten. Sindsdien zijn we bij Von Bötticher in dienst. Een rare kwibus.'

Ze kwam overeind en begon te fluisteren. 'Heeft u zijn wang gezien? Hij is aan alle kanten toegetakeld. Het zijn twee wonden. Een uit de oorlog, de andere van die toestanden waar hij zich mee bezighoudt. Kijkt u maar eens goed, de lappen hangen erbij. En dan dat been van 'm!'

Ik schoot in de lach, ze keek alsof iemand haar een verkeerd gerecht had voorgeschoteld. 'Het is gewoon geen gezicht, dat moet je toch toegeven.'

'Ik heb post voor hem, van mijn vader. Kunt u die aan hem geven?'

Ze pakte de envelop fronsend aan. 'Een grote. Waar gaat het over?'

Ik haalde mijn schouders op. Ze legde de envelop terug op tafel.

'Wacht er nog maar even mee. Die andere brief van uw vader, een tijdje terug, heeft hem van slag gebracht. Hij was zichzelf niet. Dan weer liep hij triomfantelijk door het huis, dan weer kon hij woedend worden om niets. Ook het telegram daarna, waarin uw komst werd aangekondigd, bracht hem uit zijn doen. Ik hoef er het fijne niet van te weten. Zijn slechte humeur is zijn zaak, ook al zijn Heinzi en ik de kop van Jut. Als u prettig les wilt krijgen, in een normale verstandhouding, zou ik deze hier nog even achterhouden.'

Bij die laatste zinnen had haar stem een modulatie gemaakt, een slinger van hoog naar laag. Ik besefte dat mijn vertrouwdheid met deze vrouw niet alleen door haar uiterlijk kwam. Ze sprak dat verontwaardigde Frankentaaltje van de grensstreek. Als me iets zou overkomen op het Raeren, zou ik me aan haar vastklampen als een verdwaald kind. Samen staarden we naar het pootje van mijn vader, het achteloze artsenhandschrift waarmee vermoedens op verwijsbriefjes worden gekrabbeld, alsof een oordeel dan minder hard aankomt.

3

Mijn vader noteerde graag. Hij droeg potloodjes bij zich om de dag van kanttekeningen te voorzien. Op de factuur van de bakker: *enkel priemtweelingen?!* In de krant: *argumentum ad misericordiam*. Op de stortbak van de wc: *tot helft leegtrekken volstaat*. 'Wacht 's effe,' zei hij vaak. Dan veerde hij overeind en kreeg hij een goed humeur. Veel van mijn vaders ontdekkingen zijn met 'Wacht 's effe' ingeluid. Dan begon hij met de reparatie van onze radio en eindigde hij met de heruitvinding van de otofoon. Of vond hij in de Sint-Pietersberg een nieuw mosdiertjesfossiel dat bij nader inzien de helft van een oude bekende bleek te zijn. Als aanhanger van de niet-monotone logica corrigeerde hij vooral zichzelf. Ons huis vulde zich met kakografiën. Op de wc werd een verduidelijking ingevoegd: = *circa twee seconden*. Aan de buitenkant kon je immers niet zien hoe hoog het water stond. Dat was geen betutteling. Hij had simpelweg ontdekt dat de stortbak te groot was voor het doel ervan. Hele avonden bracht hij schrijvend en schrappend door, in chaotische stapels dunne cahiers. Hij miste ze niet eens als ze weg waren. 'Weer wat problemen de wereld uit,' zei mijn moeder als het papier in de haard lag te smeulen. Zij deed haar hele leven met een oordeel. Dat vormde ze zich razendsnel, een voordeel dat gelovigen genieten boven wetenschappers. Wat hebben die twee ooit in elkaar gezien? Mijn moeder schijnt zo vroom te zijn geworden na mijn geboorte. Een week lang lag ze klaarwakker in het kraambed, ervan overtuigd dat ze niet hoefde te slapen omdat ze al gestorven was. Goesting om haar kind te zogen had ze niet. Als ik bij haar werd gebracht raakte ze in paniek, dacht ze dat ze me met de dood zou besmetten. Bij het kolven moest ze kokhalzen. 'Ruik je het dan niet?' brieste ze tegen het verbouwereerde kraammeisje, 'die melk is allang bedorven!' Uiteindelijk heeft mijn tante de pastoor erbij gehaald, die heeft mijn moeder in slaap gebeden. 'Vanaf dat moment werd ik wakker naast een wildvreemde vrouw,' zei mijn vader, 'die toevallig jouw moeder was.'

Het was een bar slecht huwelijk. Dienstmeisjes kwamen en gingen, hun vertrek werd altijd ingeluid door het gehuil van mijn moeder. Als ik haar hoorde uithalen, wist ik dat er een nieuwe meid zou komen. Vader kon er ook wat van. Een paar keer zag de buurt hem ons huis verlaten met een enorme koffer, die zo opgewekt door de lucht zwiepte dat je meteen begreep dat hij leeg was. Het ging om het gebaar: 'Je moeder en ik gaan scheiden.' Uiteindelijk ben ik met die koffer naar Aken gestuurd, maar de eerste keer dat mijn vader met dat ding op de drempel stond ben ik met hem meegewandeld en vertelde hij me over de oorlog.

In 1914 onderbrak hij zijn studie aan de gemeentelijke universiteit van Amsterdam om het Rode Kruis in zijn geboortestad te dienen. Hij deed daar niet heldhaftig over. Het verplegen van gewonden leverde unieke praktijkervaring op en ontsloeg hem van de mobilisatieplicht. Het front schoof echter zo snel zuidwaarts dat in de Maastrichtse noodhospitalen de verveling toesloeg. Een halfjaar later zat mijn vader alweer in de trein naar Amsterdam. Hij moest doorstuderen voor zijn artsendiploma, in die tijd wel het hoogste wat je uit de hbs kon halen. Hij was maar wat graag gepromoveerd, met een staatsexamen dan wel. Maar toen diende ik me aan. Er kwam een dokterswoning vrij in Wyck. De Spaanse griep verscheen en verdween, daarna waren het vooral verkeersslachtoffers. In de city zonder lichtsignalen verdubbelde het aantal motorvoertuigen bijna jaarlijks. Iedereen deed maar wat. Roekeloos reden de bussen van de busondernemingen, die behalve met de tramwegmaatschappij ook met elkaar moesten concurreren. De gruwelijke verwondingen herkende mijn vader uit de oorlog. Als huisarts deed hij alleen de nazorg. Meneer Bonhomme kwam onder een Studebaker van de gebroeders Kerckhoffs en dronk zijn fantoompijn weg in het café. Mijn vader haalde hem op toen de kastelein klaagde over stankoverlast.

'Pappa?'

'Mmmm...'

'Wanneer groeit het been van meneer Bonhomme weer aan?'

'Nooit. Misschien valt het andere er binnenkort ook wel af.'

'Jacq! Hou je in.'

Zonder mijn moeder was ik misschien wel een heel raar kind geworden. Ze bewaakte de rust en regelmaat in het huis. Mijn vader liet geen dag voorbijgaan of hij verzon iets nieuws. De zomerkermis in Beek, zelf pottenbakken in de Preekherengang, de geit van bomma in haar bedstede opsluiten, passanten opwachten achter de Helpoort en 'Boe' roepen. Voor kerst gaf hij me een beeld van een monnik, dat appelsap plaste als je op de kop duwde.

Sport interesseerde hem niet. Ik weet niet waarom hij mij meenam naar de Olympische Spelen in Amsterdam. We logeerden bij een 'tante' die eruitzag als Clara Bow. Op straat droeg ze een pet op haar zwarte ragebol en stak ze de ene sigaret na de andere tussen haar gestifte lippen. Mijn vader liep opgetogen tussen ons in. Bij een standje trakteerde hij ons op Coca-Cola. Eerst proefde hij het voor, sceptisch: wat zat er eigenlijk in, was het wel geschikt voor de dames? Tante Clara Bow heeft er toen op aangedrongen dat we naar het schermen gingen kijken. Mijn vader vond dat een heel slecht idee. Die wedstrijden vonden niet eens plaats in het stadion zelf, maar in een hal ervoor, waar later de pleuris uitbrak toen toeschouwers na een bokswedstrijd met elkaar op de vuist gingen. Ook toen we naar het schermen kwamen kijken, werd er geruzied. Zie je nou wel, zei mijn vader, vechtsporten zijn besmettelijk, dat het publiek met de strijdlust wordt aangestoken bewijst dat we hier niet met sport van doen hebben, maar met ordinair geknok. Tante Clara Bow gaf hem een zoen, dat was genoeg om hem naar de ingang geduwd te krijgen. Zij wist namelijk dat er een heel bijzondere sportvrouw zou schermen: Helene Mayer. Blonde He noemden de Duitsers haar. Een soort filmster, net als tante Clara Bow.

Toen ik Mayer de eerste keer zag, verviel ik in het soort aanbidding dat meisjes onpasselijk maakt. Ik was tien, zij zeventien. Helene was de halfgodin, de ongetemde bijna-vrouw die alle volwassen vrouwen van de loper joeg. Vrouwen namen pas voor de tweede keer deel aan de Spelen. Aan wie had ik dan een voorbeeld moeten nemen? Aan de tantes in hun grote broeken, die aan het eind van de achthonderd meter doodziek van uitputting over de finish struikelden? Op de tribune was mijn vader toeschouwer tegen wil en dank. Van het duel, maar ook van de koorts die bezit nam van zijn dochter. Tevergeefs probeerde hij op me in te praten. Hoe je het ook bekeek, deze dames hadden hun lenigheid toch beter kunnen aanwenden voor iets vrouwelijks als balletdansen, kunstschaatsen of turnen. Met hun mooie gezichten in kooien van maskers schreeuwden ze als beesten wanneer ze geraakt werden. Niet van de pijn, daar zorgden die belachelijke pakken wel voor, maar van angst. Herinnerde ik mij de haan Pontius, die was ontsnapt en door bomma bij de poten was gegrepen? Die gilde de longen uit z'n kleine lijfje, zijn uur had geslagen, dacht hij – dat hadden we allemaal zielig gevonden, nietwaar? Welnu, zoiets heette doodsangst. Daar is geen pijn voor nodig, dat is geen spelletje. Ik luisterde niet. Ik zat op het puntje van mijn stoel. Van de spelregels begreep ik niets. Schermpartijen zijn voor leken nauwelijks te volgen, zelfs de scheidsrechter heeft aan zijn eigen ogen niet genoeg en moet terugvallen op die van de secondanten. Mijn blik was gericht op Helene Mayer, de winnares. Mijn vader zag, zoals altijd, alleen het slachtoffer. Hij draafde door over schavotten en wraakzuchtige meutes, maar Helene had hem mij al afgevangen. Later zou zij opdoemen in het gaas van mijn masker, als ik een uitval moest maken. In uitvallen was zij superieur. Haar hele wezen, van achillespees tot wapenpunt, streefde ernaar om uit 1 meter 78 lichaamslengte en een kling van negentig centimeter een uitval van minstens drie meter te halen.

Voordat we weer naar Limburg vertrokken, vlocht tante Clara Bow mijn haar in de stijl van Helene. Een middenscheiding, twee krakelingen rond de oren en dan vastzetten met een band om het hoofd. Zo bleef het uit je gezicht en paste het masker toch. Tijdens de wedstrijd tegen Oelkers was het vlechtwerk bij Mayer uit elkaar gevallen, in gouden strengen over haar schouders. Zo'n teutoonse halfwilde kon natuurlijk niet verliezen. Ikzelf was tenger, een kop kleiner – geen voordeel voor een schermer – en brunette. Voortaan zou ik mijn haar niet anders meer dragen. Idioot ouderwets, vonden mijn vriendinnen, die elkaar elke maand bijknipten om 'kittig' te blijven.

Na de Spelen moest mijn vader zwichten voor mijn zwaar gemoed. Mijn verwijten waren niet luidkeels geweest, geen traan had ik gelaten, maar bijna een jaar lang ben ik boos gebleven. Ik verborg me onder de dekens met Dumas en zelfgebakken koek.

Elke avond verdween ik met een bakplaat naar boven, met mij groeiden de boeken in omvang, door de kruimels die zich tussen de bladzijden ophoopten. Toen mijn vader mij uiteindelijk bij zich riep, lag op zijn schoot een schermvestje. 'Voor mijn kleine boze musketier'. Typisch mijn vader, de arts: zorgt eerst voor de bescherming, voor een vest dat eruitziet als een gipsverband. Hij had een schermklasje gevonden in de stad. De contributie was laag en beginners konden het materiaal huren. Louis, de maître, ik weet niet of hij die titel mocht dragen, had geen diploma's, was nog erg jong, vree met de caissière van Cinéma Palace. Hij leende mij een roestige kinderfloret. Iedereen in dat klasje schermde met verroest materiaal, een goede reden om je niet te laten raken, anders had je voorgoed een bruine vlek op je mooie vestje. Pas voor mijn zestiende verjaardag kreeg ik mijn eerste volwassen floret. Na de les, toen iedereen naar huis was, riep Louis me bij zich en trok met een zwiep een ravissant wapen tevoorschijn. Het echte werk! De kling leek me nieuw; glanzend en veerkrachtig. Louis opende zijn vingers en ik zag een geribbelde, lederen greep.

'Pak maar.'

Ik nam de floret uit zijn hand. Paste net. De greep kwam uit op mijn heftig kloppende polsader.

'Niet te groot?'

'Nee, hij is geweldig,' fluisterde ik.

'Gaat nog wel naar je hand staan. Het staal is erg stijf, ik zal 'm iets voor je buigen.'

Ik keek gespannen toe hoe hij het wapen onder zijn schoenzool door trok om een bocht in de kling te maken.

'Da's beter. Deze floret is voor jou als je vader mij een dienst verleent. Het is belangrijk dat je het hem meteen vraagt. Het moet op korte termijn en in alle discretie. Dus ook jij. Mondje dicht, jij.'

Mijn vader fronste toen ik de boodschap overbracht. Natuurlijk vroeg ik meteen of het om een abortus ging. Voor dat grietje van Louis, van bioscoop de Palace, of die soms iets weg moest laten maken? Die mogelijkheid wimpelde mijn vader geschokt af. Dat ik alleen al weet had van dat soort dingen! Afgezien daarvan, het was nog helemaal niet gezegd of ik de eigenaresse van dit wapen zou worden, wat de wederdienst ook mocht zijn. Louis kon wel meer verzinnen. Hij had mij iets anders willen geven voor mijn verjaardag, geen wapen toch, lieve jezus. Toen heb ik mijn vader, de pacifist, die wonden heelt voor zijn beroep, alles uitgelegd. Dat een floret niet gemaakt is om mee te doden. Dat het een oefenwapen is, een sportieve uitvinding, nooit gebruikt op het slagveld. Dat de kling meebuigt, om dodelijke steken te voorkomen, dat er geen ledematen mee kunnen worden afgehakt en dat alleen de romp trefvlak is, dat het zijn naam dankt aan het stompe uiteinde, dat ooit op een bloemknop leek. Het was de eerste keer dat mijn vader iets van mij voor kennisgeving aannam. Ik werd volwassen met dit wapen, mijn lievelingsfloret.

Als enig kind was ik het idool van mijn vader, maar mìjn idool was Helene Mayer. Jarenlang droomde ik ervan tegen haar te schermen. Op het olympisch podium in Berlijn had 'het goedgebouwde meisje uit het Rijnland' erbij gestaan als een standbeeld, plechtig in haar hoog gesloten schermvest en witte flanellen broek, de swastika als een broche onder haar linkerschouder en haar rechterarm naar voren uitgestrekt. Een trede hoger stond een Hongaarse, met de gouden medaille en een kleine eik in een pot. Dat ze met zilver genoegen moest nemen, kon Mayer niet veel schelen, maar dat boompje, daar schijnt ze om gehuild te hebben. Ze had graag zo'n aandenken van Duitse bodem mee willen nemen naar haar nieuwe thuis. Amerika. Dat zij net toen ik aankwam uit Duitsland vertrok, hoorde ik pas later. Alsof ik haar was misgelopen. Misschien was dat maar goed ook, volgens Von Bötticher waren goede schermers alleen idolaat van zichzelf.

4

De eerste nacht op het Raeren kwamen de duiven mijn kamer binnen. Ik droomde dat ze met hun gerimpelde klauwtjes over me heen liepen. Een dikke grijsaard met een krop probeerde een moedervlek uit mijn hals te pikken. Omdat het zo benauwd was, had ik de balkondeuren op een kier gelaten, maar nu durfde ik niet meer op te staan om ze te sluiten. Het leek erop dat ze overal waren, scharrelend door de kamer. Op de stoel vlooide een silhouet zijn vleugels. Door het fladderende gordijn bescheen de maan de kamer alleen bij vlagen, ik was te moe om het lichtknopje te vinden en trok de lakens op tot mijn kin. 's Ochtends rook ik het meteen, de vogelravage. Romige kledders op het tapijt. Neerdwarrelend dons toen ik uit bed stapte. Op het balkon was slag geleverd, heftig rondstappend in hun eigen uitwerpselen en een half verendek verliezend waren ze in en uit gelopen. Wat hadden ze gewild? Nu was het doodstil op het dak.

'Dit is toch om je dood te schamen,' zei Leni, die me kwam roepen voor het ontbijt. 'Duivenstront is zeer bacterieel. Je kunt er longontsteking van krijgen, dat las ik in *Die Woche*. Ik zal Heinzi vragen een afrastering te maken. We kunnen ook proberen een van de kamers hieronder te meubileren.' Ze pakte de lampetkan van het wasstel en gooide een plens over het balkon. Er moest een bezem uit de gang aan te pas komen, die hanteerde ze wijdbeens en voorovergebogen, vloekend. 'Weet u hoeveel drollen ik al heb moeten ruimen vandaag? Hiervoor ben ik niet aangenomen. We zijn geen mestrapers, we hebben altijd bij de koekfabriek gewerkt.'

Ze was nog wel even bezig, ik moest zelf de keuken maar vinden. Trappen af naar de hal, deur rechts van de spiegel, gang daarachter helemaal uit, trapje omlaag, zou ik er zo tegenaan lopen. Niet bang zijn, de baas had een opperbest humeur. Had een wandeling gemaakt, een jonge haas geschoten, maakte zelf het ontbijt klaar. En o ja, ze moest van 'm zeggen dat hij zich verheugde op mijn gezelschap. Het bloed steeg naar mijn wangen. Met die galante uitnodiging was graaf Bolkonski weer ten tonele verschenen. Ik stak mijn haar op, strekte mijn hals en ging naar hem toe. Op de trap probeerde ik mijn voeten zo neer te zetten dat het niet kraakte. Maar eenmaal beneden vielen alle verwachtingen weer in duigen. Von Bötticher zat niet aan het andere eind van een wit gedekte tafel, hij stond met zijn rug naar mij toe gehakt te kneden bij de gootsteen.

Zoals ik het mij nu herinner, heb ik eigenlijk heel mijn jonge leven dagdromend doorgebracht. De toewijding waarmee ik dat deed, maakte het tot een vermoeiende gewoonte. Ik had nooit genoeg tijd om het verhaal af te maken, moest op een volgend ongestoord moment de draad weer oppakken en stuitte dan op onvolkomenheden, want, noem eens wat, zo'n luchtkasteel moest worden schoongemaakt, een jonge meid ging er misschien met je geliefde vandoor terwijl een oude feeks het plaatje bedierf met haar bemoeizucht, en wat deed zo'n prins eigenlijk de hele dag? Voordat ik alle struikelblokken uit de weg had geruimd was ik algauw een uur verder. Dagdromen hield me 's nachts uit de slaap, met sommige verhalen leefde ik jaren, die werden steeds gedetailleerder, tot aan de motieven op de manchetten van mijn bruidsjurk aan toe. Zo verbeten mijmeren alleen meisjes, dat weet ik zeker. Alle jonge mensen idealiseren de toekomst, maar meisjes ook het heden.

Von Bötticher, dus, niet Bolkonski. Hij droeg een lang hemd met wijde mouwen, opgerold tot de ellebogen, geen hoed meer. Hij werd al grijs. Hij was maar een paar jaar jonger dan mijn vader. Hoe lang zou het duren eer dat tot me door zou dringen? Verbeelding is hardnekkiger dan werkelijkheid, dat weet elke gek die zijn heldere momenten beleeft. Een hersenschim komt tevoorschijn zodra het origineel uit beeld is. Als een minnaar uit de kast, en minstens zo aantrekkelijk. Ook al deed Von Bötticher elke keer afbreuk aan zijn ideaalbeeld, ik had genoeg bij elkaar verzonnen om er nachten op door te gaan. Hij draaide zijn goede wang naar mij toe, knikte, alsof hij wist wat mij bezighield. Hij vroeg niet of ik goed had geslapen, daar maalde hij niet om.

'Waar is Leni?'

'Die ruimt de duivenstront uit mijn kamer.'

Von Bötticher deed alsof hij het niet gehoord had. Hij haalde witte plukken gemalen vetspek uit de gehaktmolen, duwde het in de farce en schoot uit met de cognac. Dit waren geuren die ik niet kende. Mijn moeder maakte *zoervleisj* met azijn, zoals dat hoort. Wijn gooiden we zeker niet in het eten, dat dronken we maar eens per jaar. Sterkedrank kwam het huis niet eens in. De buurman liet me een keer van een elske proeven tijdens een sneeuwballengevecht in de straat, het leek hem een bak om mij voor te houden dat het appelsap was. In de keuken van de maître rook het die ochtend waarschijnlijk naar de ingrediënten voor de pastei: vetspek, cognac, doorregen zwijnslap, kalfslever, niertjes, boleten uit het zuur en het eierdeeg dat lag te rijzen onder een doek op de vensterbank. Door het open raam stroomden de geuren van het land, van de uitgelopen groente in de moestuin en de klaver, die door het vee van het veld werd gegraasd. Klaver zat ook in de maag van de pas geschoten haas, die met slappe oren op tafel klaarlag om aan zijn verstrengelde achterlopers te worden opgehangen. Over een paar dagen zouden zijn ingewanden worden uitgespoeld en de geuren die dan vrijkwamen zouden alle huisdieren op stang jagen. Nu rook hij nog naar het zand in zijn pels en het gras tussen zijn tenen. Net als Gustav, het konijn dat nog springlevend onder de tafel huppelde. Dit uit zijn krachten gegroeide beest had schijt aan alles, zeker aan wat er boven zijn hoofd aan de hand was. Hij keutelde dan wel netjes in een hoek, maar zette de tanden in elk meubelstuk dat hij tegenkwam. Schudde zijn kop, balanceerde op zijn grote voeten en waste met twee voorpoten zijn oren. Ik viel van de ene verbazing in de andere. Von Bötticher reikte Gustav een stuk spek aan, dat beetje bij beetje tussen zijn malende kaken verdween.

'Dat wist u niet, hè? Konijnen eten alles. Zelfs vlees,' zei Von Bötticher. 'Zoals runderen, die kadavers leeghalen op zoek naar mineralen. Nooit een koe gezien met een dood konijn in de bek? Die willen wel eens op een botje kauwen voor de kalk. Natuur is eten en gegeten worden. Daar is geen speld tussen te krijgen. Alles gaat schoon op. Als een dier sterft, zijn de insecten er het snelst bij. Vliegen en mijten ruiken deze haas al van kilometers afstand. Daarna komen de roofvogels de huid lostrekken, zodat vossen en dassen de ingewanden voor het oprapen hebben. Maar na een paar dagen springt een kadaver door de rotting vanzelf wel open.'

Hij streek over de vacht van de haas en rook aan zijn hand. 'Deze moet nu meteen naar de kelder. Waar blijft Leni toch?'

'Gaat u Gustav ook opeten?

'Nou! Met vossenbessen, of inwrijven met room, stoven in de riesling, serveren met pastinaken. Of, een nachtje in de botermelk, braden in spekhemd. Ik zal heus wel zorg aan hem besteden. Leni, eindelijk!'

Leni was nog niet binnen of ze deelde een schop uit aan Gustav, die daar warm noch koud van werd. 'Dat mormel heeft de franjes van alle tapijten geknaagd. En wat ziet mijn oog: nog meer keutels. Meneer, ik vraag het u. Ik bid u op mijn kapotte knieën, laat die beesten toch eens een week buiten, dat scheelt mij een boel rotzooi en de nachten zijn nog warm genoeg.'

'En ik dan? Waar moet een eenzame man als ik zich dan aan warmen?'

Leni spreidde haar armen open. 'Eenzaam zult u blijven, als u de vrouwen die u opzoeken in de duiventil opsluit!'

Geïrriteerd wierp Von Bötticher de dode haas in haar armen. 'Hier, mens. Snel naar de kelder ermee.'

Heinz kwam de keuken binnen en ging zitten wachten terwijl Von Bötticher een worst in fijne plakken sneed. Hier werd een ochtendritueel uitgevoerd. De baas kookte eieren, haalde een jonge kaas uit het water, serveerde room bij een mandje ongeriste bessen, zette een vlechtbrood op tafel. Zijn knecht stak geen vinger uit. Hij schoof de stoel van zijn vrouw aan en samen baden ze in stilte. Door mijn wimpers zag ik hoe Von Bötticher onbeschaamd naar hun geloken ogen staarde. Ik denk dat hij er genoegen in schepte dat ze na hun moment met God eerst die tronie zagen, die vernielde kop van hem. Na het gebed zag hij erop toe dat het eten in onze magen verdween, alsof we zwerfhonden waren. Zelf at hij bijna niets. Toen de schotels leeg begonnen te raken, doorbrak hij op plechtige toon de stilte met een huishoudelijke mededeling. Die eerste ochtend zei hij: 'Goed, Janna. Heeft u niets voor me meegenomen? Iets van uw vader, misschien?'

Leni's ogen schoten vuur, haar man bleef rustig doorkauwen, die praatte wel vaker zijn mond voorbij, een brief, het zou wat. Ik legde mijn mes terug op mijn bord.

'Er is een envelop, maître. Het spijt me, ik wilde 'm u al geven maar kon u niet storen.'

'Een envelop, natuurlijk. Nog een brief. De zoveelste brief. Voor de dag ermee.'

Von Bötticher gebaarde zoals volwassenen dat doen tegen kinderen, die aarzelend met een tekening aan komen zetten. Ik gehoorzaamde onmiddellijk. Weer die trap op, met grote sprongen, zwierend rond de zuilen. Ik was kinderachtig. Tegenwoordig zijn meisjes wereldwijs, onafhankelijk, maar in mijn tijd werden ze van de ene vleugel onder de andere geschoven. Enige voorwaarde was dat ze ook zelf al zorgzaam waren, daar voldeed ik niet aan. Ik werd liever verzorgd, dan kon ik in alle geborgenheid speels blijven. Dat ik langzaam in een vrouw veranderde was niet mijn bedoeling. Heus niet omdat ik een jongensmeisje was, of een rouwdouwertje of zoiets, maar omdat ik het liever bij het oude liet. Het was vervelend toen ik op mijn vijftiende borsten kreeg. Die heuveltjes onder mijn tepels hoorden niet bij mij. Een merkwaardig soort weemoed kwam over me en sleet maar langzaam. Helene Mayer droeg geen borstbescherming tijdens het schermen. Ik dus ook niet. Met zo'n geval onder je vest vraag je erom pal op je trefvlak geraakt te worden. Je houdt het tenminste voor mogelijk, dat is toch een compliment aan je tegenstander. Mijn weringen werden er sterk van, vooral de quarte en de sixte. Als ik bij het schermen in de borst geraakt werd, maakte me dat onpasselijk. Ik hoefde die melkklieren niet te voelen, die moederdingen. Een moeder zou ik niet worden. Helene evenmin. Het kon geen toeval zijn dat mijn idool dezelfde naam droeg als de mooiste van alle Griekse godinnen, de beschermster van jonge maagden, de ontvoerde, de overweldigde.

Wij waren meisjes uit Sparta, die vochten om nooit volwassen te worden. Hartstochtelijk evengoed. In mijn dagdromen werd ik steeds vaker begeerd. 's Nachts werden mijn zorgvuldig gecomponeerde zinnebeelden verdrongen door ongedurige, tomeloze hersenschimmen, die mij hijgend van voldoening achterlieten. Ik had hen niet kunnen vangen, zij mij evenmin.

Schermers zijn vaak een beetje kinderachtig, spelen voor musketier door hun haar te laten groeien, wijn uit de fles te drinken, rond te stampen op laarzen en op tafels te slaan – behalve als ze op de loper staan, want daar heerst de bloedernst. Zelfs Von Bötticher was speels, op zijn manier. Zijn verbeelding richtte zich op dieren, die hij menselijk gedrag aanleerde. Als het lukte was hij zo blij als een kind. Gustav mocht de envelop openmaken. Dit was natuurlijk een spektakel: kijk eens wat mijn konijn allemaal kan, en kijk hoe weinig mij de post van jouw vader kan schelen. Het beest knaagde de envelop open met machinale toewijding, keurig langs de rand. Toen het bij de hoek was aangekomen, gaf het er zelfs nog een rukje aan, zodat de sliert loskwam en kon worden verorberd. Een briefopener had het niet beter gedaan. Von Bötticher stak zijn hand in het karton, trok de brief tevoorschijn en begon te lezen. Drie velletjes lang durfde ik nauwelijks te ademen. Ik staarde gespannen naar zijn ogen, alsof die de letters weerspiegelden, maar ze schoten over de tekst en, zoals Leni al had gevreesd, keken steeds woedender.

'Ik zou het u wel willen voorlezen, maar het is te gênant. U bent zijn dochter, ik heb het recht niet om het beeld wat dochters van hun vader schijnen te hebben, aan diggelen te slaan. Ik zal er het zwijgen toe doen.' Hij vouwde de brief op en stopte hem terug in de envelop. Daar zat nog wat in.

'En wat hebben we hier dan nog?'

Het was een vergeeld vel papier, met een afbeelding erop. Ik werd duizelig van nieuwsgierigheid, maar Von Bötticher liep naar het aanrecht en liet alles met een klap tussen de bladzijden van een vuistdik kookboek verdwijnen.

'Zo. We zullen wel eens zien wie er gelijk krijgt,' zei hij smalend. 'Ik verwacht u over een halfuur in de schermzaal voor de eerste les.'

De schermzaal was eens een balzaal. Het parket was in het midden uitgesleten, in de eeuw waarin dansen cirkels beschreven. Op de plek waar satijnen bottines in de passen van officierslaarzen traden werd nu alleen nog vooruit- en achteruitgestapt, ook volgend, maar nooit meer in de rondte. Met zwarte verf waren drie lopers afgetekend, een zeer strikte choreografie: veertien meter lang, twee meter breed, in het midden twee driehoeken, met aan weerszijden op twee meter afstand de stellingslijnen, drie meter daarachter de waarschuwingslijn voor sabreurs en degenschermers, een wapenlengte verder die voor florettisten, nog een meter, en geen pas verder, de achterlijn. Het enige wat nog aan de ruisende tule van de baljurken herinnerde waren de vitrages, die opbolden voor de halfopen balkondeuren. Het was warm. Ik trok aan het boordje van mijn gecapitonneerde vest en zag mezelf in de grote spiegel. De schermster. Mijn gezicht en handen staken bruin af tegen het witte pak, door mijn moeder nog even in poppetje blauw geweekt. Ik pakte mijn lievelingsfloret, trok mijn handschoen aan, zette mijn voeten haaks op elkaar. Saluut. Op dat moment stapte Von Bötticher de zaal binnen. Hij liep mank, dat zag ik in de spiegel voor het eerst.

'Netjes, groet u zichzelf maar. Voorlopig bent u uw enige tegenstander. Dat is een geduchte, zoals elke schermer weet.'

'Wanneer komen de andere leerlingen?'

'Twee jonge sabreurs, daar zult u het mee moeten doen. Geen zorgen, ik wil ze weer op de floret laten oefenen. U kent ze wel, van die jonge lefgozertjes die geen behoorlijke riposte kunnen plaatsen maar al met een groot wapen willen zwaaien. Vaart en uithoudingsvermogen, daar moet de jeugd het van hebben, meer kunnen ze niet bieden. Ze hadden hier vorige week al moeten zijn. Twee dagen geleden ontving ik een telegram van hun moeder, er zijn moeilijkheden. Nog even geduld. Tot die tijd wil ik zien of u zo goed schermt als uw vader beweert.'

Hij kwam geïrriteerd naderbij, slepend met zijn been. 'Ik loop niet altijd zo. Soms speelt het op. Laat mij uw wapen zien.'

Ik pakte mijn floret bij de kling en bood hem trots de greep aan. Geen slecht woord over dit wapen, anders zou het tussen ons nooit meer goed komen. Von Bötticher kneedde het leder, strekte zijn arm, tuurde langs de kling, liet de floret tuimelen tussen duim en wijsvinger, kneep nog eens, wentelde zijn pols, knikte. 'Goed, laat maar eens zien of u dit wapen waard bent. Stellung!'

'Zonder wapen?'

Meteen trof hij me vol op de borst. 'Wat een gansje! U hoort "Stellung" en u staat in stelling, begrepen? Of moet ik het in het Frans zeggen? Stellung!'

Ik ging in stelling staan, mijn handpalm in de handschoen leeg voor mij uitgestoken.

'Wat is dat?'

Hij tikte tegen mijn linkerhand, die ik achter me in de lucht hield. 'Ontspan die vingers! Losjes, u houdt geen koetsier aan!'

Daarna mat hij de afstand tussen mijn voeten, schopte hij tegen mijn achterste hiel, die misschien een procent afweek van de lijn die hij in gedachten had.

'Tsss... Ausfall!'

Hij liet me lang in de uitval hangen, tot mijn dijspieren trilden, hij corrigeerde me tot op de millimeter. Ik wist dat hij elk moment kon roepen: 'Stellung!'

Ik schoot weer terug. De maître gaf me mijn wapen en sloeg zich op de borst. 'Geef me een mooie uitval graag.'

'U draagt geen vest.'

Hij maakte een knoopje dicht, een schelpje van een halve centimeter. 'Dit knoopje is het trefvlak. U zou u beter zorgen maken om de indruk die uw uitval op mij maakt, niet om de afdruk.'

Ik kreeg bijna heimwee naar meester Louis, die dan misschien wel geen echte maître was, maar mij bewonderde. Louis, die op de grond stampte van blijdschap als ik een treffer maakte. Ik was zijn beste leerling, hij had me liever naar een Parijse academie zien vertrekken dan naar een obscure militair in Duitsland. Die officieren begrepen niets van het damesschermen. Toen Von Bötticher het na een kwartier alweer voor gezien hield, vreesde ik dat Louis gelijk had. Mijn lichaam was gemonsterd van voetzolen tot vingertoppen, hij vond het een redelijk apparaat, lenig, daar kon mee gewerkt worden, maar mijn reactievermogen, snelheid, tactiek, kortom, alles waar ik in Maastricht mee in de prijzen was gevallen, hoefde hij nog niet te zien. Hij had andere dingen te doen, ik moest maar tegen mijn spiegelbeeld gaan schermen. Ik hoopte dat hij vanaf het bordes toch stiekem toe zou kijken. De gordijnen klapperden, de deur viel hard in het slot. In de spiegel zag ik die geduchte tegenstander. Ze maakte me onzeker, en onzekerheid is de doodsteek voor een schermer. Ze stond daar, met een wapen dat ze misschien niet waard was en te weinig lichaamslengte. Niet lelijk, sommigen vonden haar zelfs mooi, maar smaken verschillen. Ik was niet van mijn eigen smaak. Ik hield van het arische type, zoiets mocht je tien jaar later al niet meer zeggen, maar ik hield werkelijk van blond, blauwogig, potig als een kool op een bevroren akker. Er waren jongens verliefd op me om mijn huid, die de kleur had van jonge walnoten, maar ik wuifde ze weg. In mijn dagdromen zag ik er heel anders uit. In Maastricht drukte een schermster me met de neus op de feiten. 'In de spiegel ben je veel mooier!' had ze uitgeroepen, en toen, haastig: 'Ik bedoel, nou, je weet toch wel wat ik bedoel?' Het leed was al geschied, ik was voorgoed uit het veld geslagen. Die Janna in de spiegel zette maar beter een masker op, dan ging alles goed. Gemaskerd won ik mijn wedstrijden wel, ook van dat jaloerse kreng op de club. Op het Raeren lagen de maskers op een rek aan de wand. Eentje paste goed, maar niemand zag me. Van beneden, uit de tuin, klonk de kwaaie stem van Von Bötticher. Heinz kreeg ervanlangs, iets met de vijver en dode vissen. Ik hing het masker terug, legde mijn wapen neer en sloop de zaal uit.

In de keuken hoefde ik niet lang te zoeken. Het boek lag midden op het slagersblok. Op het omslag: *Gastrosophie. Ein Brevier fuer Gaumen und Geist.* Binnenin veel platen, die op ingekleurde foto's leken. In pasteltinten opgemaakte visschotels. Een gebraden varkentje met de hoeven in een linzenschotel. Op de middenpagina's donkerrode vleeslandschappen, een slagersmes in een bleke hand laat zien: zo houwt u de ruggengraat van een lam, ontbeent u een varkensbout, snijdt u de pezen van runderhazen. De platen leken op die uit mijn vaders behandelkamer, waarop een mensenlichaam was ontleed zodat spieren, organen en botten bloot kwamen te liggen. Als kind kon ik niet geloven dat ook in mijn eigen hoofd zo'n doodskop verscholen ging. Zo scheidt u de schouder van een voorpoot, toont de slagershand. De envelop was uit het boek gehaald.

5

Op het Raeren bleef alles binnen de poort. Alleen de clematis groeide over de muur, daarachter knarste soms een boerenkar over het pad naar beneden. Zo te horen gebeurde er niets waarvoor je het erf zou willen verlaten. Misschien kwam er een moment dat ik panisch van angst over de muur moest klimmen, dat sloot ik niet uit, maar die eerste dagen had ik nog te veel te onderzoeken. In de appelboomgaard had ik een laddertje zien staan, in hoopvolle verwachting tegen een stam vol groene bikkels. Heinz had veel werk aan de tuin. Klimop woekerde over de rozenpriëlen en bloembedden, in de moestuin had de groente groteske vormen aangenomen. Uit de hand gelopen weelde. Voordat Heinz er zelfs maar een blik op kon werpen was hij de hele ochtend achter het huis bezig. Daar stonden de beesten. De paarden schopten al om zes uur tegen de staldeur, het kleinvee krijste in zijn hokken. Ik zag hem vanaf het bordes, maar hij mij niet, onze tuinman uit de koekfabriek, vloekend tegen iets op kniehoogte in een houten kot: 'Jij rotbeest. Ik duw je er met de neus in. Wachten jij, ik duw je erin.' Maar hij kreeg het niet te pakken, dat wat rondrende met een roestig gekrijs. Hij trok zijn vork los en schepte verder. Hij had zich er alweer bij neergelegd. Zijn buitenissige baas behandelde beesten beter dan zijn personeel, maar negeerde hun stront zoals bakvissen de puisten van hun vrijers. Die hele dierenutopie was een leugen. Dat wist niemand beter dan Heinz. Hij, en niemand anders, stond er elke ochtend tot over zijn enkels in, in al dat nobele wat dieren teweegbrengen op deze aarde, godsammenogantoe, dat kon hij me wel vertellen. Alleen naar de runderen op de helling hoefde hij niet om te kijken. Ze waren van een boer verderop, een zwijgzame man die altijd in een zwerm vliegen gehuld ging, net als zijn vee. Als het warm was lagen de runderen op hun ingevouwen poten. Kwam je dichterbij, dan werkten ze zich overeind en hoorde je het klotsen en borrelen in die grote lijven, daar werkte de machinerie op volle toeren. Ze lieten zich niet aaien, maar wikkelden wel hun lenige tongen om je voeten en kwijlden er half verteerd gras overheen. Soms waren ze opeens verdwenen. Dan had de boer ze weggevoerd door het bos, totdat het gras weer was aangegroeid. Zo ging dat al jaren, daar hoefde geen woord aan vuilgemaakt te worden.

Op het bordes rende ik mijn rondjes, vier eenzame ochtenden lang. De maître had dat aangetekend op het rooster in de gang. Zeven uur: ochtendtraining. Acht uur: persoonlijke hygiëne. Half negen: ontbijt. Half tien: wandeling en onderricht. Een uur vrij na de lunch, dan een middagtraining, na zessen de huishoudelijke verplichtingen. Doordeweeks moesten leerlingen, wie dat ook allemaal mochten wezen, de avonden op hun kamer doorbrengen. Leni had het rooster van de wand gehaald en naar mijn kamer gebracht. Of ik het over kon schrijven in mijn schrift. Zelf had ze geen rooster nodig, zei ze. Vanaf het moment dat ze 's ochtends haar ogen opende, bleef ze vanzelf aan de gang. Als de benedenvertrekken waren gedweild, hield ze precies een uur over voor de slaapkamers voordat ze honger kreeg en er ontbeten moest worden. Roosters waren voor bazen en andere luiwammesen. Ik moest niet denken dat Herr von Bötticher ze allemaal op een rijtje had. Een ongelukkig man, dat was-ie. Vroeger, toen hij net naar het Raeren was verhuisd en zij in dienst waren genomen, kende hij geen routine. Bij volle maan bleef hij zo een hele nacht op, om overdag doodziek in bed te vallen.

'Je gelooft me niet?' zei ze. 'Die eerste dagen bracht hij staand door, alsof hij bang was voor de meubels, want die waren niet van hem, die stonden hier al, hij had alleen een paar kisten met boeken en wapens meegenomen. Ik zag hem altijd maar staan, voor het raam, tegen de muur, in de tuin, die toen trouwens nog een oerwoud was, wat je nu ziet is Heinzi's verdienste. Wij hebben voor een normale gang van zaken gezorgd op het Raeren. Luister, mijn moeder zei altijd: als een mens geen regelmaat kent, blijft er niets van 'm over. Alleen een hoopje lijden en behoefte. En zo is het.'

Nog een rondje, ik voerde het tempo op. De wind bracht klokgelui uit een afgelegen dorp. Ergens werden dus mensen opgetrommeld, om hun kinderen in vestjes te knopen en naar buiten te sturen. Maar het gebeier verstomde en ik hoorde alleen nog mijn hartslag. Al die ontmoedigende geluiden uit het binnenste, het pompen van bloed, gekraak van gewrichten, gehijg; opgescheept met een mopperend lichaam als enig gezelschap voelt elke atleet zich eenzaam. Ik wilde stoppen, maar de deuren van de schermzaal vlogen open en daar was de maître. Hij droeg een instructievest, van het zwarte leer dat zo stug is dat het recht om de romp staat. Toegegeven, hij droeg het met verve. Niet als Louis, die krom bleef lopen in zijn pantser, met bungelende armen, als een omgevallen kevertje.

'Blijven lopen, hoog op de tenen. Armen uitgestrekt, zo hoog je kunt. Hoger. Sneller. Hop, hop. Verder op de hakken, knieën hoog, ontspannen.'

Na elke oefening keek hij op zijn horloge. Ik moest mijn wapen pakken, dertig stap-uitvallen maken over de lengte van het bordes en alle aanvallen breken die hij op me losliet. 'Je hebt nog een kwartier om je gestuntel te verbeteren.'

Hij tikte met zijn floret tegen mijn achterste. Een frivool gebaar, billen horen niet geraakt te worden. Het trefvlak van een florettist begint onder zijn keel en eindigt in zijn kruis, dat is het stuk lijf waarmee hij het moet doen, als een slordig opgegraven Griekse god. Ik schudde mijn onderarm, trappelde op de plaats, ging in stelling staan, kantelde mijn wapen tegen de muis van mijn hand, staarde naar zijn floretpunt, naar zijn ogen. O, had hij een masker gedragen, dan was het me heus wel gelukt.

'Begrijp je nu waarom ik gisteren vroeg of je tegen jezelf kon schermen?' vroeg hij, terwijl hij met een pijlsnelle kringwering mijn wapen van zich wegsloeg. 'Ik weet al wat je gaat doen, voordat je het zelfs maar hebt besloten.'

Ik geloofde niet in trainen voor de spiegel. Alsof je nietsvermoedend op jezelf kon afstappen. Een spiegelbeeld herstelt zich in een fractie van een seconde, maar haal de spiegel weg en de fouten sluipen terug als dieven in het donker. Sommigen vergelijken schermen met schaken op topsnelheid. Het spektakel is niets vergeleken bij de krachtsinspanning die achter het masker wordt geleverd. Als je het afwerpt om scherper te zien, besef je dat niet het gaas de blik versluiert, maar je gedachten, die versnellen of vertragen de passen. Het ene moment is alles nog duidelijk: daar is de tegenstander, op uitvalsafstand, hij wil zijn gewapende arm strekken met een pas vooruit. Zal hij dan niet te dichtbij komen? Hoe zou hij op die afstand nog kunnen raken? Dat is niet logisch, dichterbij zal hij niet komen. Waarschijnlijker zou zijn als hij... te laat! Te veel nagedacht. Volgens Von Bötticher moest je niet vertrouwen op je ogen, die verspeelden beelden aan het brein. Er was iets sterkers, iets waar je de vinger niet achter kon krijgen, een vage, weemoedige herinnering aan verloren krachten, die rommelde in je maag en klopt aan bij je neus. Of wat daar nog van over was. Bij dieren kwamen geuren nog binnen op de eerste rang, bij ons zonken ze naar de bodem van de hersenen. Dat kreeg je van dat rechtop lopen. Eerst zien, dan graaien, zo deden we dat al miljoenen jaren. Maar welke schermer kende niet die euforische verbazing wanneer zijn wapen ongestuurd, in minder dan een oogwenk en klaarblijkelijk zonder enige weerstand, op het lichaam van de tegenstander terecht was gekomen?

'Honden bijten hun baas voordat ze spijt kunnen krijgen,' zei Von Bötticher. 'Een prooi is te ruiken, zoals de aanval al in de lucht hangt. De enige vraag is: wiens aanval? Scherm op je emotie, dan pas ben je snel. Op motivatie, ook goed. Het besef van beloning en straf is pijlsnel. Angst, genot, honger, dorst: nemen allemaal de korte route. Wil je mij wel raken? Ben je bang voor me, of vind je me juist wel aardig?'

Ik trof hem vol onder een rib, via een schijnsteek naar zijn kapotte wang. Hij wankelde, ging snel weer door met redeneren, mank voortstappend. 'Goed, akkoord. Je was geïrriteerd en je viel aan. Maar pas op. Schermen op je intuïtie wil niet zeggen dat je de techniek zomaar kunt vergeten. De patronen moeten eerst inslijten.'

Met twee handen trok hij aan een denkbeeldige teugel. 'Heb je wel eens paardgereden?'

Ik knikte en schudde tegelijk van nee. Mijn oma had een karrenpaard met de pluizige, vergrijsde vacht die oude dieren zo aandoenlijk maakt. Het verdroeg mijn bungelende benen, maar liet zich er niet door aansporen. Weinig bezigheden waren zo rustgevend als die tochtjes van erf tot erf, meegevoerd door een sprakeloos wezen, dat al veel langer op deze aardbol rondsjokte dan ikzelf.

'Ik zal aan Leni vragen of ze wat rijkleding gereedlegt,' zei Von Bötticher. 'Over een halfuur verwacht ik je bij het ontbijt, daarna wil ik je zien rijden. Je hoeft niet bang te zijn. Ik zet je op het makkelijkste paard en zal haar aan de longe laten lopen. Je zult er veel van leren. Alles wat ik je vandaag heb verteld, zal op zijn plaats vallen. Vort nu.'

Vijf nachten had ik op het Raeren doorgebracht. Ik werd al getutoyeerd, mijn leven lag volledig in de handen van de maître. Mijn bed stond onder zijn dak en hij bepaalde wanneer ik me met mijn 'persoonlijke hygiëne' moest bezighouden: een halfuur voordat ik iets van zijn eten in mijn mond stopte. Gehoorzaam stond ik voor het zolderraam met mijn voeten in een teil. Heinz had het al versperd, achter het gaas zat een houtduif te dommelen. Hij opende zijn gele kraaloog toen ik het water liet stromen. Bij het opstaan had ik in het washok een kan met water gevuld en in de zon gezet, hoewel Leni vond dat ik me beneden moest wassen omdat daar een warmwatergeiser hing. Ik vertrouwde dat niet, liet me liever door een duif begluren. Mijn triomf hield me wel warm. Hete rillingen trokken van mijn navel omlaag als ik dacht aan mijn floretpunt, onwrikbaar op Von Böttichers vest. Een perfect uitgevoerde schijnsteek onder zijn wapen door. Hij had ook de schijn willen ophouden, die van onverschilligheid, maar de helft van zijn gezicht had niet meegewerkt.

Hoe lang duurt de triomf van een oorlogsinvalide? Een halfjaar, hooguit. Dan dwingt zijn verminking geen bewondering meer af maar medelijden, en te veel medelijden gaat over in irritatie. Op de Markt zat vroeger een blinde Belg zonder benen. Hij nam geld aan zonder een woord te zeggen, zodat je meteen begreep dat het nooit genoeg zou zijn. Hier bleef een schuld openstaan. Toen duidelijk werd dat elk contact doodliep op die lege ogen en blote stompen, werd hij gemeden. Een oorlogsmonument waar niemand om had gevraagd, in een land dat moe was van het toekijken. Duidelijk, die paar centen wogen niet op tegen de miljoenenrekening na de oorlog aan België gepresenteerd voor de vluchtelingenopvang, terwijl de *Kaiser* een kasteel in zijn schoot kreeg geworpen. Maar iedereen was opgelucht toen de veteraan niet meer op het plein verscheen. Dat was dat, zei mijn oom Sjefke, opgeruimd staat netjes. De oorlog was al tien jaar voorbij en die *Belsje* moesten eens ophouden met hun gezeur. Want elke Maastrichtenaar herinnerde zich de rijke gluiperds, die zogenaamde vluchtelingen die in 1914 de huurprijzen opdreven, die bij kwamen klussen voor oneerlijk lage loontjes omdat ze toch al een uitkering kregen. Misschien was die blinde *oetgelitsjde* wel zo'n ondankbare vlerk geweest, zo eentje die altijd wat te klagen had over het eten van het gastgezin, zo'n zuiplap die uit verveling toch maar terug was gegaan om de held uit te hangen aan het front. Of, dat kon ook, was hij helemaal geen held geweest, maar een ordinaire smokkelaar die onder de Dodendraad was gekropen. Had z'n lijf die oplawaai van tweeduizend volt wel overleefd, maar waren z'n benen verkoold als brandhout. Kon allemaal, was vaker gebeurd. Mijn moeder siste tussen haar tanden, er zaten kinderen bij, maar oom Sjefke snoof, vouwde zijn armen over elkaar. Ziezo. Die was niet van plan medelijden te hebben met wie dan ook. Met medelijden moest je oppassen, voor je het wist stond je in het krijt bij een ander.

Ik hurkte in de teil tot mijn billen het zachte sop raakten. Ik was niet bang voor Von Bötticher. Aardig vond ik hem natuurlijk ook niet, wat verbeeldde hij zich wel. Ik kon proberen medelijden met hem te hebben, maar medelijden is een waardeloze emotie voor een schermer. Je kunt medelijden krijgen als je tien punten voorligt en daardoor verliezen met 15-10, waarop de ander triomfantelijk, zonder een greintje wroeging, het masker van zijn hoofd trekt om je te bedanken. Geen medelijden, maar wat dan wel? Ik moest mezelf een houding geven. Nu die rijles weer. Als ik mijn waardigheid nog niet had verloren in een halfuur van nauwelijks persoonlijke hygiëne, dan wel op de rug van een paard, vastgebonden aan de longe, die hij stevig in zijn hand hield. Om te beginnen was dat paard helemaal niet zo makkelijk. Het was een muisgrijze Berber-Arabier, zo'n arrogante woestijnmerrie. Von Bötticher was gevallen voor de strijdlustige reputatie van het ras. 'Op een Berberrug zijn veel veldslagen gewonnen,' zei hij toen we naar het weiland liepen. De moed zonk me in mijn veel te ruime rijlaarzen.

'De profeet Mohammed, koning Richard 11 en Napoleon zwoeren erbij. Napoleon moest Marengo bij Waterloo afstaan. Dat paard liep toen al tegen de dertig, maar galoppeerde nog jaren voor de vijand. Zelfs postuum bewees zijn hoef nog nut, als tabaksdoos op de rooktafel van generaal Angerstein.'

Von Bötticher hoefde maar naar haar te wijzen of ze kwam naar hem toe gedraafd. Ze was niet groot, dat viel alvast mee, maar zodra ze mij rook, draaide ze haar kont naar me toe.

'Loubna, lief zijn,' zei Von Bötticher zoetsappig.

Ze spitste haar oren, met een oog loerde ze naar haar baasje. Als een mens zich zo zou gedragen, zou je het niet pikken, maar Von Bötticher had het geduld van de wereld: 'Kom maar.'

Een vaandelzwaai met de staart, daar kwam ze eindelijk. Hij legde haar hoofd tegen zijn wang terwijl hij haar het bit aanbood. Daarna duwde hij zijn vingers onder de neusriem om te voelen of die niet te strak zat en liet het zadel met zo'n behoedzame precisie op haar rug zakken dat ik me afvroeg of deze freule mij wel wilde dragen. Terwijl hij de singel aanhaalde zag ik mezelf in haar oog. Een bol en bleek gezicht. Gegeneerd keek ik de andere kant op.

'Is ze mooi of niet?'

'Ze wil vast niet dat ik op haar ga zitten.'

'Nooit zo praten waar een paard bij is. Zo verpest je jullie verhouding al bij voorbaat.'

Ik schoot in de lach, maar Von Bötticher was bloedserieus. 'Wat heb ik je vanmorgen verteld? Ze verstaan alles. Nog voordat jij je twijfel onder woorden hebt gebracht, heeft zij haar conclusies getrokken.'

Dan maakt het dus niets uit, dacht ik moedeloos. Misschien kon ik maar beter helemaal niet gaan rijden? Ik had namelijk nog heel wat onuitgesproken twijfel op voorraad.

'Met paarden moet je acteren,' ging hij door. 'Speel toneel, doe alsof je de beste amazone van Aken bent, verzin iets.'

Dat kon hij wel zeggen, maar mijn voorstellingsvermogen liet me in de steek. Het paard liep aan een touw en de ruiter stond wijdbeens op het zandveld. Ik, de lappenpop in het zadel, deed er niet toe. Na vier rondjes moest ik de teugels aanhalen en mijn kuiten tegen Loubna's flanken duwen, maar daar reageerde ze natuurlijk niet op, ze was niet gek.

'Hou je benen rustig,' zei Von Bötticher, 'je hoeft haar niet aan te sporen, je moet haar nemen zoals ze is.'

'Dat lukt niet.'

'Laat je niet zo snel ontmoedigen. Let op je zit, adem rustig door. Je bent de beste amazone van Aken en gaat nu draven. Dat heb je besloten, punt uit.'

Er gebeurde helemaal niets. Het paard was niet onder de indruk. Von Bötticher probeerde onze aandacht af te leiden door over het weer te beginnen. Inderdaad, het was een snikhete dag. De bomen stonden roerloos, de vogels waren er sprakeloos van, het zweet sijpelde vanonder mijn rijhelm omlaag. Veel te groot dat ding, als de rest van mijn uitmonstering. Ik voelde me zo'n zwakzinnige die een ritje mag maken in het circus, terwijl het publiek met een versteende grijns op de tribune zit.

En toen was er een nieuw geluid. Loubna hoorde het als eerste. Een aanzwellend motorgeronk buiten de poort. Von Bötticher rolde haastig de longe op, gespte ons los en ik was hem kwijt.

'Niet bang zijn, je doet het prima.'

Hij had het tegen het paard, tegen mij zei hij niets, geen glimlachje kon ervanaf. Het geronk hield aan. Ik nam de teugels korter en zag over mijn schouder hoe Von Bötticher opvallend lenig onder het hek door kroop. Hij rende, eigenlijk meer hink-stap-springend dan rennend, over de oprijlaan. Hij trok de poort open en een botergele cabriolet rolde naar binnen. De blikkerende voorruit ontnam me het zicht op de bestuurder. Toen we om de hoek van het huis verdwenen, probeerde ik Loubna aan te sporen. Ze liep al wat sneller, een ongemakkelijk honkerdebonk. De motor werd afgezet. Een vrouwenstem, vogelachtig. Ze stond naast de auto. Helblond in voile en kersenrode robe-manteau. Ondanks haar hoge hakken ging ze op haar tenen staan om Von Bötticher te kussen. Loubna rukte vinnig aan de teugels.

'Rustig maar,' fluisterde ik, 'hij komt zo terug. Hij komt altijd terug bij jou.'

We draafden al. Ik zakte dieper in het zadel en spande mijn kuiten. Von Bötticher zei iets waar de blondine erg om moest lachen, ze wentelde zich om de auto. Al die tijd bleken daar nog twee jongens in te zitten. De sabreurs, daar zul je ze hebben, dacht ik, de lefgozertjes op de sabel. Ze zaten roerloos op de achterbank, terwijl hun moeder tsjilpend en heupwiegend haar voile verloor. Von Bötticher ging door de knieën. Daar waren voiles voor, om mannen op de knieën te krijgen. Hij zag er opeens heel jong uit. Waarom keek hij niet naar ons? Loubna strekte haar rug, we draafden bijna op de plaats. Ik hoefde er niets voor te doen, als ik me ontspande ging het schommelen vanzelf. Opeens kwam Heinz naar buiten om de auto te parkeren. Loubna bedacht zich geen moment. Onder me ontrolde zich een immense kracht, ik zocht naar houvast als een scheepje op een vloedgolf. Vol afgrijzen keek ik naar de paardenhals, die met heftige rukken de storm aanzwengelde. De auto werd gestart. Loubna schoot dwars over het zandveld, maakte een zijsprongetje met vier hoeven tegelijk en kwam met een dreun tot stilstand. Ik was van voren naar achter geschoten, had haar vastgegrepen waar ik haar grijpen kon. Terwijl ik de rijhelm terug op mijn hoofd duwde hoopte ik dat niemand ons had gezien. Niet nu, niet nadat we juist zo adembenemend hadden gedraafd. Maar het paard begon hard en hortend te hinniken. Von Bötticher en de blondine, gearmd op het pad, bleven stilstaan. Hij keek me aan met zijn vertrokken gezicht. 'Ga er maar af, Janna. Breng haar maar naar de wei en wacht op Heinz.'

Ik liet me van Loubna's rug af glijden en leidde haar door het mulle zand. Heinz draaide de auto op de plaats. De jonge sabreurs zaten nog steeds op de achterbank. Van dichtbij zag ik dat ze volkomen identiek aan elkaar waren.

6

De moeder moet ooit beeldschoon zijn geweest. Nu was ze niet meer zo zeker van haar zaak. Toch liet ze nog steeds haar wimpers trillen als ze een slokje wijn nam, hield ze haar hoofd als een porseleinen kleinood op haar dun bespannen hals. Leeg sigarettenpijpje tussen haar vingers, hoge hakken in het gras, kousenvoeten bij Von Bötticher op schoot.

'Het koelt maar niet af,' zei ze. 'Misschien moet ik iets uittrekken.'

Von Bötticher, zeer aanwezig in zijn rijlaarzen, rookte een sigaar. Hij tuurde naar de keuken, daaruit klonk steeds luider het gerammel van bakplaten, pannen, kasten werden dichtgeslagen. Hier stond iemand tegen de klippen op te koken.

'Waar blijft Leni toch?'

'Laat die arme vrouw eens met rust.' Ze strekte zich uit in de tuinstoel, de panden van haar robe-manteau vielen opzij. Ze liet het zo. 'Of heb je zo'n honger?'

Von Bötticher bleef stuurs over haar heen staren. Ze duwde haar tenen tegen zijn buik: 'Heeft mijn brombeertje dan zo'n honger?'

Alsof ik er niet bij zat. Misschien moest ik ook maar op het gazon gaan spelen, zoals de sabreurs. Ze renden rondjes met de honden op hun hielen. Voor een tweeling waren ze groot van stuk, maar ze gedroegen zich als kleine kinderen. De moeder schatte ik in de veertig. Misschien was ze zelfs iets ouder dan Von Bötticher.

'Egon, ben je wel lief voor dit arme meisje?' Met haar fel-blauwe ogen nam ze me de maat. Ik droeg nog steeds de rijkle-ding die me was toebedeeld, god mocht weten van wie die was geweest. Niet van haar, hoopte ik. Dat zou wat zijn, als ik in haar afdankertjes zou lopen, de afgeworpen huid van dat serpent. Ik begreep niet waarom ik zo'n weerzin tegen haar had. Von Bötti-cher maakte aanstalten om haar voeten weg te halen, maar bleef zitten met zijn handen om haar enkels. Ze glimlachte. Goed, ze was mooi, nog steeds.

'Nou? Ben je lief voor haar? Je kunt zo ruw zijn.'

Ik stond op. 'Mag ik weg? Ik zou me graag omkleden.'

'Doe het vlug,' zei Von Bötticher, zonder zich om te draaien. 'Leni is bijna klaar. Als je Heinz ziet, zeg hem dan dat hij ook moet komen.'

Boven hoorde ik haar weer tsjilpen. Von Bötticher maakte zeker alleen grapjes als ik er niet bij was. Lang zou ik niet weg-blijven. Ik had de keuze uit twee zomerjurken. Eigenlijk was het er zelfs maar een; de andere, van goudkleurig satijn, hoorde eronder. Ik kon natuurlijk ook gewoon mijn schermtenue aan-trekken en de middagtraining opeisen. Volgens het rooster had die allang moeten plaatsvinden, maar klaarblijkelijk vervielen alle afspraken zodra zij haar neus liet zien. Zij, die hem aan het lachen kon maken: ze lachten nu allebei. Ik sloot de balkondeu-ren. De onderjurk alleen kon echt niet. Het statische satijn kleefde aan mijn dijen. In een flits zag ik mezelf aanschuiven, glanzend als een met bladgoud bedekte Isis. Open monden van verbazing, kijk hoe verblindend mooi ze is, onze heilige maagd, dat we dat niet eerder hadden gezien. Toch maar de katoenen jurk eroverheen. Er viel zand uit mijn haar. Die vervloekte woestijnmerrie had me in een zandwolk gehuld. Zou het iemand opvallen dat ik mijn haar had losgevlochten? Het leek me rampzalig als iemand zou denken dat ik me voor wie dan ook had opgedoft, dat iemand opeens zou zeggen: 'Nou, jij hebt er werk van gemaakt.' Dit was een eenvoudige, gestreepte zomerjurk, niets bijzonders. Die andere was te warm, mijn rok was vuil, zoiets kon je toch denken, ik kon moeilijk in rijkleding blijven lopen. Op de vlakte zou ik me houden en als een hagedis naar buiten glippen. Dat lukte niet. Leni ging me voor met de theewagen, de wieltjes liepen vast in het grind, ze draaide zich om en begon al meteen te kirren. 'Beeldig! Zal je het niet koud krijgen als strakjes de zon onder is? Ga maar snel aan tafel, bij dat hooggeëerd publiek. Die rare jongens, laat de moeder ze toch roepen. We zijn hier niet op de Öcher Bend, godbetert. O kijk, daar gaat ze al. Op haar kousen door het gras, ach ja, waarom ook niet, ik kijk nergens meer van op.'

Aan tafel duwden de sabreurs hun eten naar binnen zonder er een blik op te werpen. Peuters doen dat, omdat ze iedereen vertrouwen. Ze laten zich voeren en kijken lachend om zich heen, totdat ze het proeven en hun gezicht betrekt. Bij deze jongens drong dat besef niet eens door. Ze hadden alleen oog voor elkaar. De asperges lieten ze staan, maar ze voerden elkaar de gevulde eieren, een tafereel dat alleen ik onsmakelijk scheen te vinden. De moeder zei er niets van. Von Bötticher sloeg de druppels uit de glazen en schonk vol tot de rand. Zij duwde de fles overeind toen hij op het tafelkleed morste.

'Jij hebt er zin in! Zie je eigenlijk wel waar je schenkt?' Ze gaf me een samenzweerderig seintje. 'Hij ziet het niet. Denk je ook niet dat hij geen diepte ziet? Met dat oog.'

'Er is niets mis met mijn ogen.' Von Bötticher schoof zijn stoel een eindje van haar af. 'Er is niets mis met mijn oog. Ik ben niet ín mijn oog geraakt, mocht je dat nog niet zijn opgevallen.'

Heinz kwam aangelopen, in smidsschort. Zijn baas liet hem de fles zien.

'Sla ik niet af,' zei Heinz.

'Wie heb je bekapt?' vroeg Von Bötticher.

'Kijk nou uit,' zei de moeder, 'zo meteen giet je het er weer naast. Heinzi, denk je ook niet dat Egon slecht diepte kan inschatten?'

Heinz staarde haar aan met holle blik en open mond, alsof de wind door zijn hoofd waaide. 'Megaira. En ik heb die hoornscheur behandeld, linksachter.'

Ze proostten en dronken gulzig. Heinz kreeg er een blos van, zijn papieren gezicht werd van vlees en bloed. Hij keek naar zijn halflege glas, alsof het amusant was, pakte een stoel, schoof in één moeite door drie asperges op een bordje, en een eitje. Von Bötticher knikte goedkeurend. 'Dank je wel. Maar hou die hoeven voortaan in het vet. Voorkomen is beter dan genezen. Waarom drink jij eigenlijk niet?' Hij had het tegen mij, opeens. Een korte blik op mijn zomerjurk en toen weer streng: 'Je mag best drinken, om van je schrik te bekomen.'

'Laat dat meisje met rust,' zei de moeder. 'Je zit steeds op haar te vitten, ze weet zich geen houding meer te geven.'

'Laat jij mij met rust, met je gebazel. Of ik zal jou eens wat diepte laten zien. De diepte van deze tuin, bijvoorbeeld. Alle hoeken van mijn landgoed jaag ik je op. Heinz, pak mijn rapier, dan kan ik deze vrouw het terras af jagen. Een schermer die geen diepte ziet, dat zou wat zijn.'

Ze reageerde niet, dronk met opgetrokken wenkbrauwen en keek naar haar kousenvoeten in het gras. Ze zag er breekbaar uit. Het was moeilijk je voor te stellen dat ze ooit zo'n zware bevalling had doorstaan. En daarna! Eén kind, vooruit, dat droeg je op een arm terwijl je met de andere je hoedje vasthield, maar twee – jongens nota bene – dat was zwoegen. Die moest je tegelijk zogen, als een dier.

'De hoefsmid zei dat hoornscheur niets met invetten te maken heeft,' zei Heinz. 'Maar u hoeft zich geen zorgen te maken. Ik heb er een ruitje in gesneden, zodat het niet verder kan scheuren.'

Von Bötticher haalde geïrriteerd zijn schouders op. Hij gaf mij wijn, de sabreurs kregen niets. Ze taalden er ook niet naar. Ze gedroegen zich alsof ze elkaar net hadden leren kennen. In de hal was ik kort aan ze voorgesteld. Daarna kon ik al niet meer zeggen wie Friedrich was en wie Siegbert. Meestal verschillen tweelingen in lengte. Zij niet. Ze kamden hun haar hetzelfde. Misschien was die gouden lok, die ze steeds uit hun gezicht moesten vegen, een idee van hun moeder. Toen Siegbert vroeg of hij naar de wc mocht, schoot ook Friedrich overeind, maar zijn moeder zei: 'Fritz, zitten blijven.' Zonder zijn broer was hij behoorlijk onthand. Die paar minuten zat hij uit met een blik alsof hij geen lucht meer kreeg. Ik durfde hem niet aan te kijken, het was zo zielig voor hem. Hij at pas weer door toen Siegbert was teruggekeerd. Samen waren ze absoluut op hun mooist. Allebei hadden ze de blauwe ogen van hun moeder en een gave huid met een gloed van dons op de kaken. Er waren wel verschillen, maar ook daar leek over te zijn nagedacht. Waar Siegbert een moedervlek op zijn linkerwang had, zat die bij Friedrich rechts. Friedrich glimlachte als Siegbert, maar met de tegenovergestelde mondhoek. Als ze lachten, zag ik dat er bij Siegbert boven een tand was afgebroken, terwijl er bij Friedrich onder een stukje miste. Ze waren op elkaar afgestemd met chronometrische precisie. Hun bleke handen verfrommelden gelijktijdig hun servetten. Ze kauwden synchroon. Als Friedrich water wilde, had Siegbert al de karaf gepakt voordat er een woord aan vuil was gemaakt. Ze waren zich goed bewust van hun schoonheid. In hun rode vestjes zaten ze kaarsrecht aan tafel, als de harten-heertjes van een speelkaart.

Leni bracht de tweede gang, die ze aankondigde met een stem vol verwijt. Haar man begreep niet dat hij de tafel vrij moest maken. Wat was hij toch een misbaksel, terwijl hij aan Leni een echte vrouw had, rijkelijk bedeeld met alles wat nodig was. Hij was halverwege zijn tweede glas en reikte alweer naar de fles.

'Schenk mij ook nog eens bij,' zei de moeder.

'Hoe gaat het eigenlijk met uw man?' vroeg Heinz.

Leni begon haastig vlees uit te delen. 'Als dit niet genoeg is, heb ik nog in de keuken. De slager snijdt altijd te gul af. Hij weet natuurlijk dat ik hem niet terugstuur aan de poort, zo haalt hij de winst wel binnen, de oplichter.'

'Uw man was een puike sportman,' zei Heinz, het achter-werk van zijn vrouw ontwijkend. 'In verspringen was hij de bes-te, daar kwam niemand bij in de buurt. Het verste van de club! Weet u waar hij zijn talenten zou moeten aanwenden?'

'Vertel het eens,' zei de moeder ijzig.

'Bij Kraft durch Freude, daar kunnen ze mensen als hij gebruiken. Uitjes, activiteiten organiseren voor de arbeiders. Sporten in de buitenlucht, en dan, met hernieuwde kracht, aan de slag voor het vaderland!' Triomfantelijk liet hij zijn vuist neer-komen op zijn smidsschort. In de stilte die viel, dronk hij snel zijn glas leeg om door te razen.

'Want we moeten ons niet laten inhalen. Kijk eens wie de medailles op de olympiade hebben gewonnen: negers! Zoiets had toch niet mogen gebeuren. Wat vond uw man daar wel niet van?'

'Geen idee, ik heb hem er niet naar gevraagd.'

'Mijn Leni en ik, we hebben de boot gemist. KdF bestond nog niet, we waren alleen lid van de vakbond. Ach, wat had ik graag zo'n reisje gemaakt. Al was het maar naar het cabaret. Matthias Schmidt vertelde me dat ze volgende maand met de hele ploeg naar de Oostzee vertrekken. Kunt u zich dat voorstellen? Gratis en voor niets!'

'Matthias Schmidt,' zei Leni, 'had altijd al praatjes. Op het Raeren is het mooier dan aan de Oostzee. Heb ik gelijk of niet, meneer?'

Von Bötticher kauwde met een vertrokken gezicht, volgens mij zat hij te koken van woede. Voor hem fladderden twee kameeltjesvlinders, bodes van de naderende avondschemer. Ieder ander had ze uit de lucht geslagen. Omdat Von Bötticher ze liet begaan – misschien voerden ze een baltsvlucht uit – verschaften ze hem de geloofwaardigheid van een natuurmens. Naast hem leek Heinz sleetser dan ooit. Maar dit ziekelijke koekenbakkertje, tegen wil en dank tot de natuur veroordeeld, permitteerde zich heel wat tegenover de tafeldame van zijn baas. Ze stak een sigaret op en hij gaf haar vuur. Hij moet gedacht hebben dat ze iets te delen hadden, grootstedelijk savoir-vivre of zoiets. Hij was niet meer te stoppen.

'Zegt u het beslist, tegen uw man. Dat van KdF. Zegt u hem maar dat ik, Heinrich Kraus, het hem op zijn hart druk. Want dat zit bij hem op de goede plaats. Hij is er niet zo eentje die achter de goede zaak aan loopt omdat iedereen dat doet. Hij was al vanaf het begin bij de partij. Als u wilt, kan ik eens bij mijn oude ploegmaten informeren, bij wie hij moet aankloppen.'

Niemand zei iets. Ook niet toen de tweeling van tafel opstond en met veerkrachtige sprongen, als losgelaten veulens, het veld op huppelde.

'Meneer, ik heb het u toch ook aangeraden. Weet u nog?

Schermlessen voor de arbeidersklasse. Het Raeren zou er heel geschikt voor zijn. We hebben plek zat voor Kraft durch Freude.'

'Vreugde,' zei Von Bötticher, 'heeft niets met schermen te maken. Schermen is een kunst, iets heel anders dan kijken wie het verst in een zandbak kan springen. Hoe moet ik jou dat nu uitleggen. Het verschil tussen mijn Megaira en een molenpaard.'

'Wat had ik graag zo'n reisje gemaakt. Al was het maar naar het cabaret.'

'Vrije tijd gecontroleerd door de staat is geen vrije tijd.'

'U gunt het de arbeiders niet, oude Stahlhelmrakker.'

Het woord knetterde als bliksem in de lucht. Ik had geen idee wat het betekende, maar Leni schoot uit haar stoel, greep wat haar voorhanden kwam – de vleesvork – en zwaaide het voor het gezicht van Heinz. 'Meneer, u moet hem vergeven. U weet, hij kan niet tegen drank. Kijk maar. Hij is een scharminkel dat hard blaft maar niet bijt. Hij zal u nooit in de wielen rijden, dat weet u toch! Om godswil.'

Von Bötticher slaakte een diepe zucht. 'Het is al goed, Leni, ik vind het uitermate boeiend, die communistenpraat. Een Stahl-helmrakker, interessant. Mocht je het vergeten zijn, Heinz, wij hebben voor jouw vaderland gevochten.'

'Dat hebben we allemaal,' zei Heinz. 'En ik ben helemaal geen communist.'

'Communist, socialist... wat voerde jij eigenlijk uit in de oor-log? Dat heb ik nooit aan je gevraagd. Wacht, ik schenk je even bij. Dit, mocht je hem nog niet geproefd hebben, is een zeer goe-de riesling uit de Rheingau. Een grootse nationale wijn, zeer nationaalsocialistisch, want ik deel hem immers met jou, mijn arbeider.'

Leni stond nog met de vleesvork. Ze keek haar man niet aan, want hij was een ding geworden waar men over, niet tegen, praat, ze wou dat de baas dat ook begreep. 'Laat hem niet meer drinken.

Hij kan er niet tegen, ziet u toch, hij is nergens meer goed voor.'

'Een echte man kan toch wel tegen een glas wijn? Zelfs de dames drinken het! Kom, Heinz, waar zat u in veertien-achttien?'

'Vijfentwintigste reservekorps, Lodz. Tot ik in het lazaret belandde.'

Op het veld draaide de tweeling rond als razenden, hangend aan elkaars armen. Zo tolden wij op het schoolplein. Als je de stoeptegels onder je voeten voorbij zag flitsen kneep je de polsen van de ander bijna tot moes, want afremmen ging al niet meer zo makkelijk. Het beste was je ogen te sluiten, huiverend en genietend tegelijk. De tweeling had zich allang overgegeven aan de middelpuntvliedende kracht. Hun kon niets gebeuren, ze waren perfect in evenwicht.

'Neem een voorbeeld aan ons,' zei Von Bötticher. 'Wij beleven vreugde in de beslotenheid van een select gezelschap. Waarom zou je daar de hele massa bij betrekken? Wat valt er nog te genieten als iedereen hetzelfde doet? Die nieuwe politiek richt zich tot het onzijdige. De gezichtsloze massa.'

'Moet je horen wie 't zegt,' giechelde de moeder. 'Gezichtsloze massa.'

'De menigte anoniemen. Wie wil zich daar nou voor inzetten? Ieder mens is bereid een ander te helpen, als hij zelf mag bepalen wie die ander is. De natuurlijke behoefte tot naastenliefde moet je mensen niet uit handen nemen.'

'Volgens Matthias wordt er nooit meer gestaakt in de fabrieken,' zei Heinz. 'Ze hebben alles opgeknapt, het leven is beter geworden, vrolijker. Douches, grotere ramen. Dát heeft de Führer voor de arbeider gedaan. Och, als ik even kon!'

Von Bötticher smeet zijn glas stuk op de stenen. 'Ga dan! Ik hou je niet tegen, man. Ik heb je werk gegeven toen je op straat stond, toen die vakbond van je niets voor je kon betekenen. En nu moet ik dit aanhoren? Ga maar terug naar die stinkstad, misschien hebben ze er nu wel een baantje voor je.'

Meer hoefde Heinz niet te horen. Hij kwam melodramatisch overeind, knoopte zijn smidsschort af en slingerde het weg. Hij moet een heel andere voorstelling van zichzelf hebben gehad. Van een arbeider zoals op de plakkaten, met de blik op oneindig en de rijzende zon achter een stel brede schouders. Maar hij was dronken, zijn ogen waterig, onder zijn dunne schedelhuid stroomden zijn aderen vol. 'Nou en of!' schreeuwde hij. 'Ik ben uw eigendom niet. Kom Leni, we hebben hier niets meer te zoeken.'

Leni rende weg, Heinz volgde in waggelpas, maar hij bukte om de vleesvork op te rapen die ze in het grind liet vallen en dat zag er al helemaal niet stoer meer uit.

'Nou, het is me het avondje wel,' zei de moeder. Ze zat gehurkt op de zitting van haar stoel, de rode robe-manteau om haar schouders geslagen. Cleopatra. Die baarde een tweeling na een flirt met Marcus Antonius, een getrouwd man, en vier jaar later maakte ze hem alweer het hof. Ook zo'n drammerig wijf. Misschien valt er weinig te moederen over kinderen die genoeg hebben aan elkaar. De moeder zat met haar rug naar haar kinderen toe, ze hoefde hun bizarre dansje niet te zien. Ze dansten in het roze schijnsel van de zonsondergang zonder muziek of publiek, zoals ook vogels en inboorlingen dat niet nodig hebben. Ze draaiden om elkaar heen, buitelden over het gras, liepen op hun handen met blote navels. Soms verdwenen ze in elkaar, als in een goocheltruc met spiegels. Het duizelde me. Voorzichtig zette ik mijn lege glas terug op tafel, al die tijd had ik het vastgehouden uit vrees dat ik zou worden bijgeschonken. Uit het huis klonk gehuil en gesmijt met deuren. Von Bötticher zocht onder zijn stoel, vond daar niks. Hij glimlachte tragisch, wat hij niet anders kon. Er waren daar beslist wat zenuwen doorgesneden, streng kijken ging hem eigenlijk het beste af. De puperrode Heinz en zijn afgetobde vrouw kwamen weer naar buiten, als zeelui na een onstuimige vaart. 'Meneer, meneer,' klonk het al van ver. Een jammerlijk schouwspel. 'Ik ben te ver gegaan, accepteert u alstublieft mijn excuses, ik wilde u alleen adviseren. Het is mijn zaak niet, ik ben niet in die positie, ik zou niet durven! Ik ben maar een tuinman, absoluut uw ondergeschikte, daar is geen twijfel over mogelijk.'

'Excuses geaccepteerd,' zei Von Bötticher, terwijl hij naar het smidsschort wees, dat in het gras lag. 'Een duel ben je niet waard. Vanaf morgen vet je iedere dag Megaira's hoeven in, heb je dat begrepen?'

'Luister naar Egon,' lalde de moeder. Ze werkte zich uit de tuinstoel en liet zich op zijn schoot vallen. Waar eerder haar voeten hadden gelegen, begroef ze nu haar gezicht. Het felblonde was niet haar eigen kleur. In haar nek groeide donker haar, als boomwortels uit een oever. 'Luister naar mijn lieve Leibhusar. Kijk eens naar mij, huzaartje-lief, naar dit paardje van je. Daar mag je best op rijden, als je wil, kijk maar, hoe zadelmak ik ben, mein lieber Leibhusar!'

'Janna, hier komen,' siste Leni, 'dit hoeft een nette jongedame niet te zien.' Ze had haar handen vol aan Heinz, die zo nodig zichzelf overeind moest houden. Daar ontweek ze een tik, als een moeder de graaiende knuistjes van haar zuigeling. Even routineus dook ze onder zijn schouder, parkeerde ze hem op haar heup en sleepte ze hem naar hun hol achter de keuken. Arm mens, voordat zij naast hem in het hoge bed kon kruipen, lag er nog zeker twee uur werk op haar te wachten.

Op mijn kamer liep ik meteen naar het raam, en ja hoor, daar stonden ze nog op het veld, de gebroeders Sabreur. Ze maakten een gewichtig wandelingetje, de armen om elkaars schouders geslagen. Eindelijk alleen. De volwassenen waren allemaal al binnen, de voordeur was in het slot gedreund, een glas op de plavuizen stukgevallen, er had gehuil of gelach geklonken, sissend gefluister dat doordrong tot op zolder, maar niemand had aan de tweeling gedacht. Die vond dat helemaal niet erg. Ze hadden me zo genegeerd. Van de maître begon ik eraan gewend te raken, om aandacht van de moeder zat ik niet te springen, maar zij waren medeleerlingen, bijna even oud als ik.

Een paar uur later schrok ik wakker. De maan scheen bikkelhard door het gordijn. Ik stond op om het opzij te schuiven en zag nog net de cabriolet vertrekken. Leni, in peignoir, maakte de poort toe, slofte het pad op, ik wilde ook terugkruipen naar bed maar zag ze toen liggen. Misschien droomde ik dat het gras om hun lichamen heen hoog was opgeschoten. Ze leken wel dood, zo stoffelijk lagen ze naast elkaar in het nikkelgrijze licht.

7

Op het Raeren werd ik een gluurder. Gesloten gordijnen, vreemde brieven, onverstaanbare woordenwisselingen – ik werd erheen getrokken als een dief naar een kluis. Spoorzoeken is een heerlijk spel, zoeter dan de ontdekking zelf. Maar dit was geen stoutemeisjesgril. De vierde ochtend werd ik wakker met het besef dat ik werd buitengesloten. Ik was een ongenode gast. Niets wat ik binnen de muren van het Raeren kon zien, was voor mijn ogen bestemd. Sommige voyeurs zoeken een beeld dat zelfs de begluurde zelf niet kan zien; als die alleen is zonder spiegel, of slaapt, dan verkneukelen ze zich over dat alleenrecht. Andere maken zichzelf wijs dat ze iets delen met de begluurde, menen dat die bekeken wil worden, omdat hij het sleutelgat niet met een sleutel heeft dichtgestopt. Ik was de verbolgen voyeur, op zoek naar bewijzen. Iedereen sliep nog. Alleen ik zag hoe de tweeling de musketier uithing in de schermzaal. De deuren naar het bordes stonden open. De wapperende vitrages toonden afwisselend een van de helften van een schermpartij. Uit de fragmenten die me werden toegeworpen, maakte ik alvast op dat de sabreurs mooier waren dan de gebroeders Nadi. Gelijk als twee druppels bloed. Zonder maskers of vesten. De overnachting op het grasveld had geen spoor op hun gezichten achtergelaten, zelfs hun blote basten waren smetteloos. Dat was iets om je zorgen over te maken, of juist niet, want de beste schermers zijn gehavend. Ik vond mijn blauwe plekken nooit lelijk, mits ze buiten het trefvlak lagen (een grote bloeduitstorting op mijn bovenarm droeg ik een week rond als een dramatische trofee, totdat een vriendin vroeg of ik het niet koud had in dat mouwloze blouseje), maar de lijven van de sabreurs waren gaaf en wasachtig, alsof iemand ze voor deze tentoonstelling in elkaar had gekneed. Plotseling vielen ze op elkaar aan. Ze schermden grof, met grote uithalen. Het parket kraakte onder hun dreunende stappen. Een kroonluchter werd geraakt en verloor een kaars. Dit kon niet goed gaan. Hun klingen krasten in de lucht, er klonk te veel ijzer op ijzer. Dat hoort niet, een goede schermpartij kent stiltes. Wie ze verbreekt moet halsoverkop toeslaan, als een spin die haar prooi in het vizier krijgt. Zonder stilte blijft van een duel alleen het blinde gehengst over. De slachting. Hoe lang moet een toeschouwer blijven kijken voordat hij medeplichtig wordt? Er was iets raars aan de hand. Iets wat me ervan weerhield in te grijpen. Elke slag werd geriposteerd, de tweelingen raakten elkaar geen enkele keer, terwijl er genoeg treffers voor de hand lagen. Uiteindelijk draaide een sabreur zijn romp een kwartslag, zodat de ander, die een aanloop had genomen, met een schreeuw over de baan tuimelde. Ze barstten in lachen uit. Het was een ingestudeerde oefening. Theater. Ik schraapte mijn keel. Ze waren niet verbaasd me te zien, maakten zelfs een buiging.

'Wat vond je ervan?' vroeg de gevallen broer. 'Van mamma geleerd. Er hoort eigenlijk nog een stoel bij. Siegbert kan dat goed. Hij springt op de zitting, dan op de leuning, de stoel kantelt, hij springt weg – wil je het zien?'

'Schermt jullie moeder ook?'

'Ze is actrice. Maar nu is ze weg. En de maître is ziek. We zijn hem nog gaan halen, de deur stond open. Toen we aan het voeteneinde stonden, kwam hij overeind, zoals der Golem. Ken je die film? Zo heel langzaam, met uitgestrekte armen. We schrokken ons een ongeluk.' Hij greep een stoel en tilde hem met wijd opengesperde ogen boven zijn hoofd. 'Der Golemmm!'

Ik schoot in de lach, maar zijn broer bleef ernstig. 'Ik schrok niet, Friedrich,' zei hij. 'Alleen jij was bang.'

Pas nu openbaarde zich het verschil, een wezenlijk verschil zelfs, tussen de twee. Ze praatten verschillend. Als Siegbert iets zei, bevroor zijn gezicht tot een ijzig masker. Het maakte hem oud, terwijl bij Friedrich zelfs zijn neus meewipte als hij babbelde: 'Kom op, Siegbert, laat die truc eens zien.'

'Ik kijk wel link uit. Dadelijk breekt die stoel en krijgen we der Golem achter ons aan. Laten we ons weer aankleden en gewoon gaan schermen. Ik denk dat Janna wel kan jureren.'

Het zou me niet verbaasd hebben als Siegbert ook bij de geboorte het voortouw had genomen. Hij had zich druk gemaakt, zijn borstkas ging heftig op en neer terwijl hij zijn broekband aansnoerde. Het zweet sijpelde omlaag naar de kuiltjes in zijn rug.

'Kom, Fritz, ik help je in je vest.'

Ze zwegen, zagen er weer hetzelfde uit. Siegberts vingers gleden over Friedrichs rug van knoop naar knoop. Hij blies zijn haar weg om het boordje vast te maken, pakte hem bij zijn nek en draaide zijn gezicht naar mij toe: 'Is hij niet beeldschoon, mijn broertje?'

Toen ik werd buitengesloten, kon ik mijn ogen niet van de sabreurs afhouden. Nu keek ik weg, wou ik dat ze ophielden met die aanstellerij.

'Fritz is de mooiste,' zei Siegbert. 'Dat zegt iedereen.'

Friedrich rukte zich los. 'Dat liegt hij! Siegbert is groter dan ik. En sterker.'

'Niet waar.'

'Wel waar.'

Ze renden achter elkaar aan, hijgend als schoolmeiden. Maar toen ze uitgleden, sleurde Siegbert zijn broer hardhandig naar de spiegel. 'Kijk dan zelf, Fritz, hoe mooi je bent.'

'Laat me los,' piepte Friedrich. 'Alsjeblieft, lieve Sieg. Doe niet zo naar.'

'Janna, zeg het dan,' drong Siegbert aan.

Mijn gezicht gloeide van schaamte. 'Laat me erbuiten!' viel ik uit. 'We komen hier om te schermen. Zet de maskers op, nu!'

Ze gehoorzaamden, gek genoeg. Alles gebeurde volgens de regels. Ik kende die van het sabelschermen wel, maar het was een erg snel spel om alléén te jureren. Toch twijfelden ze niet aan mijn autoriteit. Zoals ik verwachtte, gingen ze steeds gelijk op. Als in een poppenkast vlogen ze heen en weer over de loper. Na Friedrichs eerste steektreffer maakte Siegbert de gelijkmaker met een houw op de schouder, daarna volgden nog vier treffers voor beide kanten. Opeens liet Siegbert zijn sabel zakken.

'Wacht!' Hij hield zijn vinger voor zijn masker. 'Stil, ik hoor iets!'

We spitsten onze oren. Ik hoorde niets, alleen een uitsloverige zangvogel in de linde. De sabreurs stonden stokstijf met hun maskers voor. Misschien lachten ze wel. Misschien keken ze naar mij, verkneukelden ze zich. Ik kon hun gezichtsuitdrukking niet zien. Toen ik iets wilde vragen, stak Siegbert meteen weer zijn vinger in de lucht. Dat het Siegbert was, wist ik eigenlijk niet eens zeker. Misschien hadden ze op een onbewaakt moment van positie gewisseld. De ander hief zijn sabel op, alsof hij een aanval verwachtte. Ik hoorde nog steeds niets ongewoons. Een gordijn klapperde tegen de wand. Beneden sloeg een deur dicht. Die vogel had nu wel zijn kop gehouden. Toen ik me omdraaide, stond de sabreur met zijn rug naar het raam, sabel in de aanslag.

'Der Golem!' schalde hij. Ze proestten het uit. Siegbert trok het masker van zijn gezicht. 'Even was je bang.'

'Ja, even was je bang,' zei Friedrich, 'geef maar toe.'

'Wat een onzin,' zei ik. 'Ik ken die hele film niet eens.'

'*Der Golem* niet?'

Ik schudde mijn hoofd. Ze hoefden niet te weten dat ik maar drie keer in mijn leven in een bioscoop was geweest.

'Der Golem is een monster van klei,' zei Friedrich. 'Hij is gemaakt door een rabbi die zijn volk wilde beschermen. Met een ster op zijn borst komt hij tot leven. Maar alles loopt uit de hand, hij breekt de boel af...'

'Je vertelt het niet goed,' viel Siegbert hem in de rede. 'We moeten het donker maken, anders is het niet eng genoeg.' Hij begon een overgordijn los te knopen, dikke vlokken stof dwarrelden naar beneden, maar de ochtendzon liet zich door de rode stof niet tegenhouden. Siegbert wenkte ons naar zich toe. 'Het speelt zich af in Praag, heel lang geleden...' Op de gang klonken voetstappen. Hij sperde zijn ogen open, zijn pupillen waren klein. Valse honden hebben soms zo'n blik, blind als een bevroren wateroppervlak. 'Hoor je dat? We hebben der Golem opgeroepen. Ik heb altijd al geweten dat het hier spookt. Luister!'

De klok wees half acht aan. Het moest Leni zijn, die de poetsemmers uit de kelder kwam halen. Maar ik luisterde liever naar wat Siegbert te vertellen had. In die tijd waren we allemaal aan spiritisme verslingerd. Mijn vriendinnen huiverden zich in de achterkamertjes van hun ouderlijke woningen tot extase. Ik verwonderde me over de routine waarmee ze letters knipten uit een krant, een kruis maakten van twee latjes en hun vragen stelden aan de stilte. Op het beslissende moment brak er altijd wel een echtelijke ruzie door de dunne wanden heen. De spanning was te snijden in de Limburgse huishoudens van de crisisjaren, maar dat was niet de spanning die wij zochten. Op het Raeren verheugde ik me op het echte werk. De tweeling kende het huis al langer, de vorige keer hadden ze in de zolderkamer geslapen en waren ze door een menigte bezocht – duiveltjes, dacht Friedrich, dolende geesten, dacht Siegbert –, maar hoe dan ook, het was er niet pluis, en dat gingen we nu beleven.

'De zolderkamer, dat is de mijne,' zei ik. 'Ik heb nog niets gemerkt.'

'Pas dan maar op,' zei Friedrich, 'Want komen zullen ze. Wie ze zijn, weten we niet, maar ze zijn met velen. Als je goed luistert, kun je ze horen praten. Ritselende fluisterstemmetjes. Ik krijg nog de rillingen als ik eraan denk!'

'Kom, we gaan erheen,' zei Siegbert. 'Dan zul je eens zien hoe het er spookt.'

En terwijl de volwassenen de nacht van zich af probeerden te schudden met koud water en besognes, fluisterden wij door elkaar heen als kleine kinderen, stormden we de trappen op naar ons obscure avontuur, alsof buiten de dag niet was aangebroken met zijn blakende verstand.

'Wacht, laat mij maar voorgaan!' zei Siegbert. We stonden voor mijn deur. Hij reikte naar de klink, maar die ging vanzelf omlaag. Het volgende moment werden we verblind door een vloedgolf van licht. Daar, midden in de kamer, in een wolk van stof, stond een silhouet aan de grond genageld. De tweeling vloog de trap af.

'Stelletje rekels,' mompelde Leni, mijn hoofdkussen uit de sloop trekkend. 'Je zou toch niet zeggen dat ze al oud genoeg zijn om in dienst te gaan.'

Ik hoorde maar half wat ze zei, probeerde me een houding te geven. De balkondeuren stonden open. Ze had het gaas weggebogen en de stenen geschrobd.

'Was er geen les?'

'We moesten ons zelf vermaken. De maître is ziek, zeiden ze.'

'Wie zeiden dat? De jongens? Luister toch niet naar hen, Janna. Die halvegaren weten niets. De maître is al een uur geleden opgestaan. Fris als een beekforel.' Ze stapte het balkon op en wees in de verte. 'Daar, kijk zelf!'

Over de heuvel galoppeerde een ruiter. Alleen de losse teugel in zijn hand suggereerde dat het wel eens gebeurde dat die zwevende drie-eenheid – ruiter, paard en schapenwolkjes boven hun hoofden – uit elkaar viel. Wie bezielde wie? De jonge god het paard, dat onder hem danste, of andersom? De ruiter met zijn lange benen en soepele rug leek niet erg op mijn maître.

'Ik maak me zorgen, Janna.' Leni's haar rook naar het eten van gisteren. Ik deed een stapje terug, ze keek me smartelijk aan. 'Heinzi heeft de baas wantrouwig gemaakt met zijn gezwets. Die jongens, volgens Heinzi moeten ze allang in dienst. Maar die moeder wil haar bloedjes niet aan de Wehrmacht verliezen, ze is geen patriot, zoveel is duidelijk. Waarom laat de baas zich voor deze praktijken strikken? Ik vertrouw die vrouw niet. Het ergste is dat de baas na Heinzi's tirade alle reden heeft óns niet te vertrouwen. Ik ben er niet gerust op dat hij ons laat blijven.'

Opeens vertrok ze haar gezicht, het maakte haar een andere vrouw. Ik was er niet gerust op. Als Leni al die tijd in mijn kamer was geweest, aan welk spook hadden dan de voetstappen toebehoord die we in de schermzaal hoorden?

'Maar Heinzi zegt dat de tijden zijn veranderd,' snoof ze. 'Dat de rollen zijn omgekeerd, en dat de baas blij mag zijn als hij mag blijven.'

Von Bötticher draafde de poort van het Raeren binnen. De machtige cavalerist. *Mein lieber Leibhusar.* In een tijdschrift had ik een foto gezien van de Duitse keizersdochter in huzarenkostuum. Een jongensmeisje met een rijkelijk bestikt jasje aan, een flauwe glimlach op haar tere gezichtje, en daarboven, topzwaar als een aambeeld, een zwarte bontmuts met een blikkerende doodskop erop. Hoe had Von Bötticher eruitgezien in de oorlog? Ongetwijfeld had hij een grote indruk gemaakt op de Walen – die pissebedden onder hun stenen, zoals oom Sjefke ze noemde. Er waren francs-tireurs geweest die vanuit hun verduisterde ramen op de opgepoetste indringers hadden geschoten, zoals de indianen hun pijlen afvuurden op de mannen te paard van de conquistadores. Of waren de rollen bij Luik inmiddels omgekeerd? Waren de doodskophuzaren met hun geslepen houwdegens de wildemannen, terwijl de inboorlingen keurig de trekker overhaalden?

'Herr Egon von Bötticher is er eentje van de oude stempel,' zei Leni. 'Maar Heinzi had het niet mogen zeggen, dat van die oude Stahlhelmrakker. Hij is geen rakker en zeker niet oud. Zulke mannen verouderen niet. Daarvoor zijn ze te vaak aan de dood ontkomen. Als je aan de dood ontkomt, beleef je de rest van je dagen als etmalen, zoals kinderen.'

Ze stopte het vuile beddengoed in een kussensloop. Ik was zo onder de indruk van de Leibhusar dat ik geen poot uitstak. Zijn koolzwarte merrie liep alsof ze zelf ook trots was op haar onderwerping, terwijl alleen in die sierlijke hals al genoeg kracht zat om de ruiter te doden.

'Een majesteit, vind je niet?' vroeg Leni. 'Ik heb haar nog als veulen gekend. Toen de baas hier net kwam wonen, waren ze onafscheidelijk. Overdag reed hij haar onder het zadel, 's nachts bleef hij in de stal. Alsof hij bang was dat iemand haar zou stelen. Best mogelijk, volgens Heinzi moet dat beest een godsvermogen gekost hebben.'

Ze wilde de kamer uit lopen, maar bedacht zich halverwege. 'Je hebt het niet van mij, maar ze zeggen dat hij in de oorlog een paard heeft verloren. Een heel bijzonder dier, een cadeau van zijn vader, zoiets. Ze hadden in ieder geval een band waar wij gewone mensen niets van begrijpen. Dat paard is hem ontvallen. Het verhaal gaat dat het is gevlucht terwijl hij lag te creperen en dat hij daar waanzinnig van is geworden. Gek van het verraad. Stel je voor, het paard uit zijn kinderjaren, zijn enige kameraadje – want dat die man een rotjeugd heeft gekend, is zeker: enig kind, vader een despoot, moeder in het kraambed gestorven –, zo'n rotbeest, dat ervandoor gaat om nooit meer terug te komen! Maar je hoort zoveel. Anderen zeggen dat het onder zijn kont vandaan is gestolen, of dat hij het zelf uit z'n lijden heeft moeten verlossen, omdat het gewond was geraakt. Terug in Oost-Pruisen is hij een tijdje verpleegd geweest, en neem van mij aan, dat was heus niet alleen voor dat been van 'm. Eén ding kan ik je wel vertellen: zoals hij hier in de stallen rondhing, dat was niet normaal. Het was toen al bijna vijftien jaar na de oorlog, maar mijn man en ik keken elkaar soms aan... Eens hoorde ik hem huilen als een wolf. Toen heb ik Heinzi een duw gegeven, maar hij zei: niets ervan, dat gaat ons niet aan, hij is niet van hier. Een man op de vlucht, die laat zich niet kennen. Die heeft zijn geheimen begraven en probeert de plek te vergeten. Alleen de moeder van de tweeling kent hem van vroeger, maar zij laat ook niets los. Denk maar niet dat ik het niet geprobeerd heb het te vragen.'

Ze zwaaide de bundel beddengoed over haar schouder, bijna dreigend. 'Mondje dicht, ik heb je al te veel verteld. Hij is een rare kwast, maar het leven op het Raeren is niet slecht. Hij is een man van zijn woord. Schone lakens vind je in de kist op de gang.'

En weg was ze. Von Bötticher draafde nu dichtbij genoeg om mij op het balkon te zien zwaaien. Hij keek even in mijn richting, maar zwaaide niet terug. Alsof ik lucht was, zo'n terugkerende geest die iedereen de keel uithangt met zijn verschijningen. Ik wilde me vol zelfmedelijden op het kale bed storten, me overgeven aan een nieuw verhaal waarin ik een tragische rol vertolkte, toen ik tweestemmig werd geroepen.

'Janna! Kom snel, alsjeblieft, een verschrikking, dit hou je niet voor mogelijk!'

Binnen een minuut stond ik beneden, hoewel ik het gesmoorde gegiechel in hun noodkreet wel had gehoord. Ik kreeg er meteen spijt van. Een schurftige hond was ik, euforisch van elke aai over z'n kop. Ze riepen me nog een keer, ik moest naar de tuin komen.

'Het spookt hier werkelijk, Janna, er is geen houden meer aan!'

De voordeur stond op een kiertje. Ik schrok maar kort van wat ik zag. Voor het huis bewoog een vormeloze gedaante zonder vooruit te komen. Ze stond met vier poten onder een laken waarop met houtskool twee cirkels waren getekend die voor ogen moesten doorgaan, daarmee staarde ze blind in de verte. Siegbert probeerde haar tot meer actie te bewegen, maar ze bleef staan en wreef zich met een poot over de neus, waaruit een knor ontsnapte. Spannend werd het pas toen met roffelend stemgeluid een furie kwam aangesneld. Ze probeerde het tafelkleed los te trekken van het beest, maar dat had zich met een poot in een knoop vastgelopen en liet zich op een zij vallen, de spenen presenterend als een dozijn Weesper moppen. De tweeling walgde luidkeels. Leni bleek wendbaarder dan gedacht. Friedrich kreeg de eerste tik te pakken, Siegbert probeerde haar aanval met maaibewegingen te breken.

'Blijf van mijn broertje af, vrouw!'

'Een vrouw ja,' schreeuwde Leni. 'Goed gezien. Ik hoop dat jij er ooit eentje aan de haak slaat. Of trouw je soms liever met je broertje?'

Siegbert en Friedrich keken elkaar aan, genegen en voldaan.

'Alleen de duivel is zo ijdel,' zei Leni geschokt. 'Gezonde jongens zouden het wel weten met zo'n mooie dame in hun midden.'

Siegbert keek van mij naar de zeug. 'Wie van de twee bedoelt u precies, Leni?'

Ik was nog nooit verliefd geweest. Niet op iemand van vlees en bloed. Dat was niet erg, net zo gemakkelijk componeerde ik 's nachts van mijn verlangens een Siegbert. Eentje die mij het hof maakte, in plaats van zijn evenbeeld. Zonder enige inspanning liet ik hem in mijn hals hijgen, omdat ik nu wist hoe zijn hijgen klonk, en het zweet, dat ik ook kende, van zijn borst op de mijne druppelen. Ik kuste zijn lippen, die eigenlijk mijn vingertoppen waren, zijn wang, mijn handpalm. Maar er verschenen geen spoken op de zolderkamer. Vanuit hun schuilplaatsen moeten ze jaloers hebben toegekeken hoe mijn hersenspinsels mij tot een hoogtepunt brachten.

8

'Vanavond is de Mensur.'

In de verwarring van het ontwaken zag ik Bolkonski of een andere sluimerminnaar, die in een oogwenk aan de kant werd geschoven door een man zo onbuigzaam als de werkelijkheid zelf. Hij had zich met beide armen schrap gezet in de deurpost. Misschien stond hij daar al een tijdje.

'Ik wist niet dat Nederlanders ook siësta hielden.'

Het was zaterdagmiddag, ik had alleen een hazenslaapje willen doen. Mijn rok was omhooggekropen tot mijn dijen. Ik grabbelde naar het laken, maar daar lag ik op, met mijn schoenen nog aan. Hoe laat was het, wat had ik uitgevoerd en wat had hij gezien?

'Over een uur begint de Mensur. Weet je wat dat is?'

O ja. Een vriend van maître Louis ging in Stuttgart studeren en keerde terug met een rood litteken op zijn voorhoofd. Een *Schmiss*. Hij noemde het een eremedaille. Louis vond het kinderachtig. Een verbond bezegelen met bloed, dat deden alleen jongetjes op het schoolplein. En waarom zou een serieuze schermer ermee pronken dat iemand hem recht in zijn smoel had geraakt? De vriend had verwaand geglimlacht, zodat de Schmiss in de plooi boven zijn wenkbrauwen verdween. Wij sportievelingen begrepen er niets van. Floretschermen, dat was pas kinderachtig. Een laf spelletje met een speelgoedwapen. De *Mensur* was bedoeld om jezelf te overwinnen. Als je dat niet lukte, moest je een ander niet eens willen verslaan. Hij had gelijk. Ik begreep er niets van.

'Ik geef je toestemming om erbij te zijn,' zei hij. Misschien is het wel de laatste keer dat je het ziet. Wie zal het zeggen, ze willen het van hogerhand gaan afschaffen omdat 't zogenaamd ouderwets is.'

Hij strekte zijn stramme been en stapte de kamer binnen. Zomaar, onbeschaamd. Dit was zijn huis. Ik bevond me daarin als de stoel waar hij op leunde. Hij boog zich over mijn bezittingen op de kaptafel. Mijn borstel, met mijn haren erin. Mijn afgesleten nagelvijl, beduimelde spiegeltje, uitgeholde lippenpommade. *Oorlog en vrede*. Sinds mijn aankomst had ik het niet meer opengeslagen, en als hij het open zou slaan, zou hij zichzelf zien. Zijn wazige ik uit een ver verleden. Maar hij liet het dicht, hield zijn hand op het boek alsof hij wist wat erin zat en het erin wilde houden.

'Ouderwets,' mompelde hij. 'Alles moet worden uitgewist, gelijkgeschakeld in een nieuw bestel, alsof wij al zijn begraven. Ik schop ertegen. Ze waarschuwen me dat ik me gedeisd moet houden, en ik schop nog harder.'

Ik had geen idee wie 'ze' waren, maar zijn toon beviel me wel. Op zo'n toon spraken dwarse cavaliers nou eenmaal, ze banjerden door je slaapkamer met de mest nog onder hun rijlaarzen. Ik trok het laken over me heen.

'Je mag er dus bij zijn,' zei hij, 'bij hoge uitzondering. De tweeling laat ik erbuiten. Zeg het niet tegen ze. Heinz neemt ze mee naar het dorp, de kermis is gekomen. Of ga je liever met ze mee?'

Hij bekeek me via de kapspiegel. Onder het laken, tussen mijn samengeknepen benen, bedwong ik mijn zenuwen. Hier lag ik, aangekleed weliswaar, in bed, terwijl de heer des huizes me liet delen in een geheim dat wel even spannender was dan een kermisattractie.

'Nee hoor,' zei ik snel. 'Ik wil liever de Mensur zien.'

'Goed zo. Je hoeft niet te schermen, dus doe maar iets leuks aan. Misschien dat je Leni kunt helpen. Er komen twintig gasten en ze staat er helemaal alleen voor.'

Een halfuur later stond ik beneden met een schort voor. We hadden Heinz en de sabreurs uitgezwaaid, wat een langdradig proces werd toen Heinz de auto voor de poort stilzette om een paar rake meppen uit te delen naar de achterbank. 'Goed zo,' had Leni gemompeld, alsof ze wist waarvoor ze slaag verdienden. Daarna begon ze zich te haasten. Dit was het plan: leverbrood met Hemel en Aarde, appeltaart toe. Een varkenskop had met een blinde grijns in het nat gedobberd tot de stukken eraf vielen. Die haalde ze nu door de gehaktmolen. Kokhalzend liep ik naar het raam. Ik zag niets, behalve het rode weefsel van mijn vingers voor de zon, maar ik rook letterlijk onraad; een instinctieve, onpasselijk makende waarschuwing die door geen ander zintuig kon zijn afgegeven dan mijn reuk. Toen ik mijn handen weghaalde, zag ik drie hoge DKW's naderen. Als matzwarte torren kropen ze over de oprijlaan. Het duurde even voordat de deurtjes openzwaaiden en de elf inzittenden, in hetzelfde hermetische zwart als hun voertuigen, naar buiten kwamen. Ze droegen petten en sjerpen. Een jongen zwaaide met een driekleur. *Carnevale*, schoot het door me heen. *Vaarwel aan het vlees.* Elke jaar begon onze pastoor zijn preek op Aswoensdag met de vraag of we 'al het vet hadden doorgeslikt'. Of er geen stukje vlees meer was achtergebleven, dat ons tijdens de vasten in verleiding kon brengen. De opgeblazen parochianen waren meestal te katerig om iets uit te brengen. Dan kneedde de pastoor een misselijkmakend betoog in elkaar. Over vlees dat verdorven is op aarde, dat zwak is en verleidt, over het levende vlees van de melaatsen en de vleesgeworden zoon. Pas een uur later, terwijl de oprispingen door de kerk galmden en de stank niet meer te harden was, beëindigde hij die vleespreek met het nuttigen van het Corpus Christi.

'Het circus kan beginnen,' knikte Leni, alsof ze mijn gedachten had gelezen. 'Deze Burschen kennen de weg, daar hebben ze mij niet bij nodig.'

Inderdaad slopen de studenten op eigen houtje naar binnen. In de hal bleven ze nog even staan fluisteren voordat ze verder gingen naar de schermzaal. Leni bekeek haar koksmes en besloot dat het niet geslepen hoefde te worden. (Messen zijn bot in huizen zonder mannen, zei mijn moeder zo vaak dat mijn vader voortaan alleen zijn eigen tafelmes over de slijpsteen haalde, met verwoestende dwangmatigheid, zoals een hond een been afknaagt.) Zij zou het niervet snijden, ik de appels schillen voor de stamppot. Er hingen bijen boven de tafel die van de kamperfoeliestruiken naar binnen waren gevlogen. Angst maakt eerst doof, dan pas blind. Het gezoem werd zo overheersend dat ik de volgende gasten niet hoorde aankomen. Acht jongens en een grijze otter met een wandelstok. De jongens droegen dezelfde petten als de eerste groep, maar hun sjerpen hadden een andere kleur. De otter tilde zijn stok op, riep: 'Herr von Botticher!' Ik zag hem niet, hij stond zeker in de deuropening. Leni telde tijd, gasten, ingrediënten. 'Negentien hongerige Burschen plus twee ouwe buiken. Eerst het kortvoer dan maar.'

Ik weet niet waarom, maar ze besloot dat ik het naar ze toe moest brengen. Een dienblad vol schnaps en *Schmaltz*. Voorzichtig schuifelde ik naar de schermzaal, voetje voor voetje naar mijn eerste verliefdheid.

Ik bestrijd graag de indruk dat ik verliefd werd op een uniform. Het cliché dat vrouwen uniformen begeren omdat ze een mannenlichaam hullen in een snit van besluitvaardigheid, ging niet op voor meisjes van mijn generatie. Wij pakten die uniformen af en trokken ze zelf aan. Wij droegen als eersten een colbert, afgekeken van de officiersjas. We droegen epauletten op onze blousejes en daaroverheen een trenchcoat met baret. Trouwens, in die tijd hadden alle mannen op straat een uniform aan. Zelfs onze schillenboer droeg een gestreept schort en bijpassende pet. Van al die opgetooide mannenlichamen, die hun sjerpen en insignes bewonderden in de spiegels van de schermzaal, hoefde ik er maar een. Goed, ik geef toe, die was zo uitgemonsterd dat elke vrouw, al was het mijn preutse moeder, het vuur in haar schoot had voelen branden. Het duurde even voordat ik hem zag. Beginnende serveersters vestigden hun ogen op het dienblad in plaats van op de gasten. Die moesten zichzelf maar inschenken. Ik zag smetteloze studentenhanden de kruik vastpakken alsof het een katje was, hoorde hun gemompel, maar durfde pas te kijken toen ik er zeker van was dat de glaasjes bleven staan. Er zaten mooie jongens bij. Serieuze gezichten, de meeste getekend. Een terloopse kras over de wang, een streep op het voorhoofd. Niets ernstigs. Alsof ze stuk voor stuk, van hogerhand, waren aangevinkt. Sommige gasten droegen geen sjerp. Eén, in doktersjas, leek me te jong om dokter te zijn. Een ander, in zwarte rok, zag eruit alsof iemand op hem was gaan staan: kort en breed, met uitpuilende ogen. De duellisten herkende ik meteen, van een illustratie uit mijn collectie. Gekregen van mijn tante, die voor mij plaatjes en artikelen over schermen uit Duitse tijdschriften knipte. *Der Herr Paukant.* Op die illustratie hield een man, ingepakt als een blinde vink, een rapier omhoog. Het cryptische 'Paukant' noch het ouwelijke 'Herr' vond ik passen bij deze studenten, die nauwelijks hoorbaar hun glaasje afsloegen, maar ze droegen dezelfde gevoerde mouwen en ook een lederen lap om hun halsslagader. Als zo meteen de Paukbrille werd voorgeschoven, zou er tussen al die protectie een klein, bleek trefvlak overblijven, als op het doek van een schilderij dat nog moet worden afgemaakt. Nu was die huid nog intact. Het ineengedrukte mannetje hief een bestraffende vinger op. Geen drank voor de deelnemende Paukanten. Ze mochten wel eten, maar hun magen waren al gevuld met zenuwen. Dat zag iedereen, hoewel ze de vrees in hun nog ongemaskerde ogen probeerden te verbergen. Ik moest verder, maar werd geveld toen ik me omdraaide. Twintig man was getuige van de diefstal van een meisjeshart. De dader had er niet veel moeite voor hoeven doen, het slachtoffer stond erbij met de onnozele, bedrukte blik waarmee je naar een stille liefde hoort te kijken.

Het was niet alleen zijn gitzwarte attila met witte tressen, of zijn karsaaien pels met zilveren galons. Mijn adem stokte even van de opgepoetste schedel met knoken, vastgepind op zijn pelsmuts. Memento mori. Hij torste de dood op zijn voorhoofd, zoals woestijnvolken hun lijkwade als tulband op hun hoofd dragen. Wat evenwel alles besliste waren zijn ogen. Misschien had ik er nog niet goed naar gekeken, omdat mijn aandacht werd afgeleid door zijn litteken, dat nu niet meer leek dan een uitbundige onderscheiding van de *Schmisse* op de studentensmoelen. Zijn ogen waren peilloos en helder tegelijk. Misschien keek hij alleen zo als hij zijn uniform droeg, als hij onder die rouwrand van konijnenbont de dood indachtig hield. Hoe het ook zij, ik stond daar maar met mijn dienblad, terwijl hij alleen een glaasje pakte, zonder het in te schenken.

'Bundesbrüder!' riep hij. De zaal verstomde. 'Zoals ik al zei: we zullen moeten improviseren. We zorgen dat het Comment zo goed mogelijk wordt nageleefd, maar u zult begrijpen dat we in zwaar weer verkeren, met de recente politieke ontwikkelingen. Veel woorden zal ik aan die toestanden niet vuilmaken, maar de Consenior van Ebura kon vandaag al niet meer komen, dus ben ik zeer vereerd dat zij hun Senior, professor Reich, naar het Raeren hebben afgevaardigd. Hij zal tevens als Paukarzt fungeren.'

De otter knikte bevestigend. Ik moest aan mijn vader denken, die nog niet grijs was, maar nauwelijks jonger moest zijn, en vreesde dat deze professor net zo gemakkelijk mijn gedachten kon lezen als hij. Hij stond er gemoedelijk bij, zoals mijn vader dat ook gedaan zou hebben, terwijl de Leibhusar – als Consenior zijn mindere bij de Mensur – aan het woord bleef. Hij droeg een wapenrok die niet bij hem klopte. Toen wist ik zeker dat mijn gevoelens niets met het uniform te maken hadden, maar met de man, die erin paste als een sabel in de schede.

'Van onze zijde zal Herr Wolf, arts in opleiding, de taak van Paukarzt vervullen. Met slechts twee Paukanten hebben we besloten tot een partij van vijftien gangen, vier slagen per gang. Zoals u allen in het Comment heeft kunnen lezen, zijn zowel diepe als hoge slagen toegestaan. Wij vertrouwen op het oordeel van de Onpartijdige. Hoch bitte!'

Luid applaus. Met de Onpartijdige werd niet God, maar het ineengedrukte mannetje bedoeld, dat naar het midden van de zaal beende alsof er opeens grote haast was geboden. De duellisten werden neergezet op een wapenlengte afstand van elkaar. In hun schaduw verschenen de secondanten, die net zo waren ingepakt als hun beschermelingen, en ook gewapend waren. Alle vier de wapens werden in de spiritus gedoopt. Ten slotte kregen de deelnemers stalen brillen voorgebonden, die hun ogen moesten beschermen, maar hun zicht niet verbeterden. Misschien deed dat zintuig er niet toe, nu ze zo vlak voor elkaar stonden. Hoe groter de afstand, des te grover de verwondingen. Slagen van dichtbij leveren voornamelijk hoofdwonden op, met littekens die zich pas laten bewonderen als de Paukanten later, als *alte Herren*, hun haar verliezen. Volgens mijn vader genazen littekens op het hoofd meestal goed. De schedel houdt de huid strak, zei hij. Maar het hechten van een uitgescheurde mondhoek was een geduldwerkje. Te veel vlees op de naald trok het gezicht voorgoed in een grimas. Het zou zonde zijn als de beoefenaar van zo'n ernstig ritueel voortaan met een clownskop door het leven moest gaan.

Ongetwijfeld vergelijken wel meer toeschouwers de Mensur met een kemphanengevecht. Het gehannes. Volwassen kerels op hun hurken, in de weer met twee schepsels die niet anders kunnen dan elkaar tot bloedens toe te lijf gaan. De twee *Burschen* waren niet meer dan wangen, kin, hoofd. Bloeden zouden ze, niet doodbloeden. De lappen werden strakker om hun halzen gesjord. De strijd kon beginnen.

'Juffrouw, heeft u ook witbrood met Schmaltz?'

De otter wees naar het dienblad, waarop twee armzalige stukjes roggebrood waren overgebleven. Ik begreep hoe verkeerd het was geweest om eerst de studenten te bedienen, nu moest ik op het beslissende moment terug naar de keuken. Voordat ik de zaal uit liep, keek ik nog een keer om naar de maître. Ik had me niet vergist. Ergens speet me dat. Een zwaarmoedigheid overviel me, als bij een afscheid. Afscheid van het dromen. Zoals een kleuter op zijn eerste schooldag begrijpt dat hij tot het dagelijkse leven is veroordeeld. Volgens mijn moeder heb ik toen, zes jaar oud, bedremmeld met mijn rode schooltasje, verzucht: 'Ach, was ik maar niet zo groot geworden.'

Leni zag het. Ze keek me onderzoekend aan en veegde haar oksels af met de rug van haar hand. 'Gaat het wel? Je ziet zo rood als een kardinaal. Ga rustig zitten, ik had je moeten waarschuwen voor die toestanden.'

'Ik voel me prima,' mompelde ik, 'ze zijn nog niet begonnen.

Ze willen Schmaltz op witbrood.'

Ze hoorde me niet. Boven een teil prevelde ze verschrikkelijke toverformules: 'De helft zoveel vet als vlees, tweemaal zoveel
vet als bloed, de helft zoveel bloed als vet.'

De stank was zeker naar buiten gedrongen, want de honden
begonnen te janken. Het ging van kwaad tot erger. Behalve het
kopvlees moest er een halve liter bloed door de massa, niervet en
een pond boekweitemeel. Daarna gooide Leni haar volle gewicht
in de strijd om het onheilspellende mengsel te doorkneden. Beu-
kend stond ze aan het aanrecht totdat alles rood kleurde: de vul-
ling, haar gezicht, en de lucht voor mijn ogen. Onderwijl moest
ik die schmaltz op de boterhammen zien te smeren.

'Ga maar terug naar de zaal,' zei Leni. 'Ga maar kijken naar
dat circus. Niet dat het de moeite waard is. Waar ik vandaan kom,
slaan we er gewoon op los als onze eer is aangetast. Je vrouw
beledigd? Van dattum!' Ze haalde een besmeurde vuist uit de
teil. 'Eerlijk handwerk, midden op straat. Hun soort vecht in het
geniep, omdat het klootjesvolk niet mag zien wat ze uitvoeren.
We zouden er eens een voorbeeld aan nemen! Godbewaarme.
Zij vinden het een schande als een man zijn hoofd wegtrekt als
hij met een zwaard wordt bewerkt. Middeleeuwse toestanden!
Het is maar goed dat de Führer zoetjesaan een einde maakt aan
dat circus.'

Kon je wat er in de schermzaal aan de hand was een circus
noemen? Een circus heeft publiek nodig, hoewel ik me er nooit
hooggeëerd heb gevoeld. Wel opgelaten. Alsof je aanschuift bij
een familiediner, waar achter de façade oude vetes worden uit-
gevochten. De oude clown verbergt onder zijn schmink het cha-
grijn van zijn miskenning, leeft zich iedere nacht uit op het tra-
pezemeisje, dat soort ellende. En maar glimlachen als de lichten
aangaan, voor dat verdomde publiek. Het circus van de *Satisfaktion* had geen pottenkijkers nodig. Vroeger, toen heetgeba-

kerde mannen bij het minste of geringste hun rijkversierde wapens kruisten, trok de Mensur zich terug op pistes diep in het woud. Niemand hoefde te zien hoe hoogmoed met de dood werd betaald. Het ging niemand wat aan dat gezichtsverlies werd bestreden met open vizier en getrokken wapen. Er waren geen winnaars of verliezers, want eer was de inzet, en die kreeg een dode misschien nog wel eerder dan een levende. Even goede vrienden. De vrienden in de schermzaal bleven allebei in leven. Ze hadden de mazzel dat een eeuw eerder was besloten dat de echte vijand niet tegenover je staat, maar vanbinnen zit: schande en schijterij. Voor een overwinning op de *inneren Schweinehund* was het genoeg om getekend te zijn voor het leven.

De schermzaal was op slot gedraaid. Ik morrelde aan de klink, de otter zette de deur op een kiertje, pakte de boterhammen aan en sloot me buiten. Gelukkig boden de ramen van het bordes een prima zicht op het duel, want iemand had de gordijnen weggeschoven. Er stond zelfs een terrasstoeltje klaar. De krijgers waren al halverwege de partij. Bij de een stroomde al bloed over het gezicht, maar het duel werd niet onderbroken. Dit was geen gevecht. De krampachtige bewegingen uit de pols en de elleboog waren een gevolg van de korte afstand, niet van haat of woede. Spontane emoties moesten in bedwang worden gehouden. In het Comment stonden de regels voor de zelfoverwinning tot in de details vastgelegd. Mensur. Dat woord sloeg niet alleen op de afstand, het was vooral de hartstocht die werd afgemeten.

'Halt!'

Een treffer. De Onpartijdige kwam tussenbeide om de Paukanten te inspecteren. Tot mijn verbazing vond hij het allemaal in orde. 'Niet diep genoeg,' zei hij van de hoofdwond. De wapens werden gedesinfecteerd en 'los!', daar gingen ze weer, slag na slag, haal na haal, tot de laatste gang. Daarna werd het stil. De kring dromde bijeen. Ik ging op mijn tenen staan maar kon niets zien. Toen werd ik geroepen.

'Ze is een doktersdochter,' hoorde ik Von Bötticher zeggen, 'ze is niet bang van bloed.'

Hij wachtte me op in de gang. Zou hij iets in de gaten hebben, vroeg ik me af. Zou hij beseffen dat hij zojuist de eerste liefde in iemands leven was geworden? Daar doe je niets aan, voor die rol kun je niet bedanken. Schooljuffen, vooral de mooie, weten dat. Voor sommige is die vereeuwiging een reden om les te gaan geven, maar Von Bötticher bekeek me nog net zo sceptisch en vermoeid als op het station van Aken.

'Jou moet ik hebben,' zei hij. 'Onze Paukarzt heeft last van een onvaste hand. Ik dacht: jij hebt vast wel eens helpen hechten.'

Ik wist waar ik moest zoeken als mijn vader vroeg om zijn chirurgische instrumenten, maar meestal hielp mijn moeder in de praktijk. Zij had van nature een rustgevende uitwerking op patiënten. Ik niet. Zieken hebben weinig behoefte aan een blozende bakvis. De jonge Paukarzt had niet alleen last van een onvaste hand, hij was gevloerd. Iemand zei dat hij al in Aken was begonnen met drinken. Zijn patiënt zat naast hem met een bloederige glimlach. De anderen klopten hem op de rug. Hij was nu een van hen, een echte man. Ze sloegen hun ogen neer toen ik naderbij kwam. Een vrouwmens werd toegelaten tot de rite van de stam. Het was nodig, maar het hoorde niet.

'Je hoeft niet bang te zijn,' zei Von Bötticher tegen de jongen. 'Dit meisje is een doktersdochter.'

'Ik weet niet of...' stamelde ik. 'Waar is de andere arts?'

Die was te druk met de Paukant van zijn eigen vereniging. Von Bötticher trok me ruw omlaag, zodat ik op mijn knieën viel voor het slachtoffer. De jongen keek me nog steeds niet aan. In de dokterstas vond ik watten en alcohol, waarmee ik voorzichtig zijn voorhoofd depte.

'Je bent een held, Hugo,' zei Von Bötticher. 'Goed gedaan.' Hij zat zo dichtbij dat zijn bontmuts mijn gezicht raakte. Het bloed steeg naar mijn wangen. De jongen had een lief gezicht, maar het was vuil. Misschien waren de douches in het studentenhuis bezet geweest, had hij zich niet eens kunnen wassen voor zijn inwijding. Zijn voorhoofd bleef bloeden. Boven zijn wenkbrauw zat een snee, die openstond als de bek van een nestkuiken.

'Zie, de handen van een vrouw, die doen pas wonderen!'

De otter, godzijdank. Hij hurkte neer en nam de dot watten over die ik op de wond gedrukt hield.

'Herr Paukant, u ligt er zo ontspannen bij, u hoeft vast geen verdoving.'

De jongen schudde kort zijn hoofd. Uit zijn dikke haar vielen druppels bloed: nog een wond. Ik zocht de tas om meer watten te pakken, maar werd tegengehouden door de Onpartijdige. Hij kauwde ergens op. Ergernis.

'Heren, kunt u mij vertellen wat zij hier doet? Dit is tegen de regels van het Comment.'

'Bewaar uw gemoed,' mompelde de otter, terwijl hij de draad door de naald trok. 'Het meisje was niet bij de Mensur zelf aanwezig.'

'Ze assisteert de dokter,' zei Von Bötticher tegen het mannetje. 'Haar vader is arts in Maastricht. Ze verblijft op het Raeren om haar schermtechniek te verbeteren.'

'Schermen jullie in Nederland niet met aardappels?' vroeg een lange jongen. 'Zoiets heb ik wel eens gehoord. Ze binden vier aardappels op je lijf; een op je kop, een op je buik en twee aan de zijkant, en dan moet je ze met een klap doormidden slaan. Zoals Wilhelm Tell, alleen met een sabel. Lijkt me reuze.'

Iedereen lachte, behalve de getroffen Paukant. Hij keek naar het plafond, ernstig als een engel, terwijl zijn oorschelp volliep met bloed.

'Maakt u het niet te mooi, Herr Reich?' vroeg Von Bötticher. 'Er moet nog wel iets van te zien zijn, anders heeft de knaap voor niets gevochten. Maar dat snappen jullie doktoren niet. Alles moet altijd genezen, alsof ervaring niet telt. Alsof het leven geen sporen mag achterlaten op een mens. Er zijn tegenwoordig zelfs doktoren die psychische wonden wegpoetsen. Als ijverige huisvrouwen gaan jullie tekeer; uiterlijk, innerlijk, niets ontkomt aan jullie opruimwoede.'

De otter keek geamuseerd achterom, terwijl zijn handen bezig bleven. De Paukant veegde alleen het zweet van zijn bovenlip. Nog eerder dan dat daar een snor was gegroeid, zou het merkteken op zijn voorhoofd van rood naar roze kleuren.

'Zo,' zei de otter ten slotte, 'dat zal netjes worden. Herr von Bötticher, waar is de muziek? Het gebeurt niet vaak dat er een dame bij de Mensur aanwezig is. Ik wil dansen.'

'Geen muziek,' zei Von Bötticher. 'En het meisje moet helpen bij het eten. Terstond.'

Tot mijn verrassing rook het verrukkelijk in de keuken. Leni's toverspreuken hadden geleid tot twee prachtige, donker gebakken vleesbroden. Ze voelde aan de korst of ze al gesneden konden worden. Eerst de taart de oven in, het spek over de Hemel en Aarde, en vort, een klap op mijn achterste, breng die alvast naar de zaal. Toen ik binnenkwam met de terrine dromden de studenten om de tafel.

'Als ik zo vrij mag zijn?'

Achter me stond de lange jongen, die de opmerking had gemaakt over het aardappelschermen. Hij had een innemend gezicht, een zeldzaamheid in de zaal. Misschien leek hij vriendelijker dan de rest, omdat zijn huid goed genas. Omdat die zich tot een vage oneffenheid onder het linkerjukbeen had gesloten, of dat nou de bedoeling was of niet.

'Ik zou na het eten graag tegen u willen schermen,' zei hij.

'Niet met scherp. Gewoon, met de floret.'

Hij wees op de twee antieke stootwapens aan de muur, roestige dingen maar nog steeds vlijmscherp, zo te zien.

'Dat zijn geen floretten, maar parisers,' kwam de otter tussenbeide. 'Levensgevaarlijk. Ze leveren misschien kleine littekens op, maar een doorboorde long heb je zo te pakken. Streng verboden, die dingen.'

'Tegen jou kan ik het wel zeggen,' fluisterde de jongen opeens in mijn oor. 'Wat je vandaag hebt gezien, dat is niet zoals het hoort. De Mensur is de nek omgedraaid. Vroeger gingen er wel twintig partijen doorheen op zo'n dag, waarom kan dat niet meer? Als Herr Egon von Bötticher het Raeren niet ter beschikking had gesteld, hadden we zelfs niet geweten waar we déze duels hadden moeten houden. Wat een rommeltje.'

We mochten aan tafel. Von Bötticher aan het hoofd, de otter aan het andere eind. Die laatste stond erop dat ik naast hem ging zitten, schoof galant mijn stoel aan en wilde zelfs mijn servet uitslaan, maar daar was de lange jongen weer.

'En dan dwingen ze ons om allerlei gespuis op te nemen,' fluisterde hij. 'Kameraadschap noemen ze dat. Volksgenoten. Het zegt me niets, tussen ons gezegd en gezwegen.'

'Gespuis?' vroeg de otter.

'Het omhooggevallen plebs.'

'Als het ijverige studenten zijn, zie ik er geen kwaad in.'

'U begrijpt het niet,' zei de jongen, geëmotioneerd. 'Verschil moet er zijn.'

'De corpora moeten met hun tijd meegaan.'

'Doktor Reich,' de jongen schudde zijn hoofd, alsof hij iets weg moest slikken, 'dat nu juist uw soort het voor hen moet opnemen, werkelijk!'

De otter propte nadrukkelijk zijn servet in zijn boord, daarna bestudeerde hij het lemmet van zijn mes. Geen politieke kost voor de maaltijd. De jongen had het begrepen. Minutenlang tuurden ze naar de deur, tot Leni de kar naar binnen duwde en daadkrachtig begon uit te delen. Tijd voor een toespraak was er niet. Von Bötticher hief het glas op de *Burschenschaft*, die nog springlevend was zolang ze samen om deze tafel zaten, ze konden hem nog meer vertellen, *auf Mensur*! De studenten stortten zich op het eten, alsof met de geuren ook hun emoties, beteugeld door strikte regels en een degenlengte afstand, waren vrijgekomen. De lange jongen zag het ook. 'Als vluchtende dieren, die nog een pol gras wegtrekken voordat de wolf ze in de hielen bijt,' zei hij. 'Het plebs staat voor de deur, vreten maar.'

Er ontstond een merkwaardige sfeer. Een paar studenten lachte onophoudelijk, met volle mond, terwijl andere hun tranen wegveegden met hun manchetten, en niemand vroeg wat er scheelde. Twee dikkerds hadden een meningsverschil, hun vuistslagen dreunden op tafel, iemand hief met valse kopstem een lied aan, maar kreeg een hand op de mond gedrukt. Von Bötticher zag het aan met een vaderlijke glimlach. Hij had deze dierlijke razernij vaker meegemaakt na een duel. Hij hoefde maar het glas te heffen en het werd stil.

'Vandaag hebben jullie laten zien hoe een man zijn eer en vaderland verdedigt. Tegenwoordig heeft men de mond vol van tanks, maar een echte soldaat verbergt zich niet in het staal. Die strijdt met open vizier. Zoals de keizer zei: het zwaard moet beslissen. Burschen, laten we drinken. Op de keizer. Op eer, vrijheid en vaderland.'

Sommigen brachten instemmend hun glazen naar hun monden, maar anderen, onder wie de Onpartijdige, begonnen opgewonden te smoezen. Von Bötticher keek ze vragend aan.

'Met permissie, maar op de keizer zal ik niet drinken,' zei de Onpartijdige.

'Dat is uw zaak,' zei Von Bötticher ijzig. 'Ik laat mijn eetlust niet bederven door lieden zonder historisch besef.'

'Hij woont toch in uw land, de keizer?' vroeg de lange jongen, net iets te hard. Alle ogen waren op mij gericht, ook die van Von Bötticher. Hij keek streng.

'In haar land, inderdaad, het land van haar vader. Dat land van lafaards.'

Een onverwachte uitval. Wat deed ik hier nog? Ongenode gast, waardeloze doktersassistente, aardappelschermster. Ik wilde opstaan, maar de otter legde zijn hand op mijn schouder.

'Trekt u het zich niet aan, hij bedoelt het niet persoonlijk,' fluisterde hij. 'Vertelt u mij eens, uw vader, een arts uit Maastricht... Was hij niet die Nederlander die Egon heeft verpleegd, in de oorlog? Die kwam ook uit Maastricht. Er gaan verhalen de ronde, maar van hemzelf kom je nooit iets te weten. Een gesloten boek.'

Hij keek me afwachtend aan. De nieuwsgierige professor. Als hij huisarts was gebleven, was die nieuwsgierigheid wel bekoeld. Huisartsen worden dagelijks, uitentreuren, velgemest met levensverhalen. Sommige schrijven ze op, andere verliezen hun interesse voor belevenissen en verdiepen zich in feiten, zoals mijn vader. Hij mocht het best weten. Von Bötticher zou spijt krijgen van zijn uitval. Mijn riposten waren hard.

'Ze kenden elkaar in de oorlog. Ik heb een foto uit die tijd.'

'En wat staat erop?'

'Ik kan u hem laten zien. Ik heb 'm meegenomen, hij ligt boven.'

Even later stond ik in mijn kamer, met het wapen van mijn Satisfaktion in handen. Mijn lieve vader, zo jong nog. Ernaast de doodskopmuts, geen twijfel mogelijk. Maar het gezicht was en bleef wazig. Ik moest het ermee doen. Nu niet meer aarzelen. Ik rende de trap af, grote sprongen, daar ging ik weer, zwierend rond de zuilen. Voor de schermzaal hield ik in mijn pas in.

Beheerst stapte ik naar binnen. De otter had zijn bord met aan-
doenlijke toewijding leeggegeten, alleen van de vleessaus was
een dun spoor achtergebleven. Ik legde de foto ernaast.

'Dit is mijn vader, dit is Herr von Bötticher.'

De otter veegde nadrukkelijk zijn handen af om de foto op te
pakken. 'Ach! Werkelijk! Januari 1915. Dat is een Leibhusar, zeker.
Maar het gezicht is onscherp. Herr von Bötticher! Bent u dit?'

Mijn hart klopte in mijn keel. De foto ging van hand tot hand.
Von Bötticher had net een hap in zijn mond gestoken toen hij
hem onder ogen kreeg.

'Bent u dat, Herr von Bötticher? In de oorlog?'

Iedereen hield op met eten, messen werden neergelegd. De
studenten naast Von Bötticher keken mee over zijn schouder.
Zijn muts, het enige wat hem gelijkenis verschafte met de man
op de foto, had hij voor het eten afgelegd. Ik zag hem kwaad worden. Hij kauwde steeds trager, als een machine die tot stilstand
komt.

'Dat ben ik niet.'

'Het is een Leibhusar,' zei de otter koppig. 'En die andere
kerel, dat is de vader van het meisje. 1915.'

'Dat ben ik niet,' herhaalde Von Bötticher.

9

Wie was Egon von Bötticher? In werkelijkheid was hij nog onduidelijker dan op de foto. Meisjes van achttien weten al dat de werkelijkheid niet zo scherp is als de verbeelding. Wie heeft bedacht dat gedachten de vrije loop nemen? Dat doen ze niet, ze blijven keurig op het pad dat voor ze is aangelegd, en al die bijkomstigheden die de werkelijkheid zo verwarrend maken, schuift de verbeelding voor het gemak aan de kant. Op dat pad tref je zelden een onbekende, de meeste voorbijgangers heb je al eerder ontmoet. Misschien zien ze er iets anders uit, want ook hersenschimmen worden ouder, maar ze blijven herkenbaar. Dat wist ik inmiddels. Toch had ik gehoopt dat het raadsel van de foto eenvoudig zou worden opgehelderd. Hij was niet eens zo wazig. De fotograaf had niet bewogen, de bakstenen muur op de achtergrond was scherp. Mijn vader was haarscherp in al zijn ernst. Hij had de lange belichtingstijd getrotseerd omwille van een vereeuwiging die hij belangrijk vond. Het had niet geholpen dat hij zijn arm om de schouder van de ander had geslagen. Die was teruggedeinsd. Als een Paukant zijn hoofd wegtrekt voor het wapen, wordt hij opgezadeld met net zoveel Mensurduels tot zijn eer hersteld is. Eén Schmiss is dan niet genoeg. De Leibhusar was geschrokken, had de scherpte van de afdruk gevreesd als een groentje de punt van het wapen. Maar waarom? Waarom moest dat moment worden ontlopen? Hij had de foto weggeslingerd. Mijn vader was midden op de tafel geland, met zijn gezicht op het laken. De lafaard. Zo had hij het bedoeld. Het land van mijn vader was een land van lafaards, daar kwam ik vandaan. Aan mijn kant zat de otter, nog zo'n pleisterplakker die de sporen van het leven uitwiste.

Beide mannen staken een sigaar op. Tussen hen in zaten de studenten, opgescheept met een datum uit een ver verleden. Januari 1915. Sommige waren toen nog niet eens geboren. Ze vertrokken toen Leni en ik de afwas deden. We keken door het raam en zagen Von Bötticher de hand drukken van de otter, de Paukanten hielden hun ingezwachtelde hoofden een beetje gebogen, alsof die trofeeën zo breekbaar waren als eieren. De otter trok het portier van de bus dicht, alle motoren startten gelijktijdig. *Carnevale.* Leni dacht hetzelfde. Dat was dan dat, zei ze, het circus kan vertrekken. Maar toen doemden uit de tegenovergestelde richting twee koplampen op. Heinz en de jongens waren te vroeg teruggekeerd van de kermis. Leni trok zich dat heel erg aan, riep dat alles mislukt was. Ik wilde zeggen dat het eten heerlijk was geweest, maar dat bedoelde ze niet, ze bedoelde dat de tweeling vanaf de achterbank reikhalzend uitkeek naar de Mensurkaravaan, die ronkend bleef staan wachten tot de uitgang vrij was. Met het linnengoed onder haar arm rende ze naar de voordeur en begon daar te roepen dat Heinz een stom rund was dat hij zo vroeg was teruggekomen. Heinz draaide de wagen achteruit, de DKW's zetten zich in beweging. Met een beetje geluk zagen de sabreurs niet wat er aan de hand was. Leni liet het tafellaken wapperen als bij een wapenstilstand en er viel iets uit. Zij

zag het ook. Laat maar waaien, dacht ik. Laat ze het maar uit-
zoeken samen, die twee mannen uit 1915. Maar ze kreeg de foto
te pakken.

'De baas en een of andere kerel,' zei ze toen ze terugkwam in
de keuken. Ze legde de foto op tafel en keek me vragend aan.

'Die kerel is mijn vader,' zei ik, zo luchtig mogelijk. 'Van die
andere man weet ik het niet zeker. Von Bötticher zegt dat hij dat
niet is.'

'Dan is je vader een leuke man. En Von Bötticher kan zoveel
vertellen, dit is hem wel degelijk. Zijn houding, postuur, geen
twijfel mogelijk, dit is de baas. Lang geleden, natuurlijk.'

Opeens liepen mijn ogen vol en er viel niets tegen te doen. Ik
kon ze niet afvegen, want mijn handen zaten in het sop. Ik had
geen sympathie voor mijn eigen tranen zoals veel vrouwen dat
hebben, ik slikte ze liever in. Om de een of andere reden lukte dat
niet. Leni zag haar kans schoon en begon me te troosten met
een hand die aanvoelde als gloeiend ijzer. Spookvrouw. Kijk me
aan, zei ze steeds, en alleen daarom viel ik niet flauw.

'Je kunt voor mij niets verbergen,' zei ze. 'Ik begrijp het wel,
hij heeft een zekere charme. Maar laat je niet meevoeren. Je zult
me je hele leven dankbaar zijn dat ik je heb gewaarschuwd.'

Die nacht droomde ik van Helene Mayer. Ze stond op het olympisch podium, ik zat op de tribune tussen mijn vader en Von
Bötticher in. Kijk, ze brandt, zei Von Bötticher. We knikten, want
inderdaad, de vlammen sloegen uit Mayers gelauwerde hoofd. Ze
is de olympische fakkel, zei hij. Niet waar, antwoordde mijn
vader, ze is de heilige maagd. En hij sloeg zowaar een kruisje,
mijn vader! Mayer groeide met het oplaaiende vuur mee, tot ze
als een reusachtige godin maar voorover hoefde te buigen om
tot de tribune te reiken en mij aan te raken, met een hand van
roodgloeiend ijzer.

Toen ik wakker werd, was het nog donker. Het gordijn klapperde in het open raam alsof het huis meezeilde op hoogtij. Wie gewend is in te slapen op de regelmatige adem van de stad, schrikt wakker van het rumoer van landelijke nachten. Als de mensen zich koest houden, klinkt alles harder: windvlagen, regendruppels, een zwiepende boomtak tegen de luiken. Ik stond op om het raam te sluiten. Dichtbij huilde een uil, weemoediger kon het al niet meer worden. Ik keek naar mijn hand op de vensterbank; in het maanlicht net de hand van een dode. Alles was anders, van een ander. Het zou beter zijn als ik het Raeren zou verlaten, als ik afscheid zou nemen van schimmige gevoelens en verschijnselen (waren het maar geesten, die verdwenen tenminste als je het licht aandeed) en de trein pakte naar mijn oude, niet-verliefde ik. Sinds mijn vader mij had uitgezwaaid, was alles veranderd, zelfs hijzelf, hij was opeens een lafaard geworden. Ik moest terug. Eigenlijk was het schermklasje van Louis nog beter dan de zaal beneden, waar het bloed op de baan was blijven liggen.

Volgens mijn vader was de morgen verstandiger dan de nacht. Beslissingen nemen in het donker was zeker onverstandig, maar ik was bang om te gaan slapen. Zelfs mijn dromen waren vreemden voor me geworden. Laat je niet meevoeren, had Leni gezegd. Ik ging terug naar bed, maar bleef in het donker turen, tot een paar vogels begonnen te kwetteren en een uur later weer verstomden. Toen was het tijd voor de ochtendtraining.

In de schermzaal stond de tweeling tegenover de maître, allebei even boos. De maître liet het gelaten over zich heen komen. Pas toen Siegbert een van de antieke parisers van de wand haalde, greep hij in.

'Hang terug, die is erg scherp.'

'Kijk, daar hebben we het wicht ook,' riep Friedrich. 'Vertel eens, Janna, was het een leuk feestje, gisteren?'

De maître gaf me een samenzweerderige knipoog, zeker, ik hoefde me niets van de jongens aan te trekken. Hij leek opgewekt, alsof met de Mensur ook zijn wrok was vertrokken, maar ik kon me niet voorstellen dat hij me de toestand met de foto had vergeven. Hij hield er niet van als oude wonden werden genezen, had hij zelf gezegd. Verschillende keren had ik hem over het gedenkteken op zijn wang zien strijken, alsof hij niet zeker wist of het er nog zat. Hij zou zijn rancune blijven koesteren zoals een hond zijn eigen huid kapotbijt. Ik kon daar niets aan doen. Ik wilde alleen weten wat mijn vader had misdaan. Zijn schuld was de mijne, dat stond in Von Böttichers gezicht gegrift, met of zonder knipoog.

'Janna moest Leni helpen, ze heeft de Mensur zelf niet gezien,' zei hij. 'Jullie tijd komt nog wel. Ik heb andere plannen. Als jullie even willen luisteren...'

Met enige moeite kreeg hij de pariser op zijn oude plek tussen de spijkers. Hij probeerde de roest eraf te krabben met een muntje uit zijn zak. De tweeling stond te wachten, hun woede bekoeld door nieuwsgierigheid, maar de maître bleef krabben en mompelde alleen iets over schuurpapier.

'Goed,' zei hij ten slotte, 'dit is het plan. Jullie worden de beste equipe die ik ooit heb opgeleid. Jullie trainen met het meisje, daar hoeven jullie je niet voor te schamen, ze is niet slecht. De kracht moet komen uit jullie gelijkenis. Stellen jullie je eens voor...'

Hij pakte een floret en ging in de aanvalshouding voor de spiegel staan. Een perfecte stelling, zoals ik verwachtte. Alle kracht van dat aangespannen lichaam liep uit in de sierlijke linkerhand, die laconiek in de lucht gehouden werd, alsof de rechter niet gewapend was. Tussen de punt van zijn floret en die in de spiegel zat niet meer dan een ademtocht, net genoeg om de suggestie te wekken dat zijn spiegelbeeld een tegenstander was van vlees en bloed. Had hij een halve centimeter dichterbij gestaan, dan was de illusie gebroken.

'Twee identieke sabreurs, maar verschillend getraind. De tegenstander raakt van slag: wie heeft hij tegenover zich? Hij zal net zo proberen te reageren als hij op je evenbeeld reageerde, maar jullie schermen steeds anders. Hij raakt verward. Is het de sabreur die telkens met rappe weringen zijn aanvallen trotseert, of toch die ander, die zich lijkt terug te trekken...' – zonder uit de stelling te vallen, stapte hij razendsnel achteruit – '...maar dan weer met een grote stap naar voren zijn achterstand heeft ingehaald? Hij twijfelt, en wordt geraakt.'

Het leek me een onzinnig plan. Zagen niet alle schermers er ongeveer hetzelfde uit als ze gekleed en gemaskerd waren? Bovendien werden vooraf de namen omgeroepen en de tegenstanders van beide partijen gelijktijdig gewisseld. Maar de tweeling was opgetogen.

'Zoals Zorro!' riep Friedrich uit. 'Van Zorro weet ook niemand wie hij precies is!'

Von Bötticher fronste zijn wenkbrauwen, hij begreep niet waar Friedrich het over had.

'Wat, kent u die film niet? *Het teken van Zorro*! Zorro draagt altijd een masker, maar laat overal een teken achter met zijn degen. De Z van Zorro.'

'Je vertelt het niet goed,' begon Siegbert, maar Von Bötticher gooide hem de floret toe, die hij opving alsof het iets smerigs was.

'Ja, we beginnen met de floret,' zei Von Bötticher. 'Laat maar eens zien wat het is om een man te zijn in twee lichamen. Janna, pak ook je wapen. Je zult wat beleven.'

We groetten en namen onze posities in. Het viel me op dat mijn tegenstander onrustig was. Of het Siegbert was of Friedrich wist ik al niet meer toen we onze maskers ophadden. De andere helft van de tweeling stond achter me, ik had me maar hoeven om te draaien om te weten wie wie was, maar ze moesten niet denken dat ik me ergens zorgen over maakte. Die hele theorie van de gelijkenis, het zou weldra onzin blijken. De eerste treffer zou niet lang op zich laten wachten. Een makkie. Hij kon zijn wapen niet stilhouden. Hij kneep en schudde de greep alsof het een zwaard was. De maître corrigeerde zijn handhouding, fluisterde iets in zijn oor – had de jongen soms nog nooit op floret geschermd? Dat beloofde wat. Ik kon met een directe aanval openen. Gewoon de eerste zijn, recht op het doel af. Te veel afwachtend voetenwerk werkte soms verlammend. Als hij zou weren, zou het grof zijn, en ik zou onder zijn wapen door vliegen. Lage steken, daar was ik goed in. Hier en daar een lange uitval à la Helene Mayer, daar hadden ze niet van terug. De maître was nog steeds aan het instrueren. Ik trok ruw mijn masker af.

'Maître, we hebben al gegroet. Ik wacht op uw permissie.'

'Geduld,' zei de maître. 'Het is geen wedstrijd, maar een oefening. Om vijf treffers, dan wisselen. Fertig? Los!'

Het lukte. De sukkel weerde mijn directe aanval te laat: 1-0. Ik wandelde ontspannen terug naar mijn plaats. De maître liet niets blijken, gaf alleen het teken dat we verder moesten gaan. Ditmaal danste mijn tegenstander heen en weer over de baan, typisch het voetenwerk van een nerveus sabreurtje, weinig nut: 2-0 door een steek onder zijn wapen.

'Kom op, Fritz,' hoorde ik achter me. Fritz, dus. Wel, pak aan, Fritz: 3-0, een prachtige schijnsteek-pas-uitval. Het vierde punt maakte ik door een steek na een dubbele binding, de wapens vlochten zich in elkaar, ik weerde, raak. Fritz begon weer te dansen. Op de tenen, als een bokser. Het werkte op mijn zenuwen. Ik vond dat ik goed schermde, veel mooier dan hij, maar de maître negeerde dat. Toen werd ik geraakt op mijn borstbeen.

De pijn dreunde door mijn hele karkas. Fritz excuseerde zich niet. Hij bleef doordansen, terwijl er nog geen 'Los!' was geroepen. De maître zei er niets van. Hij had haast om de tweeling te wisselen, om dat idiote plannetje van hem uit te voeren.

'Los!'

Een knal op mijn bovenbeen: ongeldig. Weer bleef hij doordansen. Het bloed klopte achter mijn slapen. Nu moest ik rustig worden, met de lucht mijn woede uitblazen, anders verloor ik mijn voorsprong. Dat was me vaak genoeg gebeurd: verliezen door verontwaardiging.

'Los!'

Wering, riposte op zijn buik: 5-1. Ik hurkte neer om mijn sleutelbeen te masseren, terwijl Friedrich het wapen aan Siegbert overhandigde. De maître begon weer te fluisteren. Uit zijn gebaren begreep ik dat hij hem adviseerde laag te steken. Met vlakke hand wees hij naar mijn romp. Alsof hij een kruis sloeg, deelde hij me op in vieren. Zoals de bleke hand met het slagersmes in zijn kookboek. Zo scheidt u de schouder van een voorpoot. Maar bij het floretschermen mag dat niet. Aan mijn ledematen hadden ze niets, die telden niet mee. Zag de maître mij alleen als trefvlak, of zag hij dat ik onder mijn vestje geen borstbescherming droeg, dat ik daar nat was van het zweet? Siegbert schermde beter dan zijn broer. Ik verjoeg de gedachte dat ik misschien beter op hem verliefd kon worden maar was te laat: 5-2. Fertig? Nee, nog niet. Von Bötticher had nog iets te fluisteren. Weer die hand naar mijn lichaam. Ik strekte me uit, mijn huid spande zich over mijn borstbeen. Dat zou een flinke bloeduitstorting worden.

'Los!'

Wat er toen volgde, zal ik proberen te beschrijven. Ik heb het niet bewust meegemaakt. Ik zag mijn wapen het zijne kruisen, maar als een toeschouwer, in de spiegel. Ik deed niet mee. Ik hoorde een boel ijzer op ijzer, het klonk dof, omdat het bloed in mijn oren suisde. Die ander schermde goed. Zij viel niet meer aan, had er vrede mee dat hij raakte. Hard tussen de ribben. Goed handwerk, die ander. Geen overbodig getrippel op de baan. Zij duikelde achteruit, was ze moe? Een zweepslag op haar arm, ongeldig. *Los!* Afstand bewaren, goed, maar ze stond nu al bijna op de achterlijn. Treffer, die had ze gemakkelijk kunnen weren. Terug op de plaatsen, *Fertig, los!* Alweer, waarom? Ze deed niet meer mee. 5-5. Ja, dat kreeg je ervan. Ik hoefde niets meer te zien. Het werd rood voor mijn ogen.

Toen ik ze weer opendeed, zag ik de gevlochten elektriciteitsdraad waar ik al een week naar lag te staren. Hij woekerde over het gepoederde plafond van mijn kamer en groeide in een naad van het behang uit in een wandlamp, die door de ovale, houten armatuur op een fotolijstje leek. In de seconden tussen ontwaken en beseffen verscheen op het matglas, waarin eigenlijk een eenvoudige versiering was geëtst, steeds een andere voorstelling. Dit keer was het een meisje met een strohoed, dat een hand vasthield die net tot haar schouder reikte. De Pruisische uit Herzogenradt die mij in haar achtertuin had gevonden, wist van wie ik was. Ze had me een hand gegeven en was met mij de straat overgestoken naar Nederland. Mijn tante was buiten zinnen van zorgen. Ik zie haar nog zitten op haar hurken, tranen biggelend over haar wangen, aan elke arm een sjorrende buurvrouw: 'Woa is mie kling meëdsje, iech krepeer!'

Ik hoefde mijn verstand maar aan te snoeren om het meisje met de strohoed te laten verdwijnen. Iemand had me op mijn bed gelegd, dat was een constatering die belangrijker was. Ik kwam overeind om mijn schermpak af te stropen. Het deed pijn. Mijn borst gloeide, alsof er een scherpe vingernagel op werd gedrukt. Er was nog niets van te zien. Op mijn dijbeen zat wel een rode plek, waar het bloed druk bezig was zich op te hopen. Ze hadden de teil gevuld met water. De damp verdween op weg naar het balkon in het zonlicht. De temperatuur was precies goed. De duiven waren terug, waarvandaan dan ook; hun getrippel op de zoldering klonk alsof ze elkaar veel te vertellen hadden. Slechts eentje zat op het balkon te kijken met een diepgekleurd oog, dat er eigenlijk voor gemaakt was om kilometerslang striemende wind en volle zon te trotseren. Ik zeepte mijn dijen in en vroeg waar hij was geweest. Hij vloog niet weg toen ik druipend van het sop het gaas wegboog en het balkon op stapte, zijn verendek raakte mijn enkel. Ik zag de maître het landgoed verlaten. Zelfs van die afstand viel het op hoe onregelmatig en kwaaiig zijn tred was. Achter de poort sloeg hij linksaf. Ik stapte verder naar voren om te zien waar hij heen ging. Maar terwijl ik mijn vermoeide lijf aan de stenen balustrade koelde, verdween hij uit het zicht. Zonder me af te drogen trok ik mijn jurk aan, schoot ik in mijn schoenen en zette ik de achtervolging in. Een directe aanval, dat kon ik wel. Wat hij van me moest. Of ik nog les van hem zou krijgen, of dat ik alleen als steekkussen voor de tweeling fungeerde. Of hij het was geweest die me naar boven had getild toen ik was flauwgevallen.

Buiten zette ik het op een rennen. Zonder schaamte, zonder krachten te sparen, zoals kinderen rennen. Lange antilopeschreden moest je maken, dacht ik vroeger, en je optrekken aan de lucht terwijl je je vuisten opende en sloot. Maar vlak voor het bos waarin Von Bötticher was verdwenen, moest ik vaart minderen. Vanaf de weg was maar één ingang, een zacht, golvend pad dat bezaaid was met vermolmde dennennaalden. Ik hield niet van het bos. Boswandelingen werden bij ons thuis nooit ondernomen voor de aardigheid, maar om ruzies aan te stampen. Mijn vader nam het voortouw, mijn moeder besloot achterop te raken, ik volgde geruisloos, zoals je door een huis loopt waar je niet welkom bent. Ook nu scheen het bos mij ongastvrij. Onder mijn voeten was alles al beschimmeld en rot, terwijl boven me de stammen kraakten en pesterig takjes lieten vallen. Het was zo dichtbegroeid dat de zon maar sporadisch doorbrak, als een zoeklicht. De zangvogels van het Raeren waren hier niet. Alleen een specht liet zijn droge geratel horen, een verdord geluid. Dit was geen bloeiende natuur, maar een bouwval, zelfs het pad liep dood. Ik had de keuze tussen teruglopen of afdalen tussen de bomen. Daar had lange tijd niemand gelopen. De verdroogde bladeren hadden zich opgehoopt en bij elke stap zakte ik weg met een verpulverend geruis. Er steeg een kruidige geur uit op, niet onaangenaam. Uiteindelijk bereikte ik een holle weg. Een zwarte geul waar misschien ooit water had gestroomd, maar nu alleen boomwortels een uitweg zochten. Verderop ging de weg steil omhoog, het kreupelbos in, achter me was het bos onherkenbaar veranderd. Ik was verdwaald. Ik besloot de weg omhoog te kiezen, maar de bedding werd steeds dieper, waardoor het leek alsof ik wegzakte, terwijl ik juist klom. Rennen lukte niet. De boomwortels waren spekglad, ik moest mijn evenwicht bewaren als een koorddanser. Toen boorde een tak zich in mijn wreef. Het was de zijscheut van een grotere tak die over de grond liep. Voorzichtig trok ik mezelf los, het twijgje brak af. Als ik het in de grond zou steken, zou het op eigen kracht verder groeien. Bomen kunnen dat, ze dragen hun herhaling in zich mee. Elk takje, zelfs het kleinste, is in het klein de boom waaraan het groeit. Zo staat een bos vol met eindeloze herhalingen van zichzelf. Daarom had ik, alleenganger, er niets te zoeken. Terwijl ik verder klauterde, stolde het bloed op mijn voet. Er viel aarde op, het moest gedesinfecteerd worden. De oevers werden nu lager. Toen zag ik hem zitten. Met zijn rug naar me toe op een omgevallen boom. Zoals hij erbij zat, rechtop maar ontspannen, zijn brede rug in een linnen overhemd met bretels, leek hij daar veel minder misplaatst dan ik. Hij ving zelfs wat zon op. Al zou er niets meer gebeuren, al zou ik mijn liefde voor hem nooit uitspreken, dan zou ik toch bij hem horen. Zoals een tak een onderdeel is van een boom, maar een boom niet van een tak. Ik wilde iets zeggen, maar hij draaide zich om en ik zweeg.

10

Hij wees naar een voetpad dat achter hem liep. Een keurig aangelegd, begaanbaar pad voor mensen die niet op handen en voeten willen rondklauteren. Ik probeerde zo waardig mogelijk uit mijn geul te klimmen, maar hij vond het nodig me eruit te trekken.

'Ik zie dat je je al wat beter voelt,' zei hij. 'Ik begrijp niet wat er in je was gevaren, aanvankelijk schermde je niet slecht...'

'Ik geloof niet in uw theorie,' onderbrak ik hem. 'Over die gelijkenis. Ik geloof niet dat het zal werken.'

'En toch verloor je. Weet je waarom?'

Dat hoefde ik niet te weten. Mijn lijf gloeide na van pijn en vermoeidheid, het bloed op mijn wreef was gestold onder een korst van modder.

'Omdat je erboven ging staan,' zei Von Bötticher. 'Je moet nooit ophouden met deelnemen. Als een schermer toeschouwer wordt, verliest hij de wellust om te winnen. Dan is hij verloren.'

'De tweeling is niet gelijk,' zei ik koppig. 'De een schermde beter dan de ander. Bovendien worden bij wedstrijden de namen omgeroepen, dus je weet toch wel wie je voor je hebt.'

In de lucht viel de ene kraai de andere aan. Ze hielden zich klapwiekend overeind in de lucht. Weinig zo kwetsbaar als een vogellichaam, maar dat leken ze zelf niet te beseffen. Een vleugel is zo gebroken, en dan? Wachten op de dood. Een gewonde vogel zoekt geen eten meer. Niet uit zelfmedelijden, maar gewoon omdat hij niet meer functioneert. Dieren zien niet om bij de dood. Von Bötticher voelde zich zichtbaar thuis in het bos, die plek waar de dood niet weggeruimd werd, maar op de grond bleef liggen, zodat anderen ervan konden eten.

'Heb je de tweeling al tegen elkaar zien schermen?' vroeg hij. 'Het is fascinerend. Ze gaan gelijk op, omdat ze allebei weten wat de ander gaat doen. Zouden we niet allemaal een tweeling willen zijn? Om de zekerheid te hebben samen deel te nemen aan dit leven? Dat er in ieder geval één mens is op deze aarde die je nooit zal verraden, om de eenvoudige reden dat je gelijk met hem op gaat?'

Er waren zoveel vragen die door mijn hoofd spookten. Sommige had ik in gedachten al gesteld, eenvoudig, zonder omhaal; ze bestonden uit maar een paar woorden. Maar nu ik oog in oog met hem stond – hij, vanzelfsprekend en op de gelegenheid gekleed; ik, warrig en smerig, als een moerasgeest opgedoken –, leken ze me belachelijk. Behalve eentje. Ik vroeg of hij Helene Mayer kende. Hij verstarde over zijn hele lichaam, in zijn ogen nam ik een samentrekking waar, zoals in een avondlucht voor het gaat onweren.

'Ja, ik ken Blonde He. Hoezo? Haar vader kende ik zelfs zeer goed. Dokter Ludwig, arts in Offenbach. Schermde zelf ook. Niet goed natuurlijk. Artsen zijn zelden goede schermers. Ze zien het nut van het raken niet in.'

'Maar ze brengen wel goede schermers voort,' waagde ik.

Hij kneep zijn ogen tot spleetjes. 'Heeft Jacq niet geprotesteerd toen je ging schermen?'

Mijn vaders naam, voor het eerst uit zijn mond. Eens hadden ze elkaar dus bij de voornaam genoemd, en ze hadden die allebei onthouden. Nu doorvragen. Maar Von Bötticher negeerde mijn blik. Hij wipte met zijn schoen een paddenstoel omver, die bij nader inzien niet eetbaar bleek. De tederheid waarmee hij de afgebroken hoed weer op de steel probeerde te leggen, bracht me van mijn apropos.

'Inderdaad, mijn vader was erop tegen,' mompelde ik. 'Maar ik heb hem ervan overtuigd dat schermen onschadelijk is.'

'Onschadelijk? Waarom moet alles altijd onschadelijk zijn? Ook schade heeft een functie. Deze paddenstoel heeft schade opgelopen, maar nu zijn tenminste zijn sporen verspreid. Helene genoot ervan om anderen schade te berokkenen in een schermpartij. Ze riep altijd 'Ja!' voordat ze aanviel. Ze wist dat het niet slim was om haar bedoeling aan te kondigen, maar ze kon het niet helpen, zei ze.'

'Hebt u haar getraind?'

'Ik niet. Ze zat bij de Italiaan, Gazzera. Ik was in die tijd Consenior voor de universiteit in Frankfurt. Haar vader hielp me wel eens de boel bij elkaar te naaien. Een goede Paukarzt, een zachtmoedige, humoristische man. Gelukkig is hij op tijd overleden.'

Hij maakte een afwerend gebaar toen hij zag dat ik hem niet begreep.

'Ik bedoel dat hij deze toestanden niet heeft hoeven meemaken. Twee jaar na zijn dood werd zijn dochter geroyeerd door de schermclub. Stel je voor, de kampioen van Duitsland, ontslagen als erelid.'

'Waarom?'

'Ludwig was een Jood. Helene is de dochter van een Joodse vader en een Duitse moeder. Een Mischling. Dan weet je dat. Het IOC eiste dat Hitler ten minste één Jood liet uitkomen voor Duitsland, zij moest daarvoor opdraven. Trouwens, ook de andere twee schermsters op het podium, de Hongaarse, die goud won, en de bronzen medailliste uit Oostenrijk, zijn Jodinnen. Dat weet ik toevallig. Maar Hitler vervloekt nog eerder de hele schermsport dan dat hij zijn ongelijk toegeeft. Dat hele nationaalsocialisme is een nutteloos experiment, daar komen ze binnenkort wel achter. Het is waanzin om eenvormigheid en symmetrie te willen creëren, in weerwil van de verschillen.'

Hij wandelde rond in kringetjes, speurend naar iets van zijn gading. Het werd een eikel. Hij hield hem tussen duim en wijsvinger en begroef hem een paar meter van de moedereik in de grond.

'Gek genoeg zou het de oude Mayer wel hebben aangesproken, dat streven naar het gelijke. Hij geloofde dat iedereen sportieve successen kon bereiken, als je maar de juiste dosis training aan het lichaam toediende. Als in een reageerbuis.'

Hij barstte in lachen uit, maar het klonk gemaakt, alsof hij zich gesterkt voelde in gezelschap van de bomen en de beesten, het zou toch mooi zijn als die het allemaal met hem eens waren.

'Elk levend wezen is toch onvergelijkbaar? Het boompje dat uit deze eikel groeit, zal verschillen van de zomereik daar. Hoe dat gebeurt, en waarom, dat kan ik alleen maar omschrijven als hartstocht. De hartstocht om te groeien, en te sterven als dat nodig is. Want alleen door de dood voelen wij ons levend.'

Hij knikte tevreden, proefde zijn laatste woorden. Ik vroeg me af of hij werkelijk dacht dat de eikel zou ontkiemen. Volgens mijn vader ontsproot slechts een van de honderd eikels tot boompje. Ik vertelde Von Bötticher over de kleine eik in de handen van de Hongaarse, het aandenken waar Helene Mayer zo naar had verlangd maar dat alleen gouden medaillisten mee naar huis kregen. Al lag dat huis aan het andere eind van de oceaan, zoals bij Jesse Owens. Eigenlijk was er geen beter souvenir denkbaar. Geen curiositeit voor op de schoorsteenmantel, maar iets wat vergroeid raakt met eigen bodem, zoals een dierbare herinnering niet verstoft, maar inwortelt in een rijpend bewustzijn.

'Eik betekent gewoon boom in het Oud-Germaans,' zei Von Bötticher. 'Als je wil weten waar een volk vandaan komt, moet je naar de oorsprong van zijn bomennamen kijken. Vertrouwde bomen dragen eenvoudige namen, die horen bij onze taal als de woorden ja en nee. Dan weet je: tussen die bomen zijn we opgegroeid. Toch staat deze kastanje hier ook te bloeien. Hier, in het hart van Europa, leven we al eeuwen tussen een grote verscheidenheid van woudreuzen, die hun samenhang niet ontlenen aan een identiek uiterlijk, zoals in Rusland, waar onbuigzame naaldwouden hooguit een enkele berk verdragen. Heb je wel eens de oudste eik van Duitsland gezien? De Raveneik, die staat niet ver van de Nederlandse grens. Zijn stam is zo hol en breed dat Friedrich Wilhelm IV er bij een manoeuvre zesendertig infanteristen in kwijt kon. Met volledige uitrusting.'

We liepen samen terug over het voetpad, langzaam, ons warmend aan de verstrooide middagzon. Tussen ons bouwde zich een spanning op die bijna te horen was. Misschien waren er wel insecten die de trilling waarnamen van de lucht tussen onze handen. We raakten elkaar niet aan. Ik durfde niet op te kijken, hield mijn adem in, alsof ik een kom droeg die tot de rand was volgeschonken.

'Ik ben hier normaal alleen met Megaira,' zei hij ten slotte, zijn keel schrapend. 'Kijk, dat zijn haar hoefafdrukken. Er komen hier geen andere ruiters. Er komen hier sowieso weinig mensen. Zelden kom ik iemand tegen.'

'Dat klinkt erg eenzaam.'

'In de natuur is een mens nooit eenzaam,' zei hij streng. 'Hier leven zoveel solitaire dieren, bomen die op zichzelf staan, beekjes die nergens op uitkomen. Dat gaat zijn gang, niemand vindt dat tragisch. Terwijl een mens in de stad verplicht is anderen te ontmoeten, omdat hij anders eenzaam gevonden wordt.'

We zeiden niets meer. Opgelaten keek ik naar mijn voortsloffende voeten, zoekend naar woorden, naar iets om ons weer dichter bij elkaar te brengen, maar niets diende zich aan. Totdat we bij een maïsveld kwamen. Ik had nog nooit zoiets gezien. Bij ons werd in die tijd nog geen maïs geteeld. Waarschijnlijk was het snijmaïs, veevoer. Toch zagen de topzware kolven eruit als kostbaarheden zoals ze op hun stengels stonden; elk afzonderlijk verpakt in een foedraal van bladeren. Ik koos een groot exemplaar en pelde het af. Het harige net stroopte ik af tot een dot aan de schacht. Zo, in zijn glanzende, kaarsrechte glorie, presenteerde ik hem aan Von Bötticher. Besefte hij toen dat ik, achttien jaar, werkelijk geen flauw benul had? Hij nam het geval aan met enige gêne. Toen we bij de poort van het Raeren kwamen, hield hij het nog steeds vast.

'Meneer?'

Hij draaide zich om.

'Wat heeft mijn vader precies... Jacq, heeft Jacq je pijn gedaan?'

Hij staarde naar de kolf. De meeste trofeeën uit de natuur verliezen hun waarde zodra je ze thuisbrengt. Je bewaart ze uit medelijden voor de schelpen die je hebt gevonden op het strand, waar ze zoveel mooier waren, en voor je eigen goedgelovigheid, waarmee je die schoonheid dacht mee te nemen. Hij wierp de kolf weg over zijn schouder.

'Pijn? Jouw vader wil daar niets van weten,' zei hij, terwijl hij wegbeende. 'Hij werkt alleen met verdoving. Hij besluipt zijn patiënten in hun slaap, en als ze niet slapen, dan zorgt hij daar wel voor. Zijn ze eenmaal onder zeil, dan begint de grote verdwijntruc. Leed wordt genezen, genoegdoening toegesmeerd, eergevoel dichtgenaaid. Wat overblijft is een keurige streep, waarvan de bedoeling is dat hij vervaagt met de herinnering. Maar helaas, herinneringen zijn niet dicht te naaien. Ze duiken op wanneer ze daar zin in hebben.'

'Maar waarom ben ik hier dan?' schreeuwde ik hem na. 'Waarom hebt u mij hierheen laten komen?'

Ik kreeg geen antwoord. Twee gemaskerde idioten kwamen het huis uit gestormd, zwaaiend met sabels, een koeterwaals brullend dat voor Frans moest doorgaan. Von Bötticher stond als aan de grond genageld, hij was niet gewend in de weg te worden gelopen. Leni stond hoofdschuddend in de deuropening, ze had de tweeling niet tegen kunnen houden toen ze de verkleedkist overhoophaalden. De kostuums lagen overal door de gang, klaagde ze, het had haar een halfuur gekost om alles weer netjes op te vouwen en terug te leggen, misschien moesten ze voortaan maar een deel van het huis afsluiten, want niets was veilig voor deze snotapen.

'Die kostuums zijn ervoor gemaakt om in te spelen,' mompelde Von Bötticher. 'We geven toch geen gemaskerde bals meer op het Raeren. Ik moet iets drinken, Leni. Een glas cognac.'

Friedrich schoof als eerste zijn masker omhoog. Hij plukte aan de kwasten van zijn sjamberloek, die hij had aangetrokken bij gebrek aan een cape. Het stond hem wel, de rijkelijk geborduurde stof stamde uit een tijd dat jongemannen nog trots waren op zo'n vergulde teint als de zijne. In het ijsblauw van zijn ogen waren zijn pupillen sterk vernauwd, toch schermde hij ze niet af tegen de zon. Hij was, besefte ik opnieuw, verontrustend mooi. Omdat Siegbert die indruk alleen maakte als hij zweeg, was het onvermijdelijk dat ze elkaar over een tijdje in schoonheid zouden ontgroeien. Siegberts harde mimiek zou met de jaren sporen trekken in zijn gezicht, terwijl Friedrich bleef zoals ze eens allebei waren geweest. Ze zouden niet meer gelijk op gaan. Toch zouden ze elkaar, uit gewoonte, als hun spiegelbeeld blijven beschouwen, en daarom het verschil zelf niet opmerken.

'Je viel op de vloer en de maître tilde je op als een veertje,' zei Siegbert. 'Zo helemaal slap hing je, met je masker nog op je hoofd. Eigenlijk had ík je moeten wegdragen. Ik heb je immers verslagen.'

'Wat vind je van onze kostuums?' vroeg Friedrich. 'Er lagen ook meisjeskleren in de kist. Ga maar kijken, hij staat aan het einde van de gang. Tegenover de kamer van de maître.'

Ik had eigenlijk geen zin me tot hun kinderachtige spelletjes te verlagen. Vooral tegenover Siegbert moest ik mijn waardigheid behouden. Mij wegdragen, hoe haalde hij het in zijn hoofd.

'Ach toe, Janna. Doe niet zo flauw. Eén voor allen, allen voor één!'

Nieuwsgierigheid deed me instemmen. Ik was nog niet in dat deel van het huis geweest. Het was niet in me opgekomen om de deur binnen te gaan waarachter de gastheer zich had verschanst met twee honden en een konijn. Maar hij was niet eens op slot. Erachter bleek een zonnige gang schuil te gaan met grote ramen, die zelden gelapt werden. Het parket op de vloer was opengebarsten, maar het rook er aangenaam, als in musea, waar het stof zich ophoopt tussen kurkdroge artefacten die niet schoongemaakt mogen worden. De maître was in de tuin gaan zitten met zijn rug naar het huis. Hij hield een cognacglas in zijn hand. Ik moest denken aan wat hij had gezegd over eenzaamheid, dat je alleen eenzaam bent omdat anderen dat vinden. Ik zag hem, hij mij niet. Alleen ik kon besluiten dat hij eenzaam was, met zijn lege glas. De kist stonk vanbinnen naar rozen. Iemand had brokken zeep tussen de kleding geschoven, die geur ging er nooit meer uit. Het waren musketierspakken, wambuizen en pofbroeken. Onderop lagen een japon van rode tafzijde, die me zeker te groot was, een wanstaltige hoed met voile, en ten slotte een witte onderrok met baleinen, ingeklapt als een lampenkap. Er hoorde een korset bij. Ik hurkte achter de kist en knoopte mijn jurk los. De maître zat nog steeds met zijn rug naar me toe, eenzaam te wezen of niet, achter mij was de deur naar zijn kamer. Ik mocht daar niet naar binnen. Of wel soms? Ik kon me hier niet uitkleden, de tweeling kon elk moment de gang in stormen. Von Bötticher had het niet erg gevonden dat ze in zijn spullen hadden rondgeneusd en evenmin geprotesteerd toen Friedrich mij naar de kist stuurde. Herinneringen duiken op wanneer ze daar zin in hebben. Wel, achter die deur lagen ze te wachten. Toen ik de klink omlaag duwde, voelde het alsof iets me binnenliet. De kamer bleek niet groter dan de mijne, maar was met ontroerende toewijding ingericht.

Vele curiosa hadden betrekking op dieren: een opgezette eekhoorn in een rokkostuum die een pijpje rookte, een aquariumklokje waarin twee visjes de tijd aanwezen, een houten pelikaan met een wereldbol in zijn bek. Onder het raam stond schuin een hoge twijfelaar met een enkel hoofdkussen en een kostbare sprei, die ik niet bij een mannenbed vond passen. Ik drapeerde mijn jurk over een stoel terwijl ik rondkeek. Aan de muur hing een schilderij van een paardenhoofd, driekwart, als een staatsieportret. In de kasten waren de boeken horizontaal opgestapeld. Naast het bureau stond een koperen komfoor met een keteltje, maar uit de kop-en-schotel op het bureau was nog niet gedronken. Ik nam plaats op het koele leer van de zitting om de veters in het korset te rijgen. De stof sloot zacht aan op mijn lichaam, net onder mijn borsten. Alleen een randje kant bedekte mijn tepels, vooroverbuigen zou schandalig zijn. Een kwestie van goed aansnoeren. Zou ik Leni om hulp vragen? De tuin in lopen als op een schilderij van Delacroix? Maar het meisje in de spiegel leek op een zigeunerin, met een huid die donker afstak bij het smetteloze katoen, en de voeten van een landloper.

Bij het omdraaien stootte ik een fotolijstje van de ladekast. Een brave jongeman. Dood waarschijnlijk. Het was zo'n nietszeggend kiekje van iemand die niet genoeg had geleefd om fatsoenlijk geportretteerd te worden. Dit was de vereeuwiging waarmee zijn nabestaanden het moesten doen. Er was geen tijd geweest om albums te vullen met momenten uit zijn leven waarop hij wél emoties had kunnen tonen, er was alleen deze lege blik, bedoeld om tranen boven te vergieten. De achterkant gaf me gelijk. *Thomas, † 1916.* Ik schoof de bovenste lade open. Rommel. Opgevouwen kranten, potloodslijpsel, een scheerspiegel. Een album met groepsfoto's van de Mensur. *Frankfurt, 1922, 1923. Bonn, 1924, 1925.* Paukanten met snorren en petten, allemaal namen ze dezelfde kloeke pose aan. Bloedbroeders. Om de onderste lade open te krijgen, moest ik met een vinger de inhoud naar beneden duwen. Ik had haast. Zoals een dier niet slaapt in een ruimte die het nog niet heeft verkend, beseft een verstandig mens op vreemd terrein dat hij door anderen gezien kan worden. Een doosje met een onderscheiding, niet interessant. Een rafelig stuk karton, met Latijn volgeschreven. Een foto – vier heren spelen schaak in de buitenlucht. Geen datum. Een groene envelop, opschrift: *Poste Restante.* En een envelop die ik herkende. Het achteloze artsenhandschrift. Formeel geadresseerd, hoewel ze elkaar bij de voornaam hadden genoemd. Ik vergat te ademen toen ik het vergeelde document tevoorschijn trok. Von Bötticher had het mij niet laten zien, maar met een klap in het kookboek laten verdwijnen. Het was een gravure, achttiende-eeuws, misschien nog ouder. Iets met meetkunde. Binnen een grote cirkel was het lichaam van een man uitgetekend, een helft tot op het bot ontleed. In een kleinere cirkel daarnaast was zijn skelet en profil afgebeeld. Op de snijvlakken waren voetafdrukken aangebracht, ik kon de Latijnse termen niet ontcijferen. De geometrische figuren werden omlijst

door een krans van schermende mannetjes in de meest onna-
tuurlijke poses. Teleurgesteld vouwde ik de brief open die erbij
hoorde. Voor mijn vaders doen was het leesbaar, hij had zijn
best gedaan de boodschap over te brengen.

Zal het dan toch waar zijn dat aarde waarop een oorlog heeft gewoed,
slechts strijd kan voortbrengen? Janna is, dat onthul ik je met enige
schroom, verwekt op de plaats van het slagveld. Heb ik daarmee graf-
schennis gepleegd? Dat was niet mijn opzet. Het land lag er toen al
vreedzaam bij. Er was niets meer van te zien, wonden waren geheeld,
het gras was mooi toegegroeid. Zacht was het en fris rook het. De geur
van het onverstoorbare leven.

Wat was dit? Mijn bloed bonsde onder mijn borstbeen. Zelfs met
de oude foto van mijn vader in gedachten – een leuke man, had
Leni gezegd – wilde ik me dit niet voorstellen. Niet zo, niet daar,
en zeker niet met mijn moeder. Mijn ogen schoten door de tekst.

Gehandschoend heb ik in een verlaten bibliotheek te Amsterdam zit-
ten bladeren, aantekeningen gemaakt. Het is een wonderbaarlijk boek.
Dit is schermwetenschap. [...] Het is gewoon de wetenschap van het
niet geraakt worden – allicht geen eenvoudige materie, maar te bestu-
deren. Doe dat, Egon. Behoed jezelf, je land, voor mijn part de hele
wereld voor nog meer ellende. Mijn dochter is even oud als de vrede.
Even oud als jij toen je besloot je aan te melden bij het leger. Ik hoop,
nee ik geloof stellig dat

Een deur viel in het slot – de voordeur, waarschijnlijk. Ik raasde
door de la. Op de bodem lag nog een heel pak brieven van mijn
vader aan Von Bötticher. De enveloppen waren ruw opengescheurd. Ze hadden hem kwaad gemaakt, maar hij had ze wel
bewaard.

Ik hoop, nee ik geloof stellig dat Janna je eraan herinnert hoe je was
voordat je je hoofd tooide met een doodskop, voordat je het verwonden
tot levenskunst verhief. Want je hoeft niet te raken om niet geraakt te
worden. Dat wist maître Girard Thibault al in 1630.

Ik hoefde niet verder te lezen. De betweterigheid die uit de zinnen sprak, irriteerde me. Was ik soms bij wijze van argument
naar het Raeren gestuurd? Had mijn vader mij gebruikt om weer
eens zijn gelijk te krijgen, met die stelligheid van hem, die alleen
getrotseerd kon worden door zwijgend in een god geloven, zoals
mijn moeder deed? Nu had ik geen tijd meer, ik zou later terugkomen en begrijpen wie gelijk had. Alleen in de Poste Restante-
envelop wierp ik nog een blik. Er zaten vijf kleinere brieven in,
aan mijn vader geadresseerd. Dichtgeplakt, maar nooit verzonden. Een uitbundig handschrift. Op de onderste envelop zat een
ongestempelde postzegel, een plaatje van een vrouw met een
leeuw aan haar voeten. *Koninkrijk der Nederlanden, Internee-*
ringskampen. Ik schoof de brief in de zoom van mijn hoepelrok
en sloot de la. Nu moest ik zorgen dat ik niet weer flauwviel. Ik
voelde het aankomen. Het was aangenaam wanneer mijn blik-
veld volliep alsof er een rood gordijn voor een zonnig raam werd
geschoven. Om overeind te blijven moest ik door mijn neus ademen, rustig voor me uit staren naar buiten, tot het oorsuizen
stopte en eerst de geluiden, dan de beelden zouden doorbreken.
Maar ik kreeg geen lucht. Iemand trok mijn korset dicht. In het
waas zag ik zijn handen, die mijn borsten uit de zachte stof
omhoogduwden. Daar ging ik. Maar hij kuste me in mijn hals,
op mijn schouders, imposant en voortvarend, tot een hete vloed
me terugwierp op de kust. Zo had ik het me altijd voorgesteld.
Precies zo.

Deel 11

Bergen, 12 augustus 1915

Beste Jacq,

Mijn geduld raakt op.
   Een jaar is verstreken sinds ik gewond ben geraakt. Als ik in de spiegel kijk, voel ik geen spijt over mijn verwoeste gezicht, en als mijn been weer eens in brand staat, raakt het me nauwelijks. De pijn zit dieper. Mijn huid heb je zo goed en kwaad als het ging gehecht, maar om deze wond te ontsmetten, had je flinker moeten snijden. Elke dag slaat de vernedering er met gebalde vuisten op los, onder de gordel. Ik ben niet haar enige slachtoffer, dit vervloekte oord zit ermee vol. Jongens, weggerukt van het front, nog voordat de oorlog goed en wel was begonnen. Hun kans op een eervol leven is verloren, tenzij iemand snel een einde maakt aan deze verkwisting. Verder zijn er de deserteurs, maar die hebben er zelf voor gekozen. Het is een kwelling om met hen achter hetzelfde prikkeldraad te leven, ook al zitten ze in een aparte barak. Als ik mijn handen om zo'n strot zou kunnen sluiten,

zou ik niet meer loslaten, ik zweer het, ik zou net zoveel druk uitoefenen tot ik zijn leven zou zien wegsijpelen, tot de ontzetting in zijn ogen plaats zou maken voor berusting, omdat hij begrijpt dat hij met die blik begraven zal worden. Jullie, doktoren, sluiten de oogleden voordat de rigor mortis intreedt. Maar wat zit daaronder? Met welke blik begroeten we de dood? Dat verschilt van mens tot mens.

Vorige week heeft een aantal deserteurs klop gekregen. Ik was er niet bij, ik werkte op het land. Ze kwamen op het pad van onze jongens toen die terugkeerden van de Schwanzparade. Over dat verschijnsel wil ik wel iets kwijt. Je collega's zijn zwijnen. Behalve de officieren heeft waarschijnlijk niemand van ons omgang met een vrouw, maar toch moeten we elke week in het gelid met de broek op de knieën. De laatste maand laat de arts het over aan een oude assistent, een ziekelijke grijsaard. Wij walgen allemaal van hem. Hij hurkt neer voor onze edele delen en komt omhoog met een waterige blik. Het is bijna net zo'n vernedering als onze ontwapening. Met die deserteurs is het dus tot een handgemeen gekomen. Er zijn geen doden gevallen, maar de Hollanders konden het nauwelijks onder controle krijgen. Wat zijn jullie toch een gelijkmoedig volk! Jullie gedragen je alsof we op schoolreisje zijn. Van alle Hollanders kan ik alleen de schildwacht waarderen, die heeft in Nederlands-Indië gezeten. Soms roken we samen een sigaartje bij de poort. Zijn taak is het om de nieuwsgierige dorpsbewoners tegen te houden. Voor die aangapers is de oorlog een circus, en wij zijn de dieren in hun haastig getimmerde buitenverblijven. Verder is er een Duitse bibliotheek voor ons aangelegd en zijn er uitstapjes naar het strand. Dolletjes allemaal!

Het toezicht ligt deze week in handen van mijn makker, een korporaal van het 9e voetartillerieregiment. We haten het allebei. Vooral die uit het zuiden willen onze autoriteit niet accepteren. Ze zijn verschrikkelijk platvloers en onbehouwen, ik denk dat ze nog geen behoorlijk duel weten te leveren. Ze doden de tijd met voetbal en korfbal. Schermen mogen we helaas niet. Een van de officieren is een bekende sabreur, hij heeft mijn vader gekend in Schwerin en heeft hem hoog zitten. Hij nodigt mij graag uit in de officiersbarak. Als ik daar het portret van de keizer boven de schoorsteenmantel zie hangen, sla ik mijn ogen neer. Hij zou eens moeten weten welk een ledig leven zijn officieren hier leiden, terwijl de soldaten sneuvelen aan het front. Ik denk dat hij ze ter plekke zou laten fusilleren. Bijna elke avond gaan ze eropuit, om laat terug te komen met vrouwen. Ik weet zeker dat onze Von der Marwitz zich nooit daartoe zou verlagen. Hoe zou het nu met hem gaan, in zijn strijd tegen de Russen?

Wat de vrouwtjes betreft: heb je de postzegel bekeken die ik op deze brief heb geplakt? Twee brieven per maand mogen we verzenden, daarvoor hebben we deze interneringszegels gekregen. Een brandmerk om de vernedering compleet te maken als we onze meisjes aanschrijven. De dame moet de Nederlandse Maagd voorstellen, zinnebeeld van de Bataafse Republiek. Nederland is dus trots op zijn maagdelijkheid in deze oorlog. Maar waarom dan nog die speer in haar hand? Ik twijfel of ik deze zegel op de brief aan Julia moet plakken. Ik heb haar niet alle details gegeven van mijn verblijf. Ik wil niet in haar achting dalen. Ze wacht op mij, dat is zeker, maar ze hoeft nog niet te weten dat ik ten onrechte in dit kamp terecht ben gekomen.

Vandaag rustte ik even uit in het veld. Voor mijn gezicht zoemde een bij, toen een bromvlieg, terwijl uit een andere richting een hommel oversuisde op zijn zware motor. Het leek wel alsof ze speciaal mijn luchtruim hadden gekozen voor hun verkeer. Ik wou dat hier meer dieren waren. In den vreemde, waar de mensen je afstoten met hun eigenaardige gewoontes, zijn dieren vaak een baken. Al is de gastheer nog zo'n smerig onderkruipsel, een ongewassen, tandeloze onnozelaar, dan is zijn hond nog steeds een hond; verstandig en redelijk. Toen wij België binnen trokken was daar een ruwharige schaapshond, die ons bij een dorp zo waardig stond op te wachten dat ik mijn paard inhield en bijna mijn muts had afgenomen om hem te groeten. Wat een verschil met dat lompenvolk, dat zich krabde als je het woord tot hen richtte!

123

Met mensen communiceren valt mij steeds zwaarder. Elke keer als je denkt dat je samen deelneemt aan een gesprek blijkt dat de een zich van de ander verwijdert, om het gesprek van een afstand te beoordelen, en heimelijk zijn conclusies te trekken. Ze zijn er altijd, Jacq, zij die, terwijl jij inschenkt en nog zoveel hebt te delen, opeens op hun horloge kijken, en zeggen: ik moet gaan. Zij die andere plannen smeden, terwijl ze naar je kijken.

Ik geloof het niet, Jacq, wat je mij probeert wijs te maken. Ik geloof niet dat ik bij kennis was toen je mij naar het ziekenhuis ontvoerde. Waarom herinner ik mij niets van die tocht? Ik weet alleen dat ik bijkwam in dat ziekenhuis, en dat jij me ondanks alles bleef observeren. Waarom heb je me toen niet laten gaan? Bang voor een beetje straf? In je brief schrijf je dat je nog steeds achter je besluit staat, maar ik zit hier, tussen de krijgsgevangenen en deserteurs, godbetert! Je hebt zitten schrijven, je hebt mij aangegaapt, zoals die dorpelingen hier. Je schrijft dat je altijd een moord zou verhinderen als je er getuige van was. Dat je me hebt behoed voor bloedvergieten door me af te zonderen van de strijd. Maar wat dacht je van het bloed van mijn maten? Zij vallen elke dag, ik heb ze niet kunnen helpen, terwijl het front nu al te ver ligt voor jullie ziekenwagens.

In het Belgische veld verloor ik mijn eer, plicht en paard. Omdat de eerste twee begrippen jou niets zeggen, vraag ik je nogmaals: zoek mijn paard. Je hebt de beschrijving. Zij is mijn enige hoop op herstel.

Ik wacht,
Egon

124

I

Ik nam de envelop van de vensterbank. De opengestoomde overslag was kromgetrokken. Om hem onopvallend dicht te plakken, moest ik voorzichtig te werk gaan, nu nog niet, misschien
wilde ik de brief de volgende morgen nog eens lezen. Ik draaide
het petroleumkacheltje uit. Deze nacht was kouder dan de vorige,
maar laag in de lucht hing een maan met de kleur van gesmol-
ten boter. Ik duwde mijn hand over mijn venusheuvel omlaag.
Steeds kwam dat kloppende gevoel naar boven, dat ophield als ik
mijn benen over elkaar sloeg. Ik had geen pijn. Ik was alleen
geschrokken van zijn hitte. Hij had me met één hand vastgehouden aan de koordjes van mijn korset en mijn rok omlaag
gesjord. Ik voelde eerst zijn schoot, toen zijn terloopse lid. Ik
had nooit gedacht dat het zo hard zou zijn. Eigenlijk was ik te verbaasd om pijn te voelen, verbaasd dat hij alles van mij op de tast
kon vinden. Hij trok mijn bekken tegen het zijne alsof hij in het
zadel ging zitten. Verbaasd bleef ik, denkend aan Loubna, de
woestijnmerrie die ook gehoorzaam was aan deze man, maar
toch tederheid aan hem ontlokte. Ik wilde me omdraaien om
hem te kussen, zoals ik vond dat het hoorde. Hij vond dat niet.

Hij klemde me vast met zijn rechterarm. De sterke, de gewapende. Terwijl hij mij steeds dieper opvulde, zag ik zijn vuist verslappen en zich voorzichtig openen om mijn borst.

Hij wilde niet dat ik hem vertederde. Dat merkte ik ook toen we naast elkaar op het bed lagen. Geïrriteerd had hij naar een sigaret gezocht, lucifers, de rook uitgeblazen, mijn blik vermeden. Even had hij zijn hand op mijn buik gelegd, toen weer naar zijn mond gebracht om verder te roken. Ik vergaapte me aan hem. Zijn rechterdijbeen was overdekt met littekenweefsel. Hij was gespierd, maar uit zijn schouder waren stukken weggesneden. Dat ik deze grote, gehavende man in mij had gehouden maakte me euforisch. Ik had de stuwing gevoeld nadat hij zijn zelfbeheersing had verloren. Hij viel zomaar in slaap. De meeste mensen worden tevreden kinderen als ze slapen, hij zag er eigenlijk diepongelukkig uit.

Het was al donker toen ik zijn kamer verliet. Ik had de rok van de vloer genomen en gevoeld dat de brief nog in de zoom zat. Buiten lag het linnen nog op de tafel. Iedereen had zich uit de voeten gemaakt. Ik wist zeker dat het uitvoerig was besproken dat ik de schede was geweest van Von Böttichers sabel, dat cliché hadden ze zeker gebruikt, omdat sommige schedes nou eenmaal bekleed zijn met rood fluweel, dat niet scheurt door het scherpe lemmet, maar zich sluit zodra je het eruit haalt. Niets ontging het Raeren, in dit koude huis gleed gevoelige informatie door de kieren onder de deuren, langs het politoer van de wanden, over de barsten in de ruiten, tot het door iemand voor kennisgeving werd aangenomen, totdat iemand zou zeggen: 'Dat voelde ik al aankomen.'

Als ze me die avond waren tegengekomen, panisch rennend op de trap met mijn kleren als een kluwen tegen mijn benen gedrukt, dan hadden ze aan een half woord genoeg gehad. Terwijl ik me op dat moment alleen maar zorgen maakte om de brief. Die moest ongeschonden mijn kamer bereiken, voorzichtig worden opengestoomd om woorden op te vangen waarvan hij er die avond geen een tegen mij had gezegd.

Het had een tijdje geduurd voordat het water in de teil heet genoeg was. Toen de overslag los was gekomen, had ik weer dat geklop gevoeld. Op het papier waren zijn woorden nog inktzwart, ik was de eerste die ze las, terwijl ik nog niet was geboren toen ze werden geschreven. *Schwanzparade. Skagerrak.* Ik moest meer hebben van die Poste Restante-envelop. Niet die woest opengerukte brieven die mijn vader had geschreven in de blinde overtuiging dat ze zouden worden gelezen, maar vier enveloppen die zich na twintig jaar alleen voor mij zouden ontsluiten.

In het oranje maanschijnsel was de postzegel moeilijk te zien. *Interneeringskampen.* De Maagd had inderdaad een speer in haar handen. Ze zag er mannelijk uit, met een stevige borstkas en een Frygische muts op haar hoofd. Het symbool van vrijheid, ammehoela: die muts was voor koning Midas, om zijn ezelsoren in te verbergen.

Dat ik was geboren in het avonduur van een wereldoorlog begreep ik toen ik in de jaren twintig bij mijn tante in Kerkrade logeerde, toen de landgrens vlak langs de voordeuren van de Nieuwstraat liep. Daar was niets van te zien, alleen op het midden van de weg waren gaten overgebleven van de oude landscheiding. Ik trapte eens in zo'n gat en mijn tante vertelde dat daar hekken hadden gestaan, dat de Nederlanders moesten toekijken hoe de overburen achter het kippengaas van hun oorlog verdwenen, dat zelfs hun ramen werden dichtgemaakt zodat ze niet konden ontsnappen, maar dat die tijden nu voorbij waren. Toch had de ene helft het nog steeds slechter dan de andere. De Duitse winkels waren leeg. Ik vroeg waarom de Pruse niet allemaal bij ons kwamen wonen, mijn tante zei: dan wordt het hier net zo slecht als daar. De schaarste aan de overkant bracht veel gesjacher met zich mee. Op sommige dagen zag het er zwart van de mensen. Uit alle hoeken van het Nederlandse achterland kwamen de gelukzoekers, boerenschreeuwlelijkerds met hand- karren, en verwaande westerlingen die tabakswinkels openden, terwijl vanachter de horizon de Pruse toestroomden met hun lege bolderwagens. Uiteindelijk werd de Nieuwstraat een win- kelboulevard bij gebrek aan regels. De burgemeester klaagde tevergeefs bij het Rijk, de commies rookte een sigaartje in zijn wachthuisje, van waaruit hij een paar jaar eerder nog een deser- teur had doodgeschoten. In drie maanden zou alles vanzelf leeg- lopen. Toen de Reichsmark verder omlaag tuimelde, vertrokken met de klanten de marskramers verder naar het oosten, om munt te slaan uit de verwarring. Mijn tante niet. Ze bleef in haar kraam, verkocht koffiebonen, boter, tuitknakken per stuk en kruikjes Bols aan vermoeide achterblijvers. Zouden die zich hebben gevoeld zoals Egon in het kamp, omringd door aangapers, die zich elk moment op de hakken konden omdraaien om verder te gaan met hun burgerleven, terwijl hij vastzat in dat afgerasterde stuk oorlog? Egon vond dat mijn vader net zo'n pottenkijker was geweest, omdat hij hem had geobserveerd toen hij buiten bewust- zijn was. Schwanzparade. Ik kon wel raden wat dat betekende. Die grijze broeder had meer gezien dan ik, want toen we naast elkaar lagen, droeg Egon von Bötticher alweer een allesverhul- lende calson.

Ik likte aan de lijm van de overslag, die bleek nog sterk genoeg om de envelop te sluiten. Twee keer overlezen was niet voldoende geweest om alles te begrijpen. Mijn vader had Egon verpleegd toen hij gewond was geraakt. Die mocht dat dan een onzinnige handeling vinden, het rechtvaardigde niet zo'n woede. Hij had gezegd dat mijn vader zijn patiënten besloop in hun slaap, dat hij hun eergevoel wegmoffelde met naald en draad. Ik kon me niet voorstellen dat de jonge Jacq over de macht had beschikt om Egon te laten opsluiten in een interneringskamp, maar wat dan nog? Had hij liever willen eindigen zoals de Belgische bedelaar op de Markt, als een romp in een karretje, topzwaar van de insignes? Hier was een schuld te vereffenen, duidelijk. Misschien kon Leni meer opheldering verschaffen, zij had immers ook geweten dat er destijds een paard vandoor was gegaan, een dier dat hij liefhad, zijn enige kans op herstel. Maar wie was Julia?

Ik pakte mijn floret en zocht in de donkere kamer naar een trefvlak. Schermen schept duidelijkheid. Er bestaat geen twijfel over de juistheid van een beslissing als de wapenpunt op het trefvlak staat, ook al is die beslissing ergens onderweg ontstaan, zoals een regenbui het pad verlegt van een wandeling. Ik koos een plek die mij irriteerde, waar twee stroken behang slordig op elkaar aansloten. Julia. Alleen haar naam al wilde ik aan flarden slaan. Satisfaktion, een begrip dat de Nederlanders vreemd was, volgens Egon Von Bötticher, hij moest eens zien. Ik schatte de afstand tot de vlek en viel uit, het wapen stuiterde weg. Verkeerde handhouding. Wacht 's effe, zou mijn vader zeggen. Opeens zag ik hem zitten. Zijn pen boven een stapeltje briefpapier op zijn schrijftafel, wachtend op woorden die zijn vriend zouden overtuigen van zijn goede bedoelingen. *Je hoeft niet te raken om niet geraakt te worden.* Gewoonlijk drukte mijn vader zich duidelijk uit, in zijn cahiers vol logische gevolgtrekkingen was geen plaats voor wollige taal. Graag had ik mezelf wijsgemaakt dat Egon en ik geen woorden nodig hadden omdat we hartstocht deelden, en hartstocht aan gebaren genoeg had. Maar toen hij zwijgend naast me op bed lag, had ik het koud gekregen. Zijn gezicht was verstild tot een portret van lang geleden, zoals dat van de jongeman in het fotolijstje.

De eerste dode in mijn leven: drie jaar daarvoor. De bus van Maastricht naar Kerkrade. Mijn vader naast mij, zijn handen om de stalen hoeken van mijn koffer, knikt naar het troosteloze uitzicht, zegt: 'Steden aan de grens, wat moet je ermee. Het is daar alsof iedereen alleen maar haast heeft, alsof niemand ooit de moeite neemt om er te blijven. Vaals, Eijsden, Kerkrade, provisorische nederzettingen op doorgaande wegen. Het land eromheen is altijd een slagveld geweest, de aarde door het bloedvergieten vruchtbaar geworden.' Op dat moment trapte de chauffeur op de rem. Ik vloog naar voren, voelde een steek in mijn slaap, de vrouw voor mij verloor haar hoed, mijn vader de koffer, daarna was het stil. We waren ergens tegenaan gereden. In de minuut die zou worden uitgesponnen tot een levenslange herinnering sprak niemand een woord. Geen gegil of geroep, zoals in films, maar een afwezigheid van menselijk leven, omdat duidelijk was dat buiten, ter hoogte van de motorkap, dat van een ander was geëindigd. Mijn vader stond tegelijk op met de chauffeur. Ik zag het slachtoffer een eindje voor de wielen liggen, een wat gezette man in een duur vrijetijdspak, zijn wandelstok nog onder handbereik. Ik stelde mij voor dat hij 's ochtends zijn garderobe had bekeken, na wat gepeins had besloten dat hij best dat pak over zijn gewassen lijf kon aantrekken. Nu lag het daar.

Egon had ongelijk. Mijn vader was geen gelijkmoedige Nederlander. De kalmte waarmee hij naast de verstilde borstkas overeind was gekomen, was de onmacht van een dokter in het interbellum tussen antieke reanimatiemethodes (hete as, zweepslagen) en de mond-op-mondbeademing, die nog niet werd toegepast. Uit zijn gezicht sprak op zijn minst professionele irritatie. Terwijl de passagiers diezelfde avond alweer hun handen voor hun monden zouden weghalen om met een huiverende grijns over het spektakel te vertellen, zou mijn vader nog tot laat zitten piekeren in zijn kamer, zijn pen boven een stapeltje papier.

Soms kantelt een schermpartij. Dan blijkt de held van het eerste uur eigenlijk een driftkop, die zijn voorsprong verspeelt omdat hij overmoedig is geworden. Opeens gaat het bergafwaarts met hem. Het publiek ziet hoe hij de ene na de andere tegentreffer laat passeren, hoe hij tevergeefs met zijn vinger naar de scheidsrechter zwaait, hoe zijn weringen vergroven. Hij schopt en stampt, en als hij uiteindelijk zijn masker afsmijt, ziet iedereen hoe zijn kaken trillen terwijl hij de ander, die nauwelijks gezweet heeft, de hand fijnknijpt bij het groeten. Ik tuurde naar het behang. Hier, nu, raak. En nogmaals, raak. De nacht verdween, de ochtend kwam. Ik had niet geslapen en ook de duiven waren wakker gebleven, en de koe in het dal, die een halfuur aan één stuk had staan roepen, wanhopig, amechtig, op volle sterkte, omdat ze de kudde kwijt was. Zo'n dier, dat vol overgave om hulp vraagt, zonder schaamte toegeeft een fout gemaakt te hebben, dat nooit een plan smeedt terwijl het naar de ander kijkt.

mijnwerkers streek.

Kerkrade

1815 Congres van Wenen → valt toe aan Pruisen binnen Hertogenrade

1816 Kerkrade hieruit afgesplitst : Nederlands bij traktaat van Aken

enkele jaren later : België onafhankelijk. Kerkrade onder België

1836 Verdrag van Londen : weer Nederlands

2x PvdA
2x Burgerbelang *wethouders nu*
1x CDA

Thijs Wöltgens oud burgemeester

Stoomtrein

131

Rolduc *2400 leerlingen een van de oudste onderwijsinstellingen vanaf 12 E onderwijs*

nu na fusie Charlemagne college

2

Schermers hebben een haat-liefdeverhouding met hun masker. Het beschermt hun ogen, maar belemmert hun zicht. Het verbergt hun onzekerheid, maar ook die andere blik, die kan doden. Elke schermer heeft wel eens, in de laatste seconde van een aanval, een honend lachje ontdekt in het fijne gaas tegenover hem, en zijn greep voelen verslappen. Misschien verbeeldde ik het me, maar op Leni's gezicht lag opeens zo'n lachje. Ze was weer eens met het linnengoed verschenen en zag heus wel de brief op de vensterbank liggen. Door haar blik wist ik dat als ze haar mond zou opentrekken, er woorden uit zouden komen die mijn avontuur zouden verpulveren. Ze zou een oordeel vellen zoals je 's ochtends een kampvuur met een emmer water dooft. Ze zou het zelf allemaal al meegemaakt hebben, aan haar afgesloofde kont hadden genoeg handen gezeten, je zou haar de bek niet hoeven openbreken. Ik wilde niet horen, tussen het verwisselen van de kussenslopen door, dat mannen maar aan één ding dachten, dat er geen verschil was tussen Egon en het scharminkel bij wie zij zich elke avond neerlegde. Over de brief zou ze triomfantelijk zeggen dat de verhalen die de ronde deden klaarblijkelijk de juiste waren. En wat die oorlog betreft – die had zij mee-gemaakt, ik niet. Ze zou me weglachen alsof ik een kind was dat een verhaaltje had geschreven, en de vuile was naar buiten dra-gen, als op alle andere dagen.

Inmiddels was de vraag wat ik eigenlijk op het Raeren te zoe-ken had even overbodig als zoveel daarbinnen. In de moestuin bloeiden bloemen uit groente die niet meer geproefd zou wor-den. Heinz bleef goed beargumenteerde tirades afsteken tegen het varken. Zijn vrouw rangschikte biedermeierstoeltjes waar-op niemand plaats durfde te nemen. Wie had ze daar ooit neer-gezet, en waarom? Vragen stellen, daar deed het Raeren niet aan, de gastheer straalde uit dat antwoorden lang op zich zouden laten wachten. Ik bleef hem Herr von Bötticher noemen, mijn maître. Hij bleef mij lesgeven. De eerstvolgende ochtend stond ik op hem te wachten in een donkere schermzaal. De nacht had een wolkenlucht achtergelaten die van geen wijken wilde weten. Allang goed, in het donker kun je de dingen nog overwegen, dit was van dat weer waarbij mensen in hun ogen blijven wrijven zonder iets te besluiten. Maar toen kwam hij binnen, met zijn gebruikelijke syncopische stap. Hij knalde het licht aan en schonk mij een blik die oprecht onverschillig was. Toen ik me omdraaide, stond ik oog in oog met een afgetobde schim in de spiegel. Een nachtbraakster, een heel beschaamde nog wel. Het zou zeker een week duren voordat ik mezelf weer terugzag. In de tussentijd bestudeerde de maître mijn schermhouding. Aan die ijking was niets erotisch. De inspectie van mijn voet, hand, andere voet, hand, was een ritueel zoals jagers dat blijven her-halen met hun geweer, terwijl ze weten dat het niet de schuld van de loop is als een haas de kogel ontspringt. Algauw begon ik me te verzetten, zijn aanwijzingen te negeren, dat idiote rooster om te beginnen. Ik had gehoopt dat er iets zou breken, al was het maar een van die biedermeierstoeltjes, of dat iemand zijn geduld

133

zou verliezen. Maar niemand zei iets. Er werd geen tekst en uit-
leg verlangd als ik het ontbijt oversloeg of te laat kwam voor de
les. Soms wachtte ik op het bordes totdat uit de zaal de stampende en schurende geluiden kwamen van het sabelschermen,
en liep ik pas binnen als de maître tegen de tweeling was uitgebarsten, in de hoop dat zijn woede zich ook op mij zou richten.
Andere keren vertrok ik voortijdig om Heinz op te dragen Loubna
te zadelen. Alleen het paard luisterde. Een aandoenlijk, vijfhon-
derd kilo wegend luisteren. Met gebogen hals en ronde oren verdroeg ze mijn gewicht. Soms, als ik vooroverboog om de dazen
van haar romp te slaan, keek ze me recht in de ogen. Het is verbazingwekkend dat dieren oogcontact maken met mensen. Dat
ze begrijpen dat het bij die ondieren om de ogen draait, in plaats
van de stand van oren en neus, dat er een blik van verstandhouding moet worden uitgewisseld met deze wezens waarvan de
ogen pal naast elkaar in een onbeweeglijk smoelwerk staan, en
niet verder dan 140 graden rond kunnen zien. Onze vriendschap
was niet onopgemerkt gebleven. De maître liep langs en stak
zijn duim omhoog. Soms gaf hij aanwijzingen als ik me uit-
sloofde. Als ik in galop over het zadel schoof zei hij 'Bekken kan-
telen!' en weemoedig dacht ik eraan hoe hij me tegen zich aan
had getrokken.

De eerste vraag zou ik riposteren met een wedervraag. Raadsels genoeg voorhanden. Helaas liet niemand zich tot die ruil-
handel verleiden. Leni ook niet, daarom moest ze niet denken dat
ik haar nog langer zou helpen met het opmaken van het bed. Ik
leunde achterover en staarde naar haar strakgespannen schort
waarin de sleutels zaten van de deur die de rest van de maand op
slot zou blijven. Elke dag rammelde ik vergeefs aan die klink. Er
kwam geen gelegenheid de brief om te ruilen voor een andere.
Op een regenachtige avond verschenen de studenten, maar zonder de Paukarzt, die net zo nieuwsgierig was geweest als ik. Hij

was vervangen door een zwijgende kale, die te voet aan de poort was verschenen en zo ook weer vertrok, nadat hij met een bebloede hand een glas water had leeggedronken. Uiteindelijk legde ik me neer bij de stilte van het Raeren, en van mijn dagdromen, die verongelijkt wegbleven sinds ze door de realiteit waren afgebluft.

De zomer was voorbij. Op een dag die al veel korter was dan de vorige vertelde ik aan de tweeling een sprookje. We lagen tussen het struisgras, ik in het midden, toen ik begon: 'Ik weet iets van der Golem wat jullie niet weten.'

Ze zagen er grappig uit, zo van onderen. De zon had ze sproeten gegeven, en nu ze vlak boven me hingen kon ik het niet nalaten ze te tellen. Siegbert had er meer dan Friedrich. Ik wilde in ze bijten, in hun marsepeinen kattenwangen.

'Vertel op.'

'Hij heeft op zijn been een nog veel groter litteken. Het loopt van hier...' Ik trok mijn jurk omhoog, zij sperden tegelijk hun ogen open. '...tot hier. Als een karrenspoor. Uit zijn schouder is een stuk gekerfd...'

'De ster!' riep Friedrich. 'Precies zoals in de film, bij der Golem is een ster uit zijn borst gesneden!'

Hij kreeg een duw van Siegbert, die zijn ogen strak op mijn naakte dijen gericht hield. De wind stak op. In de verte klonk weer dat onheilspellende gebrul. Misschien was het wel geen koe, maar een schip op drift. Heinz had ons ervoor gewaarschuwd. In dit seizoen, met dit weer, was alles mogelijk, je moest niet raar opkijken als er bleke sujetten in nachthemden langs de muur zweefden, als overleden aristocraten je voorgingen op de trap. Heinz bewonderde zichzelf om deze ontmoetingen, die ons allemaal bespaard bleven. Wij zagen alleen de koegeest. Als we 's avonds maar lang genoeg op het terras bleven hangen, kon

135

zelfs de maître haar aanwijzen. Ze verscheen nooit in één keer. Eerst was er het gestommel en het gesmak, dan, een voor een, haar witte vlekken, en pas als laatste het hele lijf. Als we dichterbij kwamen loste ze weer in het donker op. Nieuwsgierig en schuchter tegelijk, zoals koeien zijn. Daarom namen we na een poosje niet eens meer de moeite om van tafel op te staan als ze kwam. Alleen Friedrich bleef zoeken, rondtastend in zijn onschuld, zoals hij me met een hand op mijn linkerborst aanspoorde verder te vertellen.

'Inderdaad, het had de vorm van een ster,' vervolgde ik. 'Ongeveer zo groot. Uitgesneden met een scherf. Toen ik erop drukte, kwam ik niet meer van hem los. Sindsdien is der Golem binnen. In mij, begrijpen jullie dat?'

Siegberts mond viel open van verbazing. Niet om wat ik had gezegd, maar om de hand van zijn broer, die in mijn hemdje verdween als een forel in een schepnet. Voorzichtig ontfermde hij zich over de andere kant. Terwijl ze simultaan mijn lichaam verkenden, voelde ik hoe lomp mijn pas verworven volwassenheid eigenlijk was. Ik was hooguit een jaar ouder dan zij, maar niet meer dat vrijgevochten meisje met de floret. Mijn maag kromp ineen bij de gedachte dat er iets voorbij was gegaan. Ik wist zeker dat Helene Mayer zich nooit zou laten schaken door een man die zijn gezicht had afgewend van het hare, die zijn mond gesloten hield voor alles wat in de liefde van belang is. Ik slikte en keek eens goed. Het was echt waar. Ik kreeg mijn eerste kus van een tweekoppige engel met doorbloede lippen.

'En wat gebeurde er daarna?' fluisterden ze snel. Ze wilden het verhaaltje horen.

'Hij viel in slaap. Als een blok. Laten we hopen dat hij voorlopig niet meer wakker wordt. In geen duizend jaar.'

Jaren later heb ik de film gezien, *Der Golem, wie er in die Welt kam.* In een onverwarmde bioscoopzaal in de winter, rillend op mijn stoel. Ik was de enige bezoeker. Niemand gaf toen meer een stuiver voor stomme films, zeker niet voor Duitse. De uitbater van de zaal, Gil, was Joods. Enkele jaren daarvoor was hij uit de dood teruggekeerd in een leeg huis, dat wist iedereen. Hij werd gemeden om zijn geschiedenis. En ze wilden ook niets weten van de legende over rabbi Löw en der Golem.

'Het gaat niet over de oorlog, hoor,' zei Gil geruststellend toen ik bij de kassa kwam. 'Het speelt in de zestiende eeuw, in het getto van Praag. Het heeft zelfs een happy end. Er is alleen geen geluid bij. Dat je dat weet.'

In de ijzige stilte staarde ik naar de beelden, die vanboven waren belicht, alsof de duisternis boven het getto toen nog een venster had. De rabbi boog zich over zijn formules, hief zijn handen ten hemel, staarde naar de sterren, doofde het licht. Andere scènes hadden zwarte rafelranden, leken vanonder een hand gefilmd of door een koker. In de verte werd de ridder van de toren gesmeten. Opeens, dood. De film ging door, maar juist door de afwezigheid van onheilspellende muziek schrok ik me rot. Gil, op het stoeltje naast me, vond dat aandoenlijk. Volgens hem waren de tijden dat het filmpubliek nog genoegen nam met de rol van voyeur voorgoed voorbij. Het wilde niet meer in stilte toekijken, zei hij. Het betaalde voor films met liedjes om na te zingen, dansjes om in te studeren, of de nieuwste rage uit Amerika: de stereoscopie, zodat het gillend in de stoelen weg kon deinzen voor een naderende trein. Dezelfde mensen die een paar jaar daarvoor liever op de achtergrond van de werkelijkheid waren gebleven, betaalden nu grif voor de illusie van deelname.

'Zie je dat niet elke film geluid nodig heeft?' fluisterde hij. 'Der Golem spreekt immers niet. Zo staat dat al in de Talmoed geschreven. Volgens de legende schuift de rabbi hem woorden op stukjes perkament in de mond, opdat hij gehoorzaamt.'

Der Golem uit de film leek in de verste verte niet op Von Bötticher. Hij werd gespeeld door de regisseur, een klunzige dikkerd met afhangende mondhoeken. Het enige wat ze gemeen hadden, was hun zwijgzaamheid. Op het Raeren wist ik al dat ik Von Bötticher woorden in de mond moest leggen. Zolang hij bleef zwijgen, kon ik van hem maken wat ik wilde. Maar de tweeling vond dat ik der Golem, met zijn boosaardige bedoelingen, met rust moest laten. Laten slapen, nooit meer wekken.

'Als ik wil slapen,' zei Siegbert, 'hoef ik Fritz maar te wiegen, dan vallen mijn ogen vanzelf dicht. Ik sus hem, praat zachtjes, en als ik hem zie wegzakken, overvalt de slaap mij ook.'

Terwijl ze dit demonstreerden, dommelden ze werkelijk in, hun haar als warme bijenwas op mijn borst, hun engelenhanden verstrengeld in mijn schoot. Pas toen ik hun regelmatige slaapadem hoorde, durfde ik zelf vrijuit te ademen. Met diepe teugen nam ik het naderende onweer in me op. In de paarse lucht wervelden pluimwolken, als soldaten in de linie. Er hing het soort licht dat alles haarscherp maakt: het verweerde plansier aan het dak van het Raeren, de poriën in het kippenvel van de tweeling, de nerf in de grashalm tussen mijn tanden. De storm stak op, ging liggen, stak op. Het gras deinsde terug. Geritsel, gesnuif. Iets zonder voetstappen kwam naderbij. Een harig duiveltje. Toen ik me oprichtte, zag ik de kleine hond van de maître. Hij hield iets in zijn bek. Verontrust liet hij het vallen: het lijkje van een mol. Met zijn zwarte jas, gesloten ogen en gevouwen handjes leek het nog het meest op een biddend patertje. De tweeling wreef de slaap uit hun ogen en joeg de hond weg. Vanaf een afstandje bleef hij staan kijken naar wat wij met zijn prooi uitspookten.

'Laten we hem maar begraven,' zei Siegbert. 'Anders gaat hij stinken.'

We fatsoeneerden onze kleren. Siegbert verdween tussen de grashalmen om een stok te zoeken waarmee we een gat konden graven.

'Als zo meteen de regen losbarst, gaat dat allicht wat makkelijker,' riep hij. 'We maken een hol voor hem zoals hij het zelf gegraven zou hebben.'

'Een hol zoals hij het zelf gegraven zou hebben,' herhaalde Friedrich. 'Hoe krijgen we dat voor elkaar?'

Hij sloeg zijn ogen op, haalde zijn hand door zijn haar. Toen begonnen we te giechelen. We waren kinderen gebleven. Ik was dankbaar dat zij onze onschuld hadden bewaakt, die van ons alle drie.

'Jullie zijn echte musketiers,' zei ik. 'Eén voor allen, allen voor één.'

Friedrich maakte een kleine buiging. 'Tot uw dienst, madame.'

We bleven naar de lucht staren, tot Siegbert terugkwam met een stuk oud ijzer. We hielpen niet toen hij tellend door het gras stapte.

'Anders vinden we het graf nooit meer terug,' onderbrak hij zichzelf.

'Sigi is altijd goed geweest in geometrie,' zei Friedrich. 'Alles afpassen, uitmeten, naast elkaar leggen. Hij wil verder in de landmeetkunde. Rondzeulen met een theodoliet. Kijken of alles klopt op het aardoppervlak. Ik snap er allemaal niets van en dat hoeft ook niet.'

meet afstanden + hoogtes.

Zijn broer beukte met het botte ijzer op de droge aarde. Bij elke slag viel zijn blonde haar voor zijn gezicht, een paar keer veegde hij met zijn pols zijn neus af. Mijn vader zou gezegd hebben: 'Een jongen van Jan de Witt.' Daar zou hij misprijzend bij hebben gekeken, want hij wantrouwde kerels die altijd zo nodig, om iets onbenulligs, de handen uit de mouwen moesten steken. Nu ik tussen de tweeling in stond, moest ik denken aan het gezegde over een van de beroemde broers, die vooral herinnerd werden om hun wrede dood, terwijl de een toch een moedig zeevaarder was geweest, en de ander, behalve staatsman, geometricus. Geometricus nota bene! Ik wilde het Friedrich vertellen, maar hij was me voor: 'Je vindt mijn broer vast een stoere man, nietwaar?'

Gebroeders
de Witt

Hij keek me doordringend aan. Ik kwam niet uit mijn woorden.

'Integendeel. Ik bedoel, niet per se. Jullie zijn allebei...'

Er was iets aan de hand. Ik hoopte dat het de lucht was, die zo snel was betrokken dat we in silhouetten waren veranderd. Of het donkere gekras van de kraaien, die het graf al hadden ontdekt. Maar het was de tweeling. Toen we terugliepen naar huis, vermeden ze elkaar krampachtig. Ze hielden mij in hun midden en zwegen, of onderbraken elkaar door nadrukkelijk het woord tot mij te richten. Opgelaten zette ik er de pas in, totdat een salvo onverwachte geluiden alles oploste. Uit de richting van het bordes, dat opdoemde vanachter de kastanjes, klonk achtereenvolgens een geweerschot, een vrouwengil, een afslaande motor en een onherkenbaar vervormde mannenstem, die boven de wind uit schreeuwde: 'Julia!'

De tweeling zette het op een rennen, roepend om hun moeder. Ik bleef achter de jonge kastanjes staan, geen sprake van dat ik erachteraan zou gaan. Julia, de moeder. Door het gebladerte zag ik haar contouren. Ze stond halverwege de oprijlaan, in een ragfijne, ravenzwarte jurk. Ze hield haar hand op het portier van haar auto. De lucht was nu zo donker dat het land geen kleur meer had. Het gras was grijs, de bomen zwart, en daarachter stond het spierwitte huis, met op het bordes de eigenaar, zijn geweer zwevend aan zijn wijsvinger, de loop gericht op het enige wat op dat moment bewoog: een haas in doodsstrijd. Stuiptrekkend bleef hij omhoogspringen, als water in een fontein. Het gebeurde misschien een meter van de vrouw vandaan. Zij bleef roerloos toen Egon het vizier voor zijn oog bracht om het schot te lossen dat de haas stillegde en de rest in beweging zette. Het begon te stortregenen. De vrouw boog voorover, trok de jurk los van haar lichaam, liep op een walsend drafje, met de tas boven haar hoofd, naar het bordes. De tweeling sprong op, klampte zich aan haar vast. De wind hield hun woorden buiten gehoorsafstand, maar zonder al te veel moeite zag ik ze, wit op zwart:

'Moeder, blijf weg, u ziet nu wat der Golem in zijn schild voert!'
   'Ach lieverds, hij schiet toch nooit mis. Laten wij snel voor het onweer schuilen!'

occult

3

Schöner Gigolo, armer Gigolo,
denke nicht mehr an die Zeiten,
wo du als Husar,
goldverschnürt sogar,
konntest durch die Straßen reiten.

Egon hield zijn handen plat op zijn oren, waarschijnlijk hoorde
hij de tekst niet eens. Julia had na het eten de grammofoon op
tafel gezet. De platen waren van haar. Ze had ze meegebracht
omdat 'die daar' moest worden opgevrolijkt. Maar 'die daar' keek
naar buiten, waar de regen aanhield, waar uit de grond geuren
kwamen die hij meer liefhad dan het parfum dat zij droeg. Hij
wilde weg, door het veld banjeren, zoals ik hem vaker had zien
doen als het nat was, bukkend om dingen tegen zijn neus te houden, mee te nemen, te drogen aan de balken, waar ze elke week
van geur veranderden. Die middag had ik hem aangetroffen voor
het vuur in de keuken, kauwend op de taaie paddenstoeltjes die
aan het plafond bungelden. Hij liet me proeven. Het waren nog
niet de zwarte, verkreukelde schimmen waar je zo'n pervers rui-

kende bouillon van kon trekken. Deze waren nog vochtig, herinnerden aan zachte aarde, vermolmde boomstronk, de vacht van een ram. Dat waren zijn geuren, maar Julia bedwelmde ons met een decolleté dat glansde van de vette alcohol. L'Heure Bleue. Een oud parfum, bedacht aan de vooravond van de Eerste Wereldoorlog, toen de zon onderging en de lucht blauw kleurde. Haar jurk was wel van nu, een dure. De dunne crêpe lag als water op haar lichaam. Ze wist dat we haar allemaal nakeken als ze door de zaal wandelde en de zwarte stof met haar wreven voortschopte, als ze haar armen spreidde en de mouwen openvielen op haar schouders. Ze gaf de grammofoon nog een slinger, waarop de slepende stem van Richard Tauber een aanloopje nam:

Uniform passée, Mädchen sagt Adieu,
schöne Welt, du gingst in Fransen.
Wenn das Herz dir auch bricht,
mach ein lachendes Gesicht!
Man zahlt, und du mußt tanzen.

'Hoor je, Egon,' riep ze boven het strijkje uit, 'je moet dansen, huzaar, ik heb betaald!'

Tot mijn stomme verbazing stond hij op. Zij werd nog langer toen hij haar bij de hand pakte, de andere legde ze losjes op zijn schouder, zijn arm lag in de holte van haar rug. Plotseling was haar kokette lachje verdwenen. Ze staarde strak in zijn ogen, daar zag ze wat hij ooit zag: zijzelf, eens, ergens, met hem. Toen zonk ze weg in haar grijsgedraaid verleden. Leni, die schoorvoetend was aangeschoven, had dezelfde peinzende blik. En zelfs Heinz, met een linnen servet tussen zijn zwarte vingers, herinnerde zich van alles wat hem de ernst gaf waarmee hij lang geleden naar huis was teruggekeerd, de gezichtsuitdrukking die hem toen aantrekkelijk had gemaakt voor een vrouw. Alleen de tweeling veranderde niet. Het leek wel alsof zij geen verleden hadden. Als dieren, alleen maar bezig met het hier en nu, met elkaar, met een paar werktuiglijke handelingen. Hun gezamenlijke gewoontes begonnen op mijn zenuwen te werken. Ik was niet veel ouder dan zij, maar wist tenminste iets van vroeger. En dat had ik niet uit films. Ik wist meer dan wie van de aanwezigen ook kon vermoeden en ik zou nog veel meer te weten komen. Al die dingen die voor de ouderen voorbij waren, die door hun weemoedig geschraap waren uitgehold tot een droge korst was overgebleven, lagen nog vers en geurend voor mij. Er waren woorden die Egon had opgeschreven toen hij zo oud was als ik, maar die nog warm waren, goed geconserveerd in dichtgeplakt papier. Er zat alleen een deur in de weg.

Egon deed een paar passen, zij liet zich meenemen. Hij zette zijn benen links en rechts op het parket, zij verplaatste zich naar achteren. Dit was geen dansen. Zo stap je als je een donkere trap afdaalt en je niet ziet welke trede de laatste is. De muziek was afgelopen. De naald bleef genadeloos over het papieren etiket krassen, het paar stond stil. Ze keken elkaar niet aan, net tieners die niet weten wat er na het dansen moet gebeuren. Bij Egon en Julia lag niets meer in het verschiet. Ze waren opgelaten met een geschiedenis waarover het laatste woord nog niet was gezegd. Daarom was het beter te zwijgen.

'Sigi, kies maar iets vrolijks uit,' zei Julia uiteindelijk, terwijl ze naar het raam liep. Siegbert sprong op, het mooie hertenjong. Hij had zijn moeder geen moment uit het oog verloren sinds ze op het Raeren was aangekomen. De keizerin, die in model bleef onder het geweld van een onweerslucht, die maar met een slap handje naar haar bagage hoefde te wuiven – een platenkoffer, een hoedenkoffer en nog een raar koffertje – of haar jongens zeulden die naar binnen. Haar jongens, dat waren eigenlijk alle mannen op de wereld. Zulke vrouwen heb je, die

de mannen om zich heen, zelfs de oude en rijke, in schaapach-
tige jongens veranderen. Mooi hoeven die vrouwen niet te zijn.
Ze kennen de tekens, die anderen niet opvallen, zoals niemand
het handwerk van de menner ziet, maar alleen het lopen van
zijn paarden. Als ze zonen hebben, zullen die al jong aan ze
gehoorzamen, dochters zullen van ze walgen. Opeens miste ik
mijn moeder. Dat gevoel overviel me. Zo had ik nog nooit aan
haar gedacht: als aan een vrouw die op haar achttiende nog een
achteloze schoonheid was geweest, poserend voor een dure fotograaf omdat mijn opa wist dat je zo'n prachtstuk snel moest
laten vastleggen (mijn oma was na vijf jaar huwelijk al ver-
schoten), maar die er niets mee van doen wilde hebben. Niet
zoals Julia, die zou radeloos zijn geweest zonder spiegel, dat
zag je aan elke gepoederde millimeter van haar gezicht. Mijn
moeder kende de tekens niet. Ze zag het nut er niet van in om
met een jongemeisjesblik rond te kijken totdat ze de blik van
een verontruste man zou ontmoeten. Haar wenkbrauwen gingen gebukt onder gedachten aan de zonde. Werkelijk, ik miste
haar. Haar kalme gesomber aan de keukentafel. De tevredenheid waarmee ze de werkelijkheid inlijfde bij Bijbelverzen, ongeveer zoals ze de nerven verwijderde uit een stugge kool. Leek
ik op mijn moeder? Steeds minder. Hoewel ik nooit was geze-
gend met haar gelijkmatige trekken, bewaarde ik de verbazing
die me jong hield. De tweeling, hoe mooi ook, had die eigen-
schap niet van hun moeder overgenomen. Zij verbaasden zich
alleen over elkaar, over zichzelf. Ze hadden haar blauwe ogen, en
omdat de meeste mensen niet verder kijken dan een oogwenk,
vonden ze dat ze op haar leken. Maar in hun gezichten was iets
vierkants geslopen. Hun kinnen, hun neusvleugels! De inkepingen, ik kende ze, razendsnel maakte ik de vergelijking, daar
zat hij tegenover me, in gedachten verzonken, nee, onmogelijk,
God verhoede, ze hadden alleen dezelfde neusvleugels, verder

leken ze niet op hem. Ik keek terug naar mijn bord, daarop waren achttien, ja, exact achttien erwtjes overgebleven. Heinz schraapte zijn keel, solliciteerde naar een oplawaai van zijn vrouw: 'Frau von Mirbach, zegt u mij eens, hoe gaat het met uw man?'

De maître had Leni geen plezier gedaan door haar en Heinz uit te nodigen aan tafel. Het was vast geen toeval dat hij zijn dienstpaar alleen vroeg mee te eten als Julia op bezoek kwam. Misschien had hij behoefte aan toeschouwers, aan een praatgrage buitenwacht die in de stad het gerucht zou verspreiden dat er iets broeide tussen hem en de vrouw van een ander. Zo hoefde er geen handschoen te worden geworpen. De uitdaging zou worden rondgezoemd door het klootjesvolk, dat al meteen een kant zou kiezen: niet die van de wereldvreemde Von Bötticher, in zijn afgelegen bos, dat was duidelijk. Heinz drong aan.

'Wat heeft Herr von Mirbach gezegd? U weet toch, Kraft durch Freude. Wat vond hij van dat idee? Het moet hem zeker aanspreken, als man van het volk.'

Julia reageerde niet. Ze stond nog steeds voor het raam, met haar rug naar ons toe. Heinz richtte zich nu tot de tweeling. 'Jongens, jullie vader, dat is een knappe sportman.'

'Hij is vorige maand nog eerste geworden met discuswerpen,' zei Siegbert, bladerend in de platenkoffer.

'Ik heb er vorige week met Matthias over gesproken. Hij vond het ook een goed idee. Hij zei: Herr von Mirbach, daar hebben wij veel aan te danken.'

Ik werd nieuwsgierig naar die Von Mirbach, de man voor wie Julia uiteindelijk had gekozen. Als zij Julia was uit de brief, dan moest het wel zo zijn gelopen dat Egon achter het net had gevist. Ik kon geen andere reden voor die keuze bedenken dan de tweeling. Het koppel tedere adeljongens, dat mij 's ochtends had aangeraakt. Zou hun vader slechts de helft van hen zijn? Zou hij hun moeder zo hebben bemind, maar eerst de ene kant van haar lichaam, en dan weer de andere?

'Zoals het nu gaat, kan het alleen maar verbeteren,' ging Heinz door. 'Al twee jaar geen staking, geen enkele! Terwijl onze buurlanden er een potje van maken. Neem nou België...'

'Dat is geen land,' zei Egon. Heinz veerde op uit zijn stoel, daar was ook de vuist op het tafelblad. 'Zoals u zegt! Het lukt de Belgen maar niet om een regering te vormen, en er gaat daar geen dag voorbij zonder stakingen. Ze moeten ons land maar teruggeven, vindt u niet? Als ze het niet kunnen besturen. Ons mooie land!'

Hij wees met een trillende vinger uit het raam. 'Moresnet! Eupen! Dat smokkelaarsgeboefte heeft geen baat bij echte leiders. Maar lang zal het niet duren. Vier jaar, niet langer.'

Egon trok een bedenkelijk gezicht.

'Het vierjarenplan, meneer. Een maand geleden, de belofte van de Führer. Vier jaar, zei hij, om ons land te herstellen. Leger, economie, vrede en voorspoed.'

'Mijn man zegt dat twee jaar genoeg is,' zei Julia. 'Hij zegt dat als we zo doorgaan, we in twee jaar het rijkste land van Europa zijn.'

Egon haalde een walnoot uit zijn mond. 'Waarom zoveel haast? Vier jaar is zo voorbij. Dat moet u toch weten, mevrouw Von Mirbach? Vier jaar, weet u nog. Een beetje geduld heeft nog nooit iemand kwaad gedaan.'

Toen Julia dichterbij sloop, keek Egon op met de verbazing van iemand die zojuist, in de wirwar van zijn geheugen, iets belangrijks heeft teruggevonden. L'Heure Bleue. Geur overvalt je met herinneren, daar valt niets tegen te beginnen.

'"Ich hab' kein Auto, ich hab' kein Rittergut!"' las Siegbert hardop. 'Volgens mij is dat wel een leuk mopje muziek.'

'Nee,' zei Julia. Ze duwde hem opzij. '"Lieber kleiner Eintän-

147

zer". Ik wil het lied van de Eintänzer horen. Hier.'

'Maar je wilde iets vrolijks, mamma.'

Ze hoefde alleen maar een wenkbrauw op te trekken. Siegbert pakte de plaat uit haar handen en gooide de naald midden op het bakeliet, zodat de melodie met een hartverscheurend gekraak door de zaal schalde.

Lieber kleiner Eintänzer
Sei doch heute mein Tänzer
Denn es passt doch kein Tänzer
So gut wie du.

'Een ordinair, vulgair lied,' merkte Egon op. Hij keek me indringend aan. Ik kende die blik, hij was op weg naar dronkenschap. 'Een Eintänzer. Janna weet vast niet wat daarmee bedoeld wordt.'

'Laat het meisje met rust,' riep Julia, terwijl ze zich bij de hand liet nemen door haar jongste zoon. Leni ruimde met veel kabaal de tafel af. Heinz bleef zitten, zijn lege glas in zijn vuist, als een steen. Ik moest weg, maar mijn ogen werden naar het danspaar getrokken. Friedrich kende de tango. Hij leidde zijn moeder langs de tafel, zodat wij haar konden keuren. Haar glanzende, goed ontwikkelde achterhand, haar in witte kousen ingepakte hoefjes, die rakelings de zijne passeerden. Zij verborg haar gezicht in zijn schaduw. Geraffineerd. Zo kon ze van zijn leeftijd zijn. Zonder twijfel, deze *potranca* stond hoger in het bloed. Niet alleen ik werd verteerd door jaloezie. Achter in de zaal stond Siegbert, de armen stijf over elkaar, alsof hij het koud had.

Wundervoll und flott tanzt du
Wie ein junger Gott tanzt du
Lieber kleiner Eintänzer
Tanz nur mit mir.

Egon draaide zich weer om naar mij, alsof hij niet onder de indruk was. 'Of weet je het wel? Waarom sommige mannen steeds
met een ander dansen?'

Ik gooide mijn servet op tafel en liep de zaal uit, de trap af. In
de gang bleef ik staan. Nu stonden we weer tegenover elkaar, ik
en de deur. Ik had er nu zeven nachten zo dicht met mijn neus
bovenop gezeten dat ik het hout kon proeven als ik er alleen al
aan dacht. Die bittere, olieachtige smaak. Ook droomde ik ervan,
zoals mensen proeven en dromen van hun obsessies. In mijn
slaap zag ik hoe het hout openscheurde bij de nerven, zodat ik
vanzelf de gang in stapte. De messingen deurklink volhardde in
een massief zwijgen. Ik hoefde het niet eens uit te proberen. Ik
herkende gesloten kamers van veraf, zoals je een dode van een
slapende onderscheidt. In mijn zak lag de brief, een vod nu. Als
Egon hem ooit terug zou vinden zou hij mij ruiken. Wanhopige,
bezwete pogingen om tot hem door te dringen. Als ik hem verscheurde zou een deel van Julia uit de geschiedenis verdwijnen.
Die stelde eigenlijk sowieso niets voor, die bestond uit een paar
brieven, misschien een foto, herinneringen waarover niet werd
gepraat. Klein prul van later zorg. Nu eerst het schort dat Leni had
afgeknoopt voor het avondeten. Zolang de zotten van het Raeren aan het dansen waren, kon ik rustig zoeken.

Lieber kleiner Eintänzer
Sei doch heute mein Tänzer
Denn es passt doch kein Tänzer
Solch Kavalier.

In het donkere trappenhuis werd de muziek vervormd tot een
schraperig gehuil. Ik hurkte neer en keek door het sleutelgat in
de gesloten gang. Daar scheen de maan door de ramen. Voor het
eten had ik vanuit de tuin naar zijn kamer gegluurd. De deur

stond op een kiertje, ik kon er niet bij. Boos was ik omgelopen
om te zien of ik door zijn slaapkamerraam naar binnen kon klimmen, maar dat zat hoog en gesloten in de muur, als een guillo-
tine. Onder het eten was Julia over Maria Stuart begonnen.

'Toen Maria Stuart werd onthoofd, bleef de bijl op het bot
hangen,' zei ze, terwijl ze een kippenpoot uit elkaar draaide. 'De
beul wilde in één ruk haar nek doorsnijden, maar stuitte op een
stukje kraakbeen. Heel vervelend lijkt me dat.'

'En dan weet je waarschijnlijk ook,' had Egon opgemerkt, 'dat
haar lippen nog een kwartier lang bleven bewegen, nadat het
hoofd was afgesneden. Jullie vrouwen praten te veel.'

'O, is dat zo?' Ze had me een knipoog gegeven. 'Niet allemaal. Het meisje hier, daar komt toch geen zinnig woord uit?
Of komt dat omdat ze nog geen vrouw is?'

En ze had over haar hals gestreken, haar vingers vet van het
kippenvlees. Egon moest erom grinniken. Ik was haar bijna aan-
gevlogen. Mijn handen om haar vogelnek.

Boven was het lied van de Eintänzer afgelopen, er werd hard
gelachen. Iemand noemde mijn naam. Ik vluchtte de keuken in.
Het was er koud en donker. In het maanlicht zag ik op het slagersblok de karkassen van de kippen die op het laatste moment
bij de kladden waren gegrepen vanwege de onverwachte gast.
Zo laat nog. Ze waren verontwaardigd, de kokkin en de kippen.
Leni had een tijdje nagedacht, met de sleutelbos in haar schort
gerammeld, en ging ze toen maar halen. Ze brak hun nekken,
plukte ze met twee vuisten tegelijk, duwde gekneusde noten
onder hun borsthuid, wreef ze in met zout en boter en schoof ze
in de oven. Een uurtje. Terwijl het onweer tegen de ramen
beukte, veranderden twee stuks pluimvee in het goud gebraden
gevogelte dat iedereen naar de keuken lokte. Het was daar gezellig geworden. Het vuur werd opgestookt, Leni trok haar baas
weg van het eten, maar hij zag toch kans er een stuk vanaf te

scheuren en spoorde Heinz aan hetzelfde te doen. Nog voordat we de kippen naar de zaal brachten was er een al voor de helft verslonden. Het was een moment waarop alles goed kon komen: zeven mensen, anderhalve vogel, rinkelende glazen tussen onze vingers, gegiechel op de trap. Niemand sprak over de toekomst, iedereen zweeg over het verleden, we wilden eten en zo onhandig als we de treden op stommelden, waren we kinderen van dezelfde leeftijd. Maar toen ontstak de maître de kroonluchters in de zaal, en sloeg de stemming om. De vloer was pas geboend. Aan de wand blikkerde het scherp. Wie zichzelf in de spiegel tegenkwam, rechtte zijn rug.

'Ik ben de aardappels vergeten,' had Leni gezegd, de zaal achterwaarts verlatend. Heinz stond nog op de gang. Hij kwam nooit in de schermzaal, het domein van de Mensur, waarvan hij hooguit begreep dat het een zeer nauwkeurige kunst was, zo nauwkeurig dat drie paar ogen niet genoeg waren om de regels te respecteren. Zijn strijd vond plaats in de tuin, waar het geen zin had dingen op te meten. Hij had geen vat op wat daar woekerde, waar en wanneer, en schold op de natuur, die hem te snel af was. Maar voor de schermzaal had hij diep ontzag. De enige orde waar hij ooit deel van had uitgemaakt, was die van de lopende band, en hij maakte nog elke week een ommegang naar de fabriek.

'Ik verwacht wel dat jullie ons gezelschap houden aan het diner,' had Egon gezegd, 'er is genoeg voor iedereen. Ga zitten, Heinz.'

Heinz was het parket op gestapt alsof zijn grote schoenen erin zouden wegzakken. Hij greep de stoel die zijn baas had aangeboden en ging voorzichtig zitten.

'Vroeger waren mijn speelkameraadjes ook gewone kinderen uit het dorp,' zei Julia opeens. Ze had tegen zichzelf gesproken, in de spiegel. 'Eenvoudige dorpskinderen, daar speelden

α
insigne

wij mee. Dan kleedden wij ze aan als soldaatjes. Mamma had uniformen op maat voor ze laten maken. Grijsgroene wapenrokken, landskokardes op hun mutsjes. Ze zagen er zo schattig uit. Mijn broer en ik zaten te paard, zij marcheerden achter ons aan. Toen de oorlog uitbrak, deed de kleine Lydia hetzelfde, maar toen had mamma de pakjes vervangen door het moderne tenue. Die schat droeg een kleine Pickelhaube, en net zo'n patronentas als die waarmee jij toen bent vertrokken, Egon, mijn Fahnenjunker! Ach, wat hebben we daar toen een lol mee gehad.'

Leni had langzaam haar schort losgeknoopt, ik was alert als een hond toen ik de sleutels hoorde. Toen ze terugkwam met de ovenschotel droeg ze geen schort meer, maar in de keuken kon ik het niet vinden. Het was erg donker. Er was een beetje maan, en in de haard kroop een vuurtje langs de randen van een houtblok. *Gastrosophie.* Het boek lag naast de wasbak, opengeslagen. Leni had eruit gekookt. Was het plukken, inwrijven, volstoppen van de kippen, het eraf trekken van hun poten en afscheuren van hun vleugels, gastrosofie? Het boek lag open bij de platen van het uitgebeende rund. De strenge hand die aanwees hoe het werk moest gebeuren. Mijn vader had vriendschap gesloten met een slager uit de buurt. Dat was nog eens een ernstige man, die nooit grappen maakte over zijn werk. Niet zoals mijn vader, of andere artsen die bij ons over de vloer kwamen. Geen sprake van. Leo lag er wakker van als hij vreesde dat er luchtgaten in een varkensdarm waren geslopen, waardoor hij de worst niet kon aansnijden. Hij zou het hartstocht hebben genoemd. Maar welk dier deelt met zoveel overleg zijn prooi op als de mens? Slachten niet alle dieren elkaar als geheel, driftig, met bloeddoorlopen ogen van emotie?

Ik sloeg het boek dicht. Misschien had Leni het schort in de opkamer opgehangen. Ik wist dat ze veel tijd doorbracht achter de kleine deur naast het aanrecht, dat er een lantaarntje hing dat

[handwritten annotations in top margin:]

7 ontactisch, praalzucht, ... zelfoverschatting
wereldvreemdheid · Groot aanhichter WOI
klein zoon Victoria . ~~Ontslag door~~ Von Bismarck ontbloeg 1890
oorlogzuchtige " Nieuwe Koers"

ik moest aansteken, maar verder dan de eerste treden, waar de uien hingen, was ik nooit geweest. Het rook er kruidig. Op een plank aan de wand lag een opengevouwen boek op de weckpotten, een damesroman van de barones Von Eschstruth. Boven aan het trapje stuitte ik op een mand aardappels waarvan de bovenste vormeloos en grauw waren geworden, als een kluitje dronkenlappen. Langzaam wenden mijn ogen aan het donker. Ik zag een grote hutkoffer met boeken, allemaal even vochtig en kromgetrokken, een spiegel waaruit hele stukken zilver waren weggevallen, een bak met roestige sabels en een opgezette, panische haas met een gat in de rug. Ik wilde me alweer omdraaien, toen ik in de hoek een magere gestalte ontwaarde. Als je jezelf niet meer kunt horen ademhalen omdat je hart te luid bonst, kun je misschien maar beter doorlopen. Zoals die keer dat ik over een donkere, holle weg naar mijn oma's huis moest lopen. Ik besloot niet te onderzoeken waar die schuifelende geluiden vandaan kwamen, ik hoefde niet te zien wat die witte contouren precies waren. Maar nieuwsgierigheid achtervolgt een mens veel langer dan angst. Ik bleef nog maanden op zoek naar dat vage beeld langs de weg en zag het nooit weer. Nu hield ik de lantaarn hoger. De gestalte was alleen een kapstok, waaraan maar één ding hing: de doodskopmuts van Egon. Boven klonk weer geschater, het kwam dichterbij, het leek erop dat ze de schermzaal verlieten. De tweeling riep mijn naam. 'Het is maar voor een weekje,' hoorde ik Julia zeggen, 'laat het meisje met rust.'

Het bont rook aangenaam, voelde zacht aan op mijn voorhoofd. Toen ik de spiegel oppakte, herkende ik haar meteen: de dochter van de laatste keizer. Dezelfde foto als die ik in het tijdschrift had gezien. Dat licht spottende, helemaal niet verlegen smoeltje tussen doodskop en tressenboord, de gehandschoende prinsessenhand in de zij. Een verkleedpartijtje, zoals dat waarmee Julia zich als kind had geamuseerd. Adellijke dames die uit

[handwritten annotation in right margin:] nataly von Eschstruth 1860-1939 bestsellers

balorigheid, verveling of wrok een loopje namen met de oorlog van hun mannen. Ik nam de muts af, inspecteerde de binnenkant. In het zoomlint ontdekte ik een vage vlek, bloed misschien. Zaten ze daarom verlegen, de vrouwen die hun mannen hadden uitgezwaaid? Droegen ze daarom kleding die bedoeld was om in te sterven en te doden? Was die fascinatie niet ook de reden, waarom ik ten minste één keer met een van die vlijmscherpe parisers uit de zaal wilde schermen – om te weten hoe het voelde als je de dood in de hand hield? Ik doofde de lantaarn en verliet de opkamer. Zo te horen stond iedereen buiten, behalve Leni, die het serviesgoed opstapelde in de wasbak. Ze merkte me niet eens op toen ik langs haar de keuken uit sloop. Misschien maakte de muts me onzichtbaar. Het motorgeluid van Julia's auto stierf weg, Egon kwam terug het huis in. Hij leunde even tegen de voordeur, alsof hij zijn evenwicht moest terugvinden. Uiteindelijk beantwoordde zijn glimlach de mijne.

'Memento mori,' zei ik, terwijl ik op mijn voorhoofd wees. 'Denk aan de dood.'

Hij knikte en maakte de deur naar de gang open. Die was breder dan ik me herinnerde. Hij liep langzaam voor me uit, ik keek naar zijn haar, dat grijs was in het maanlicht, en ik bedacht dat deze man zoveel had meegemaakt, en dat ik daar nu deel van uitmaakte. Of hij nou wilde of niet, ook ik hoorde bij zijn ervaringen, al had ik de oorlog niet meegemaakt die zijn hele leven bestierde. Opeens bleef hij staan.

'Niet de dood indachtig, maar de doden. De doodskop herinnert ons aan hen die voor ons gevallen zijn, die we moeten wreken. We zijn bereid te vechten tot de dood ons komt verlossen. We vrezen hem niet, hij is een veldheer van aanzien. Juist de soldaten die nooit aan zijn beslissingen twijfelen, zijn onschendbaar.'

De seks was hard. Hij nam niet de moeite om het maanlicht

buiten te sluiten of het bed open te spreiden. Hij was de alleen-
danser, die had geen partner nodig. Hij duwde mijn billen
omhoog en hield ze vast totdat hij zich met een snik op me liet
vallen. Ik durfde me niet te verroeren.

'Meisje.'

Hij zei het zacht en schor. Met gespitste oren lag ik te wachten, maar er kwam niets meer. Hij schoof zijn vingers tussen de
mijne en het duurde niet lang of ik hoorde hem slapen. Ik kroop
van hem weg, ik kleedde me aan en trok de lade open. Een voor
een hield ik de brieven van mijn vader in het licht bij het raam.
Het viel me op dat zijn handschrift door de jaren niet veranderde, terwijl hij toch nog erg jong was geweest toen hij de eerste brieven schreef. Alsof hij altijd al overtuigd was van de juistheid van die hard aangezette interpuncties, de zuinige
hoofdletters. Zoals in zijn eerste brief, van maart 1915:

*Medio februari heeft ons Rode Kruis in Vlissingen geassisteerd bij een
uitwisseling tussen Britse en Duitse krijgsgevangenen. Ik heb vernomen dat er in juni weer zo'n uitwisseling zal worden georganiseerd,
maar waarschijnlijk komen alleen zwaargewonden in aanmerking. Ik
zal mijn best doen!*

Ik moest denken aan de foto die drie maanden eerder was genomen. Als ik hem nu zou wekken, zou Egon dan nog steeds ontkennen dat hij de wazige Leibhusar was geweest? Mijn vader
was onherkenbaar ernstig, zowel op die foto als in zijn brieven.

*Werkelijk, ik begrijp je woede. Maar ik neem geen schuld op mij. Het
heeft geen zin om een arts onverschilligheid te verwijten als hij enkel
de eed van Hippocrates naleeft. In Calvariënberg heb ik je niet 'laf-
hartig gadegeslagen', ik heb je lichaam nauwkeurig geobserveerd zoals
ik dat verplicht ben tegenover een patiënt die niet kan spreken. Dat ik*

je daarna ben blijven observeren, was enkel een manier om je in Maastricht te laten blijven. Wie weet waar je anders naartoe was gestuurd! Je weet best dat alleen blijvend invaliden werden gerepatrieerd.

Tussen de enveloppen zat een kaartje zonder postzegel, met op de voorkant een plaatje van een zwoele dame op een kameel. Hier was de toon al opgewekter:

Volgens de schildwacht die mij beloofde deze ansicht bij je te bezorgen, ben je uit Bergen weggehaald en elders opgeborgen. Hij wist niet waar, of mocht het niet zeggen...Wel kreeg ik een rondleiding door het kamp en het scheen mij toe als zeer comfortabel. Toch een eersteklas buitenverblijf, ondankbare vriend. Werkelijk, ik daag je uit om mijn Amsterdams kot te bezoeken, dat veel kleiner is, en vuiler bovendien!

Egon draaide zich op zijn andere zij. Zijn mond viel open. Het was vreemd om hem zo ontspannen te zien. Verfrommeld en onbekommerd. Alsof hij elk moment wakker kon worden om een praatje te maken. Op mijn hoede begon ik aan de laatste van de brieven die ik in mijn handen hield. Mijn vader had het papier zeer dicht beschreven, ik kon niet alles lezen:

10 augustus 1916

Beste Egon,

Ik heb iets afschuwelijks meegemaakt. Ik ben nu nergens zeker van, en begrijp dat ik te goedgelovig ben geweest. Ik heb overwogen de artsenij vaarwel te zeggen. Wat ik heb gezien, was gruwelijk, maar fascinerend. Te veel zekerheid strooit stof in de ogen, overtuigingen verstoffen. Maar ik heb er nu geen een meer over.

Het Rode Kruis vroeg mij opnieuw te assisteren bij een uitwisseling van Duitse en Engelse gewonden ... wij werden in Maastricht belast met de verzorging ... zodat de arme zielen uiteindelijk in Hoek van Holland, in de loods van de Holland-Amerikalijn, zouden worden ondergebracht. Uit Aken kwam een Duitse hospitaaltrein met tientallen zwaargewonde en krankzinnige Engelsen. Ze waren gruwelijk verminkt. In één bed had men twee rompen gelegd, dat paste zo best, twee halve lichamen tegenover elkaar. Er was een officier die van zijn ledematen enkel nog een arm overhad, maar toch droeg hij nog een handschoen, omdat hij vond dat dit waardiger was ... hij deed me aan jou denken, Egon. Je zou jezelf gelukkig moeten prijzen dat je de loopgraven niet hebt hoeven meemaken.

Ik denk dat we met deze oorlog het boek van onze beschaving voorgoed hebben dichtgeslagen. De geesteszieken waren iets weerzinwekkends, een hele wagon vol, die gingen tekeer als duivels, geen levend wezen schreeuwt op die manier. Het moet een defect zijn in de hersenschors, waardoor hun systeem van koers raakt en in het wilde weg emoties blijft uitstoten, als een dolgedraaid artilleriegeschut. Ik heb de kaart van Brodmann in gedachten, maar ben er nog niet uit.

Wat mij echter het meest aan het wankelen bracht, was het cynisme. Tot dusverre was ik patiënten gewend die ontzag hadden voor hun lichaam, die hun ziekte begroetten met angsttranen, maar vertrouwden op herstel. Er was daar een Britse hospik, grotendeels in het verband, met zware brandwonden. Hij vertelde mij over zijn maat die door een mijn was geraakt. Die jongen was maar blijven schreeuwen: 'Ik heb mijn been verloren, ik heb mijn been verloren!' Hij had de anderen de keel uitgehangen. 'Hou toch eens op,' had er een geroepen, wijzend op het afgerukte ledemaat met de laars er nog aan, 'je bent 'm niet kwijt, daar ligt hij toch!' Iedereen moest lachen, vertelde de hospik, het slachtoffer incluis.

Dat is de tijd waarin we leven, waarin een mens de hele schepping, zelfs zijn eigen lichaam, minacht, omdat het er eenvoudigweg

niet meer toe doet. Nog even, en dat ouderwetse mechaniek van schar-
nierende beenderen, pompend bloed en kloppend hart zal zijn inge-
haald door de moderne techniek. Waarom nog arts worden? Ant-
woord mij nu eens, Egon.

Even dacht ik dat hij naar me keek, maar het was de maan, die
zijn oogleden deed oplichten. Het gaf hem een gezicht van hout.
Ik stopte de brieven van mijn vader terug in de la en pakte de
bovenste envelop uit de Poste Restante-envelop. Voordat ik de
kamer verliet keek ik nog een keer naar hem. Het kwam door
de groeven naast zijn slappe mond dat hij op een buiksprekerpop
leek. Eigenlijk erg onaantrekkelijk.

Toen ik weer in de hal stond, besefte ik dat ik vergeten was het
vod terug te leggen. De brief die ik had open geweekt en stukgelezen, hoewel mijn maag elke keer ineenkromp als ik haar
naam zag, wat moest ik er nu mee? Het was uiteindelijk heel
eenvoudig. De keuken was verlaten, maar iemand had een nieuw
blok op het vuur gelegd. Ik gooide eerst de envelop in de vlammen, toen de brief. Het papier dook ineen. Ik zal niet ontkennen
dat ik ervan genoot, zoals de zinnen wegbrandden. Sommige
woorden vervlogen met een wanhopig gefluister, andere hielden
stand tot ze geblakerd waren. Ik geloof dat ik haar naam in het
bijzonder zag verschroeien, als een nachtvlinder boven een kaars.

Januari 1917

Beste Jacq,

Ik ben voorgoed verloren. Wanneer ben ik hier gekomen? Ik weet het
al niet meer. Voordat de winter toesloeg, dat is zeker. De wateren
waren nog niet bevroren. De hoge bomen langs de oevers ruisten. Ik
werd over de loopbrug binnengebracht tussen vier dienders, als een
boef. Hun ernstige ogen onder de helmen zagen niet eens dat ik van
de baardmans voorop de sabel uit de schede trok. Vingervlug, je kent
me. Ik moest lachen, het was zo theatraal allemaal. De stoffige dienders tegen het decor van een zeventiende-eeuws fort met bastions en
kruithuizen... ik verheugde me al op een bestorming van de Duc de
Luxembourg. Maar toen de poort dichtging, werd het zo stil, zo voorgoed stil. Kale bomen ruisen niet en op de Rijn ligt nu een koude spiegel. Ze knijpen 'm dat ik weer zal ontsnappen. Die vlucht uit Bergen
was natuurlijk een makkie, ook al hebben ze me gegrepen. Hier is het
al twee keer mislukt. Ze schoten ons terug over het ijs als eenden, stop-

ten ons nog dieper in het cachot. Weet je hoe dik de deuren hier zijn? Buiten de mijne houdt steeds zo'n scharminkel de wacht. Hij werkt me op de zenuwen. 's Nachts davert de lucht van zijn gesnurk. Ik zou hem moeten wurgen, zijn strottenhoofd moeten breken met twee vingers. Vorig jaar, hebben ze me verteld, ging het er hier heel anders aan toe. De sfeer was gemoedelijk, de officieren werden nauwelijks in de gaten gehouden. Ze zeggen dat een luitenant uit Braunschweig in een koffer is ontsnapt. Stel je voor, hij had het ding uit de kamer van de depotcommandant gestolen. Dat is zo'n typische Hollander, die zijn uniform nog nooit vuil heeft gemaakt. De Hollanders ruiken naar stijfsel en koperpoets, de draadjes van het naaiatelier zitten er nog aan en als er al een vlek op zit, dan is het van al dat eten dat ze de godganse dag naar binnen werken. Een poppenkast is het, met de gesloten poort als het doek.

Christian, een makker uit Koblenz, zegt: we krijgen ze nog wel. Hij is een fanatiek hazardspeler, schudt uit de losse pols de risico's van zich af omdat hij denkt dat er een opbrengst is die hij eens naar zich toe zal schuiven. Maar ik weet niet of ik nog meer vernederingen kan verdragen. Om weer naar binnen te worden gezeuld, de deuren achter me te horen sluiten met dat verschrikkelijke knarsen van de grendel, nee, ik denk dat ik gek zou worden. Ik word kwaadaardiger met de dag. Wat begrijp ik Edmond Dantès! Wraak is de beste levensvervulling voor een leven in deze leegte. In de cel, waar de dag geen begin heeft en geen einde, houd ik mijn hoofd helder met gedachten aan genoegdoening. Met de vlucht uit Bergen vervulde ik slechts de plicht tegenover mijn vaderland. De enige Hollander tegenover wie ik me verplicht voel, is de boer voor wie ik werkte. Een goed mens. Hij stelde onze hulp op prijs, het eten dat zijn vrouw ons voorzette, was met liefde bereid. Hij snapte niet veel van de situatie. Waarom ik niet terug mocht naar de oorlog en al helemaal niet waarom ik terug wilde, maar hij is zo'n man die zichzelf toestaat niet alles te snappen. Een echte boer, die zich niet verwondert over het leven zoals dat om hem heen ontstaat of eindigt. Ik herinner me de geboorte van een kalf op zijn land, een week voor mijn vertrek. De moeder bleef doorgrazen alsof er niets aan de hand was, de boer wees op de waterblaas die naar buiten hing, zei: 'Een kleintje komt d'r an,' en ging door met werken. Toen ik een uur later terugkwam, stond het kalf daar, vier poten op de aarde, met wijd opengesperde ogen om zich heen te kijken. De boer was nog steeds aan het werk, de koe herkauwde onverstoorbaar. Alleen ik en het kalf waren verbaasd over het nieuwe leven.

Toen ik vluchtte, voelde ik dat de boer me nakeek. Ik liet hem achter in het veld met tweehonderd balen stro die nog op de kar moesten worden geladen. Hij wist precies wat ik van plan was toen ik mijn vork in de aarde zette. Zijn ogen priemden in mijn rug zoals de mijne hadden gepriemd voordat ze dichtvielen, op die noodlottige augustusdag van 1914. Dit weet ik nog: ik lig in het zand, koud bloed stroomt over mijn verschroeide gezicht. Ik richt me op, kijk ze na, maar zij kijken niet om naar mij. Zij gaan verder, alle richtingen op. Sommigen zonder paard, anderen bungelend in het zadel, halfdoden en doden, zwijgend, brullend, stuiptrekkend. Een verbijsterend, macaber schouwspel, bekokstoofd door de Belgen, die zich niets aantrekken van de regels. Ze hadden draadversperringen gespannen waar onze paarden zich op stukgaloppeerden. Daarna waren ze een prooi voor de almaar ratelende machinegeweren. In de stofwolken zag ik ze neerstorten, onze trouwe, sterke rijdieren, zo oorverdovend gillend dat niemand het herkende als gehinnik. Het laatste wat ik me herinner, *paard* was zij. Mijn Fidèle. Ze stond ongeschonden in de voorhoede, iets verder dan de brandende hoeve van waaruit we werden beschoten. Alleen haar roerloze contouren, maar ik wist zeker dat zij het was. Geen ander paard kan zo waardig op de hoeven staan. Eigenlijk ken ik haar niet anders dan als een silhouet: pikzwart, altijd de zon vooruit. Ze was een Trakehner, die zijn gefokt om door te gaan. Ze zeggen dat deze slag het bewijs is dat de cavalerie voorgoed tot het verleden behoort. Dat we verloren zijn tegenover het snelvuur en het zware geschut. Als dat zo is, zal het niet aan Fidèle hebben gelegen, maar aan mij, de ruiter in het zand.

Ik weet er alles van, wat het is om na te kijken en nagekeken te worden. Daar zal ik mee moeten leven. En jij, Jacq? Je hebt gelogen en liegt nog steeds, dat weten we allebei. Ik zit hier, jij zit daar, en je zal pas spreken als de oorlog voorbij is. Je studeert ervoor om wonden te genezen, maar ik zeg je dat ik ze weer zal opentrekken. Ik zal mijn recht van aanval opeisen. Er zal een nieuwe oorlog komen, een die beter is dan deze. Geen anonieme kogels van francs-tireurs, maar duels van man tot man. Een ordentelijke oorlog. Waar dagen verstrijken volgens de regels. Weet je, ik heb nog nooit zo goed geslapen als op bivak. Het is de volmaakte orde in de chaos, de regelmaat van een goed voorbereide nacht na een dag waarvan niets viel te voorspellen. Nu slaap ik slecht, tussen deze muren. Ze zijn koud en vochtig, als de wangen van die verraadster, wier naam het niet waard is nog genoemd te worden. Ze heeft een paar tranen op haar laatste brief laten vallen, misschien waren het maar waterdruppels, ze is tenslotte een actrice. Soms, hier, leg ik mijn wang tegen de hare, en dan voel ik de beschimmelde kalk, de witte grime op dat valse gezicht, is het de muur of is het mijn verpulverend skelet, het stof van mijn wegkwijnend verstand? Ach, gezwets van een waanzinnige... Fidèle, laten we het daarover hebben. Waar is ze, Jacq, zoek je wel naar haar? Dat is toch wel het minste wat je kunt doen.

4

Een windvlaag rukte de brief uit mijn handen. Vlak boven het gras wentelde een vel weg, steeds iets verder dan ik kon reiken. Van de zomer was niets meer over. Mistflarden, zo lang als bruidssluiers, dreven van de vijver langs de muur, waar ze verdampten op de ruggen van de aangelijnde paarden. Alles was van kleur veranderd. Langzaam trok het leven weg uit de bladeren, als de inkt van een bladzijde die te lang in de zon heeft gelegen. Alleen de appelbomen met hun triomfantelijke vruchten waren nog haarscherp. Uit de nevel kwam Heinz aangelopen, Megaira begroette hem met luid gehinnik. Ze zwaaide met haar hoofd en schopte tegen het hek waaraan ze was vastgebonden.

'Rustig, pas toch op je hoeven,' hoorde ik hem zeggen. Hij had een borstel meegenomen die hij met grote slagen over haar flanken haalde. 'Je moet nog heel ver met die hoeven. Heel de wereld moet je veroveren, sneller dan het spervuur, zodat de mensen weten dat ze de cavalerie moeten vrezen.'

Misschien zei hij iets heel anders. De wind haalde de woorden uit zijn mond en joeg ze weg, je kon ervan maken wat je wilde. Ik wilde graag dat hij zo sprak tegen het paard dat leek op een ander paard, een schaduw die zich niet had laten vangen, laat staan zich aan een halster had laten meevoeren. Veertien jaar geleden was Von Bötticher opgehouden met zoeken en had hij een dubbelgangster gekocht voor een oorlog die er hoe dan ook zou komen. Zo te zien was Megaira er klaar voor. Die beweeglijke oren leken een toekomst op het spoor die sowieso van historische betekenis zou zijn.

Ik gleed uit op het gras. Hebbes. Een hoek van het papier was nat geworden, maar niet de zin die zich telkens losmaakte van de andere: *Ik zal mijn recht van aanval opeisen.* Er was kracht op deze letters gezet. Het recht van aanval is een regel die veel woede losmaakt bij beginnende schermers. Het komt erop neer dat degene die de aanval als eerste inzet hem ook mag afmaken. Een treffer van de ander telt dan nog niet. Die moet zich eerst verdedigen voordat hij in de tegenaanval gaat. Vreselijke spelbrekerij! Hoe vaak heb ik mijn masker niet in de hoek gesmeten als de scheidsrechter besloot dat mijn sublieme treffer niet telde, maar wel dat slappe steekje van mijn tegenstander, alleen omdat die net iets eerder zijn arm strekte? Maar opeens, midden in een partij, raakte ik gesteld op die rare regel. Mijn tegenstander was in alles mijn meerdere (een kerel, twee koppen groter, drie keer mijn leeftijd, toen hij mijn hand schudde, had hij het lef vertederd zijn lippen te tuiten) en ik vocht als een dier, met een waas voor ogen, om me heen happend als het me niet lukte zijn bedoelingen te raden. Ik lag al tien punten achter toen ik opeens haarscherp, dwars door het masker, zag hoe hij zijn wapen vasthield. Nonchalant, de laatste drie vingers los van de greep. Hij verveelde zich! Nog voordat hij besloot uit te vallen, had ik besloten dat ik zijn kling omlaag zou slaan. De partij eindigde in remise. Het betekende niet dat ik nooit meer op mijn reflexen zou schermen, want de beste aanvallen zijn zelden beredeneerd. Hooguit ingesleten door ervaring, zoals je een beer een kunstje leert.

'Ei, freule!'

Heinz zwaaide. Hij had het paard losgemaakt en leidde haar over het veld. Ze stapte gemoedelijk met hem mee, alsof ze haar statige gangen aanpaste aan zijn gesjok. Ze verwonderde zich niet over zijn miezerigheid, of die van mensen in het algemeen, over hoe onhandig die zich voortbewegen op hun twee stelten van benen. Natuurlijk kon ze het halstertouw met een ruk uit zijn handen trekken, maar dat deed ze niet, omdat die noodzaak met veel geduld uit haar paardenhoofd was gewist. Doe geen moeite. Toch had ik haar graag eens zien steigeren, zodat ze haar woede moest bundelen om zich op de achterbenen op te richten, om haar fluwelen buik te tonen.

'Weet je welk ras dit is?' riep Heinz toen hij dichterbij kwam. 'Een Trakehner. Het edele Pruisische soldatenpaard. Tweehonderd jaar geleden begon koning Frederik Willem i met de fok, en nog steeds is er geen harder ras dan dit, het beste paard dat een huzaar zich kan wensen. Taai en droog, kijk eens naar die lendenen.'

Megaira staarde wezenloos voor zich uit. Paarden schijnen drie uur per dag te slapen, opgetelde minuutjes tussen de bedrijven door als ze hun hazenpad moeten kiezen, of er ten minste een half oog op moeten werpen.

'Kijk eens hoe vierkant ze staat,' zei Heinz. 'Zo is haar dat aangeleerd, vier benen recht onder de romp. Hoog en correct. Een wild paard staat niet zo, dat staat van nature schots en scheef. Trakehner, een superieur ras, maar bij een scheve beenstand hadden we haar toch af laten maken. Aan slechte veulens ga je geen tijd verspillen. We moeten net zo wreed zijn als de natuur, anders zijn we ten dode opgeschreven. Weet je wie dat heeft gezegd?'

Ik schudde mijn hoofd. Onder mijn blote voeten voelde ik het water door het gras omhoogkomen, ik had geen zin om hier te blijven, om zo'n beetje weg te zakken terwijl Heinz maar bleef doorhameren.

'De Führer. Een staat moet geen economische organisatie zijn, maar een levend, nationaal organisme dat zijn eigen soort op orde houdt. Kijk maar naar Megaira, wat een prachtexemplaar dat is.'

Ze begroef haar neus in zijn borstkas. Het was haar best dat die was ingevallen, dat zijn ribben scheef waren, zoals de rest van zijn lichaam. Zo vaak zie je prachtige dieren, honden of paarden, aan de leiband lopen van een onooglijke baas, en ze schamen zich geen moment voor hem. Andersom wel. Baasjes excuseren zich voor een gebrekkige viervoeter, zeggen dat het tijd wordt voor een spuitje, terwijl ze 's avonds, als niemand het hoort, in hun grote zachte oren fluisteren dat ze de mooiste en liefste zijn op de hele wereld. Mensen zijn vreselijk! Zou Megaira weten dat ze slechts de echo was van een ander paard, uitgezocht op haar gelijkenis met Fidèle?

Ik moest denken aan de tweeling, die uit elkaar groeide. Alleen als ze sliepen, waren ze nog echt hetzelfde. De dag ervoor had ik ze beslopen terwijl ze ineengestrengeld op de divan lagen. In hun onbekommerde slaap leken ze wel twaalf. Friedrich werd als eerste wakker, keek me aan terwijl hij zich uitrekte, en ik had hem gekust als Siegbert ons niet had aangestaard met een bedenkelijke frons. Hij had alles in de gaten. Ik schrok van zijn blik zoals je schrikt als je onverwacht langs een spiegel loopt, wanneer je jezelf nog niet hebt verbeterd, en je beseft dat je eigenlijk slap en hangend door het leven gaat. Heel even zag ik in Siegberts ogen Janna zoals ze werd gezien door anderen, en het beviel me niks. Snel stond ik op, de tweeling achterlatend in een nieuwe, verenigde slaap.

'Wat heb je daar?'

Heinz wees op de brief die ik uit het gras had opgeraapt.

166

'Niets bijzonders.'

'De inkt loopt uit. Kijk maar, je vingers zijn zwart.'

Niet te geloven, hij griste zomaar de vellen uit mijn handen. Zijn kraalogen, puilend uit een kluwen roze rimpels, als bij een zieke duif, schoten over de zinnen. Hij bekeek de achterkant, toen weer de voorkant, en begon toen, godbetert, de laatste alinea op te lezen. Slikkend en stotterend, om onpasselijk van te worden. Hij leverde commentaar.

'*Er zal een nieuwe oorlog komen, een die beter is dan deze.* Wel, dat is een waarheid als een koe. *Geen anonieme kogels van francs-tireurs...* wat moge dat dan wezen? Franse woorden, echt iets voor hem. Ik herken zijn handschrift wel, het is van de baas. Maar wie is die Jacq? Ook weer een fransoos, zeker?'

'Dat is mijn vader. Geef terug.'

Hij gehoorzaamde achteloos, alsof het hem allemaal niet interesseerde, maar terwijl hij het paard aaide, herkauwde hij de woorden.

'Weet je, Herr von Bötticher doet alsof zijn neus bloedt, terwijl de nationale revolutie aan de gang is. Ja, er zal een nieuwe oorlog komen, maar zonder een heldenrol voor hem. Nu is het volk aan de beurt. Hitler heeft gezegd dat de generaals zich als adellijke ridders gedragen, terwijl hij revolutionairen nodig heeft. Von Bötticher luistert niet naar hem. Dat krijg je als je de hele dag niets te doen hebt. Rijkdom maakt doof.'

Met een klak van zijn tong maande hij het paard verder te stappen. Ik keek hen na totdat ze in de stallen verdwenen, de magistrale Trakehner en haar afgeslofde verzorger. Er kon geen twijfel bestaan over hoe hier de rollen waren verdeeld. Als ik mijn ogen sloot, hoorde ik het paard duidelijk articuleren: 'Mannetje, denk je nou werkelijk dat jouw soort er zo op vooruit is gegaan, de afgelopen eeuwen?'

Later moest ik, mens, uitgerust met een miserabel reukorgaan, mijn ogen gesloten houden om de geuren waar te nemen die opstegen uit de keuken. De maître was aan het koken, dat wist ik. Tijdens het ontbijt had hij pannen uitgestald, messen tevoorschijn gehaald en fluitend over de slijpsteen gehaald. Als mannen koken, doen ze dat demonstratief, met grote, overbodige gebaren, en heel veel kruiden. Mijn vader deed het niet voor minder dan een braadstuk, dan wilde hij plotseling wel: inkepingen maken in het vlees, dingen in een spekhemd wikkelen, grote hompen opbinden met laurier, foelie en nog wat ertussen. Mijn moeder zag het minzaam toe, het resultaat was te eten, maar zij wist beter.

Toen ik in de keuken kwam, rook ik het vlees op het hakblok, dwars door de dampende stoofappels en zuurkool heen. Tot mijn afschuw zat Gustav het konijn er vlak naast te slapen, onbeweeglijk op zijn pulserende neus na. Zonder me te waarschuwen duwde de maître zijn handpalm tegen mijn gezicht. 'Ruik je? Het eerste hert van het jaar.'

'Het lijkt eerder het laatste,' zei ik. 'Het ruikt als een oud lijk.'

'Dat is het ook,' zei hij. 'Vlees is een stuk lijk, daarom wacht je tot de rigor mortis voorbij is. Anders krijg je het niet doorgekauwd. Eigenlijk moet je zo'n hert laten hangen totdat het van de haak valt. De eiwitten zetten zich om en het vlees wordt mals. Vind je dat vies? Eskimo's vullen een geslachte zeehond op met dode vogeltjes, zonder ze zelfs maar te plukken, en laten die boel een halfjaar liggen, totdat het is gefermenteerd.'

Daar ging hij weer, altijd dit soort verhalen, die hij misschien wel alleen aan mij vertelde, omdat hij ervan genoot als ik moeizaam begon te slikken.

'Het schijnt heerlijk te zijn. Een heerlijke, decadente rotting. Denk maar aan Franse schimmelkaas.'

'Mijn vader gooit kaas weg als die beschimmeld is.'

Hij grijnsde hoofdschuddend. 'Zeker een arts zou moeten

weten hoe nuttig schimmels zijn. Ga het bos maar in. Waar je ook kijkt, zie je het nieuwe leven uit de verrotting groeien. Op vermolmde stronken groeien mossen, beesten eten paddenstoelen. In de natuur wordt zelden iets van de grond af aan opgebouwd, er wordt altijd iets ouds gebruikt, een ruïne, een oud karkas. Maar de mensen luisteren niet naar de natuur, ze luisteren naar een handvol andere mensen die zeggen dat alles opnieuw en anders moet.'

Hij begon het vlees in stukken te snijden. 'Weet je wat zo leuk is? Waar ik me echt over kan verheugen... waar is de verdomde pepermolen!'

Ruw schoof hij Gustav van het hakblok. Het konijn landde hard op de keukenvloer, maar schudde even met zijn oren en hupte opgewekt verder, alsof zijn hele wezen – lijf en humeur – alleen door die oren werd aangedreven. Egon had de pepermolen te pakken en begon er woest aan te draaien. 'Waar ik me echt over kan verheugen, is wanneer de natuur haar gang gaat, al het opgebouwde weer kapotslaat om haar oude gang te gaan. Zet maar eens iets wat de mens gemaakt heeft, een meubelstuk of zo, midden tussen de bomen. Binnen de kortste keren is het rot, overwoekerd, aangetast. Of, nog leuker: zet het tussen de dieren. Dieren maken graag dingen kapot. Geef een hond, een paard, een koe een door ons gefabriceerd ding, en de volgende dag is het vertrapt, gemold, stukgebeten. Niets blijft heel wanneer zij er met hun poten aan komen. Vooral kledingstukken, daar gaan ze graag mee aan de haal. Misschien omdat ze naar ons ruiken, omdat ze zo dicht bij ons willen zijn, of, nog liever, ons willen zijn. Wie je eet die ben je. Dat is het enige wat ze rest: onze regelmaat verorberen, onze maakdrang verstampen, onze regels die we hebben verzonnen om de dood de pas af te snijden.'

'Zoals het recht van aanval?'

'Het recht van aanval...' Hij schudde zijn hoofd. 'Het recht van aanval, daar zeg je me zowat.'

Opeens pakte hij me bij een ruggenwervel. Een scherpe, verontrustende pijn, die je instinctmatig wegslaat. Hij moest nu toch echt ophouden met dit gedoe.

'Zo doden beren een mens. Wist je dat? Ze hoeven ons alleen maar bij die hulpeloze, gestrekte ruggengraat te pakken, en trekken hem los zoals wij een vis fileren.'

Ik draaide me naar hem toe, maar hij keek alsof ik een vreemde was en ik liet het wel uit mijn hoofd hem te kussen. Zo'n moment had zich al een paar keer voorgedaan. 's Nachts waren we allebei stiekem, het erover eens dat we nergens woorden aan hoefden vuil te maken, maar overdag kon ik fluiten naar een blik van verstandhouding. Omdat ik niets kreeg, moest ik wel steeds doortrapter worden.

Dus heb ik al zijn brieven verbrand. Als hij sliep, kwam ik in actie, nam ik zijn woorden in me op voordat ze in de vlammen verdwenen. Alles verbrand, zelfs de grote envelop waarop 'Poste Restante' stond geschreven. Alleen de brief die hij in het cachot had geschreven mocht blijven. Daar kon ik geen genoeg van krijgen! Hij was verloren, zo begon het al. Hij stond op het punt waanzinnig te worden, had zichzelf niet meer in de hand, zoals op die kortstondige momenten die ik van hem kende, maar wat nog heerlijker was: in deze wanhoopskreet bestond zij niet. Julia werd niet één keer genoemd door mijn romanheld in zijn kerker. De graaf van Monte Christo, die zich door zijn medegevangene liet bijscholen in de wetenschap maar zich nooit van zijn wraak liet afbrengen, wat had mijn vader daar wel niet van gevonden? Zou Egon toen al zijn brief hebben gelezen, waarin hij schreef:

Die dierlijke driften van jou, pas je die aan als ze niets op blijken te leveren, zoals mensen dat doen met kennis die ze vergaren?

De toon waarin mijn vader Egon probeerde op te monteren was kordaat, medisch kordaat. Zo onbarmhartig rukken verplegers de gordijnen open in ziekenzalen, zodat de patiënten, sluimerend in hun halfleven, verblind worden door de onbewolkte wereld daarbuiten.

Gott mit Uns, staat bij jullie soldaten in de riemgesp geschreven. Van optimisme moet je het hebben, maar die arme god moet ook nog de Belgen, Fransen en Engelsen bijstaan. Jullie waren wel heel zeker van je zaak.

De brieven van mijn vader waren blind, op de tast geschreven, hij wist niet of ze werden gelezen. Misschien dat hij daarom zo weinig emotie liet zien. Maar ook toen hij toegaf geen zekerheden meer te kennen, dat hij bang was dat zijn wetenschap niet de juiste was, kreeg hij geen antwoord. Egon had alles gelezen, ook over de ontgoocheling na de uitwisseling van de krijgsgevangenen gelezen, want die brief zat verfomfaaid in de opengescheurde envelop. Wat dacht hij toen hij las over de Britse soldaat zonder gezicht?

...zijn complete onderkaak, tot en met het laterale deel van de maxilla en het palatum was weggeschoten. De veldarts had geprobeerd het defect te sluiten met de overgebleven huid, de wond was goed droog maar het weefsel begon al te woekeren. Was hij ouder geweest, dan zou hij minder last krijgen van hypergranulatie, maar ik schatte hem hooguit twintig. Interessant: leeftijd lezen we toch vooral af aan de ogen. Zijn oogopslag was nog steeds die van een jongen, waarschijnlijk een boerenzoon, rechtstreeks van het land de oorlog in gesmeten. Nog maagd, zeker. Welke vrouw zou hem nu nog willen zoenen? Hij heeft geen lippen meer om te tuiten, te glimlachen, te fluisteren. Voor de rest van zijn leven kan hij alleen nog geschrokken voor zich uit

staren. Jij bent zo bang voor gezichtsverlies, maar het had nog veel
erger gekund.

Op een nacht zei Egon: 'Vind je mij afstotelijk?'

Ik ging op hem zitten en bracht mijn tong naar het rafelige
spoor dat van zijn ooghoek omlaag liep. Het paste precies. Hij
huiverde even, de dunne huid was gevoelig, maar trok toen
abrupt zijn gezicht weg. Oorlogswonden dienen niet gelikt te
worden. Het had hem toch opgewonden. Ik stapte van zijn schoot
en liet hem zo achter. Ik wilde geen medelijden met hem krijgen,
zulke gevoelens zijn niet houdbaar. De verminkte soldaat, hoe
zou het nu met hem gaan? Vlak na de oorlog had er misschien
een meisje op hem gewacht die de tranen van zijn wimpers likte
en hardop bleef herhalen dat hij een held was, maar nu, twintig
jaar later, zou ze er wel vandoor zijn, op de vlucht geslagen voor
zijn sprakeloosheid.

'Misschien moet ik maar op de degen gaan schermen,' zei
ik, terwijl ik Egon de boter aangaf. Ik keek hem uitdagend aan,
ik wist dat hij zou protesteren.

'Degen? Wat een onzin, dat grote wapen van oude mannen,
jij moet het juist van je snelheid hebben.'

'Met een degen hoef ik tenminste niet meer aan dat stomme
recht van aanval te denken.'

'Het recht van aanval is niet stom,' zei hij. 'Twee doden in
een duel, dat is pas stom. Gun de ander het recht van aanval,
zijn leven, want de dood heeft aan één genoeg – dat begrijpt zelfs
een stervende. Als oorlogen volgens de regels worden gespeeld,
kan iedereen vrede hebben met de uitkomst.'

Hij schudde de braadslede boven het vuur en bleef zwijgen
terwijl de boter smolt. Heel even zag ik hoe oud hij was, hoe
ingezakt hij voor het komfoor stond, dat te laag voor hem was.

Geen held, geen revolutionair, maar een rijke, dove man, zoals Heinz had gezegd. Ik hoefde dat niet te zien. Ik wist dat zolang hij de gordijnen gesloten hield, ik terug zou komen in zijn bed.

5

Wie de otter zag eten, kreeg vanzelf trek. Vóór elke hap draaide hij aan zijn bord, twijfelend of hij zo'n glanzend stukje herten-peper aan zijn vork zou rijgen of een stoofappeltje, daarna tuurde hij kauwend de schermzaal in. Ik zat naast hem en hoorde hem knorren.

'De beste jagers roeren in de pannen, Egon. Verrukkelijk.'

Met kaarsen in maar één kroonluchter was het licht in de zaal gedempt, zoals de stemmen van de twee studenten die niet waren aangeschoven en in een donkere hoek alleen hun glas hieven. Deze eerste zaterdag van oktober was voor de Mensur ingeruimd. Door het raam zag ik onder de tuinlantaarn de herfst rondstormen, de zomer was verpulverd tot afgebroken twijgjes, bladersnippers, gruis, stof, dat nog even opleefde. Als de wind zou gaan liggen zou het zeker doodstil worden op het Raeren. Nu nog hinnikten de paarden tegen het natuurgeweld in en probeerde een spin voor het raam stand te houden in haar trillende web. Misschien was het tijd om terug te gaan naar de stad.

Aan tafel zaten we met z'n achten. De maître had behalve de

otter de vier Paukanten van die dag uitgenodigd, twee hadden een ingezwachteld hoofd en twee een verbandje op de wang. Tussen hen in zat de Onpartijdige, het ineengedrukte mannetje dat ook vorige keer voor scheidsrechter had gespeeld. Hij was al op zijn eten aangevallen voordat er een toost was uitgebracht en bleef lepelen terwijl een van de Paukanten zijn gebed prevelde. De tweeling zat erbij met grote ogen. Ze hadden voor het eerst de Mensur meegemaakt en probeerden zich voorbeeldig te gedragen, hoewel ze tijdens de duels op hun vuisten hadden gekauwd van de zenuwen. De Onpartijdige was eerder klaar dan de rest, ging meesmuilend rechtop zitten, knoopte omstandig zijn servet los, pookte daarbij een Paukant in de kaak en verborg op de valreep een boer in zijn vuist. Egon deed alsof hij het niet merkte. Zijn voeten ontmoetten de mijne, bleven daar nota bene rusten. Een wringend gevoel kroop in mijn schoot omhoog. Bang dat mijn tafelheer het fenomeen zou diagnosticeren trok ik mijn benen weg, maar de dokter wierp gewoon een blik op mijn decolleté. Nog een knor.

'Een Nederlandse schone, Herr von Bötticher, u weet toch wel hoe voorzichtig men daarmee moet zijn.'

Egon keek hem niet aan. Hij zat te genieten van zijn zelfgestoofde eten, eigenlijk wilde hij dat de conversatie alleen daarover zou gaan. Hij had het al een paar keer benadrukt: híj had dit bereid, niet Leni, die kon dit niet, met die kleine handjes, die waren geschikt voor Rijnlandse gerechtjes, die armoedzaaierskeuken, nee, natuurlijk bedoelde hij dat niet zo, want om uit restjes een godenmaal te bereiden is een hele kunst die zij beheerste, maar dit was edel voedsel. Hij had de braadslede met een duim in de saus op tafel geknald en smakkend het gerecht aangeduid: edelhert met kastanjeboleten, jong roodwild van eigen land, een twaalfender, bekijkt u het gewei maar eens in de keuken, ze hadden het beest nog vroeg in de bronst geschoten, waren ze er een maand later bij geweest, dan was het van al dat burlen uitgemergeld geweest.

'Mata Hari, weet u nog wel?' verduidelijkte de otter. 'Haar land bleef zo maagdelijk in de oorlog, maar zij! Ach, dat was nog eens een dramatische vrouw. Heb ik ooit verteld dat ik haar heb zien dansen, in Wenen? Alleen dansen, hoor, verder niets. Dat was al indrukwekkend genoeg. Het was een act met een sluier, op het einde liet ze zich vallen als een lemming. Náákt. Zou het niet kunnen, Herr von Bötticher, dat deze dame hier ook door de Fransen op ons dak is gestuurd? Kijk, ze wordt al rood. Maastricht was het toch? De tijd is rijp voor dergelijke acties, de tijd is zo rijp als deze heerlijke Berlepsch.'

Hij legde even zijn arm om mijn schouders, ik rechtte mijn rug met een mysterieuze glimlach. Mata Hari, goed, daar deed ik het wel voor. Als ik inderdaad op onderzoek was uitgestuurd, dan had ik die taak vol overgave uitgevoerd. Mijn vader wilde antwoord, had hij daar soms geen recht op, na al die jaren? Egon bleef onverstoorbaar kauwen.

'Verdomd, Herr Reich, petje af. Dat heeft u goed geproefd.'

'Pardon?'

'Die appels, dat zijn inderdaad Berlepschs. De gaarde ligt er vol mee, u mag best wat emmertjes rapen voor uw vertrek.'

De otter was perplex van die reactie, hij had op een kwinkslag gehoopt, mannen onder elkaar. Weer die arm om mijn schouders.

'Ik maakte maar een dolletje, dat weet u toch wel. Ik had u niet mogen vergelijken met die courtisane, dat was schandalig, u bent een onberispelijk, jong... peertje.'

Hij moest eens weten, dacht ik. Ik wilde iets kokets zeggen, maar de Onpartijdige nam het woord met het dedain van de schooier die, uitgenodigd aan een tafel boven zijn stand, vindt dat de rijkdom van zijn gastheer eigenlijk hem toebehoort. Zo keek hij naar alles, afgunstig, de waarde schattend met afhangende mondhoeken.

'Heren, ik heb het wel gehoord, ik heb het wel gezien allemaal. Jij, Mata Hari, wanneer ga je terug?'

Ik klemde een kristallen messenlegger in mijn handen en keek strak voor me uit, de engerd had me getuoyeerd, dat flikte zelfs de otter niet, maar onderwijl had hij wel een vraag gesteld die iedereen had vermeden. Uiteindelijk was ik gewoon weggestuurd zonder missie. Koffertje gepakt, nette jurk aan, op een drafje met vader naar het station. Wat we zeiden ging over de heenreis, niet over de reis terug. Het mechaniek van het reizen bespraken we uitvoerig: van welk perron de trein zou vertrekken, of we niet beter iets meer zouden betalen, zodat ik vooruit zou rijden in plaats van achteruit, op een stoel bij het raam, of ik genoeg had aan die gevulde koek voor onderweg, wat ik te lezen had meegenomen, of het landschap mooi zou zijn. Minstens een uur sprak mijn vader over een reis van veertig minuten. Ten slotte wees hij me op de hoge instap, zodat ik niet zou struikelen. Een afscheid zoals zovele, wanneer in de haast, het rumoer, de stoom alleen nog het vertrekken zelf telt, wanneer de bestemming op de achtergrond raakt, en aan wat achterblijft pas wordt gedacht als de trein zich in beweging zet. Dan trekt op het perron het verleden voorbij, zwaaiend en verrassend klein, altijd een trede lager dan de reiziger. Ik had besloten terug te keren als de beste schermster van Maastricht. Een maand later was dat voornemen stukgeslagen op de golven van de liefde, vastgelopen in een raadsel, of misschien was ik wel verliefd geworden op het raadsel. In ieder geval liet het me koud hoe ik zou terugkeren naar huis.

'Nog twee weken,' antwoordde Egon opeens. 'Dan zit haar leerschool erop.'

De tweeling stootte elkaar aan. Ik keek naar mijn bord en zag daarop te weinig eten om me mee bezig te houden. Te snel zou het leeg zijn, en ik had helemaal niets te zeggen. De Onpartijdige schoof hard zijn stoel achteruit en begon door de zaal te banjeren. Hij stelde vragen waarop hij geen antwoord verwachtte, zoals de vraag of de Nederlanders van plan waren om bij de volgende oorlog weer neutraal te blijven.

'Want dat is uiteindelijk onzin, snapt u. Wie te midden van oorlogvoerenden de neutraliteit afkondigt leeft niet in vrede, maar in afwachting van een oorlogsverklaring. Men kan niet eeuwig onschendbaar blijven. Dat begrijpt u toch wel?'

'Ach, laat het meisje, wat weet zij daarvan,' mompelde de otter.

'Waarschijnlijk meer dan wij hier denken,' zei de Onpartijdige. 'Bij de volgende oorlog zullen ze stelling moeten nemen. En ik vertrouw erop dat zij, Germanen tenslotte, zo verstandig zijn om voor vooruitgang te kiezen.'

'Ik ben benieuwd naar die oorlog van u, Herr Raab,' zei Egon achteloos. 'Herr Hitler heeft nog nooit een duel gevochten. Bismarck wel, tweeëntwintig keer maar liefst.'

De Onpartijdige liet zijn wangen bollen en blies heel langzaam de lucht eruit. Toen pakte hij de huzarenmuts, die Egon weer op de hoek van de tafel had gezet. Niemand zei iets toen hij hem rond zijn vinger liet draaien. Zelfs niet toen hij hem liet vallen en met de punt van zijn schoen omhoogwipte.

'Een goedbedoeld advies, Von Bötticher: pas op uw woorden. Ik heb u al eerder op dit soort vaderlandvijandige opmerkingen betrapt, u steekt uw kritiek niet bepaald onder stoelen of banken. Ik zou wel eens willen weten wat u zo stoort. Vangen!'

Met een grote zwaai slingerde hij de muts naar de studenten achter in de zaal. De magere jongen ving hem en zette hem meteen op zijn hoofd, tot hilariteit van de ander. Ze hadden niets te vrezen van de gastheer, die op de veilige afstand van minstens een hele schermloper zijn sigaar aanstak.

'Herr von Bötticher, wat stoort u toch zo? Dat de Führer het lef heeft om Locarno aan zijn laars te lappen? Ja, dat is werkelijk ongehoord, het was natuurlijk veel beter om de Fransen in het Rijnland te laten zitten. Beter voor bohemiens zoals u, cognac-drinkers, knoflooketers. Daar heeft een eenvoudige student als ik natuurlijk geen kaas van gegeten.'

Gegrinnik, luider nu. Voor de spiegel zette de magere de doodskopmuts op zijn hoofd recht, de Onpartijdige sloeg een arm om zijn schouders en sprak tegen hun verbroederde spiegelbeeld: 'Laat me denken, laat me denken. Als het niet het Rijnland is, wat is het dan? De nieuwe burgerschapswet soms? De Reichsautobahn? Is het misschien het vierjarenplan voor het leger waaraan u zich stoort? Ik kan er niet bij, hoor. U moet me helpen.'

'Artillerie is een slecht middel om de economic te herstellen,' zei de otter. 'Geef je geld beter uit aan kennis. Wat eenmaal in het hoofd zit, kan niemand je meer afpakken.'

De Onpartijdige keek hem meelijdend aan. 'Denkt u nou echt dat ik in die praatjes trap? Uw economie is niet de mijne, Herr Reich, dat weet u best. Ik spuug op uw loges, die zogenaamd mystiek zijn maar gewoon naar de pijpen van de Joden dansen, die de kranten, de universiteiten beheersen, zodat de Joden onze cultuur blijven vergiftigen. Maar niet lang meer, heren, niet lang meer. Ach, wat bent u toch bang voor uw eigen volk!'

Zijn schoenen kraakten terwijl hij rondjes liep. Ik stelde me voor hoe hij 's ochtends zijn veters strikte, rood aanlopend, omdat zijn armen te kort waren voor zijn lichaam. Ik wist zeker dat hij zijn schoenen 's avonds naast elkaar zette voordat hij in zijn armzalige eenpersoonsbed stapte, dat hij een uur wakker lag voordat hij zich kon overgeven aan de slaap, dat hij soms lag te janken van drift en eenzaamheid. En ik zag een donker trekpad voor me, twintig jaar later, waarop Egon zijn koets liet halt houden voor een landloper, die zijn pet verfrommelde van berouw. Maar nu liep hij nog rondjes door het huis van zijn gastheer, alsof hij de enige bieder op een veiling was, en bleef hij stilstaan voor een jachttafereel aan de wand.

'Is het angst, Herr von Bötticher, waarom u zich verschanst in uw oude geld, ver weg van het plebs? Waren zij niet uw gelijken toen zij als kanonnenvlees in uw voorhoede vielen? Zijn zij niet de reden waarom u levend bent teruggekeerd, en zij niet?'

'Leg de muts terug op tafel,' zei Egon beheerst.

De student wilde gehoorzamen, maar werd tegengehouden door de Onpartijdige.

'Weet u wel dat dit embleem al tien jaar de ss toebehoort? Zij dragen nu de doodskop, omdat zij werkelijk doodsbereid zijn. De hele top, stuk voor stuk, zijn excellente schermers. En ze voltrekken de revolutie waar u niet van wil weten. U zit met uw rug naar het wereldtoneel, weggedoken in het pluche van een variété-theater. Ik kan uw opvattingen niet langer voor de partij verzwijgen. Het spijt me werkelijk, ik moet gaan, bedank Leni voor de voedzame maaltijd. Anton, Leo, Willy, en wie zich ook geroepen voelt, volgt u mij. Het stinkt hier naar antiekwas. Heil Hitler!'

Zes man marcheerde de zaal uit, een Paukant mompelde iets over de auto en ging erachteraan. De deur viel hard in het slot. Egon tikte zijn askegel af, stopte de sigaar terug in zijn mond en liep naar het midden van de zaal om de muts op te rapen. Ik vond het bewonderenswaardig zo rustig als hij had zitten roken. Niet eens kringetjes puffend, gewoon rook inhalerend en uitblazend. De arts onderbrak de stilte met een roffelend kuchje.

'Wel, mijn excuses aan de dame, ik heb me vergist. De echte spion van dit diner heeft zojuist de zaal verlaten. We zouden hem eigenlijk niet meer moeten uitnodigen als Onpartijdige, Egon. Zo'n brutale vlegel.'

De overgebleven Paukanten wisselden zenuwachtige blikken uit. De grote dag, die hen had moeten verbroederen in een bloedverbond, was geëindigd in tweespalt. Ze leken nu al spijt te hebben van hun clandestiene toetakeling. Misschien waren ze liever ook naar de stad teruggekeerd in plaats van achter te blijven in de vervlogen tijden van het Raeren. De maître zag hun twijfel.

'Ik wil jullie iets vertellen over dit teken,' zei hij. 'De doodskop. Tegenwoordig leven we niet meer met de dood, we vinden hem onhygiënisch. Vraag maar aan professor Reich. Hij leert zijn studenten dat een lijk zo snel mogelijk moet worden weggehaald, weggeschoven in een lade, als een restant van een mislukte operatie. Het stoffelijk overschot. Maar wij Leibhusaren leven met onze doden, die geven ons de kracht om wraak te nemen. Met de moderne oorlogvoering hoef je meestal niet te wachten totdat een lichaam zich ontbindt van het individu dat het ooit geweest is. Na een granaatinslag is er al niets meer van je oude makker te herkennen. Ik herinner me...'

Hij liep weg. Wat wilde hij vertellen? Had hij de dood soms van dichtbij meegemaakt voordat hij gewond raakte en van het front werd verwijderd? Hij bleef ons zijn herinnering verschuldigd.

'Herr Reich, ik heb een vraag aan u,' ging hij verder. 'Vertelt u mij, als dokter, waarom de dood sommigen neemt terwijl hij anderen laat staan. Heeft u daar een antwoord op? Wat of wie bepaalt dat sommigen onschendbaar zijn?'

Terwijl de otter peinsde over een antwoord, bleef Egon voor het raam staan. Hij kon daarin alleen zijn eigen weerspiegeling zien, maar wat daarbuiten was, liet zich al genoeg gelden, regenend en stormend. Het stormde zo hard dat we zelfs de auto van de Onpartijdige niet hadden horen wegrijden. Misschien was hij helemaal niet vertrokken, bevond hij zich met al zijn vijandigheid nog steeds binnen de poorten van het Raeren. Misschien zat hij met zijn kompanen aan de thee bij Heinz, die hun weerzin tegen Egon deelde. Ik griezelde van het idee, al wist ik niet goed waarom. Het is aanlokkelijk om naderhand te zeggen dat ik van nature de juiste kant koos, dat ik vermoedde wie later fout zou worden en wie goed, maar ik was alleen maar verliefd. Zoals hij voor het raam stond, melancholiek en onverzettelijk tegelijk: geen moeilijke keuze.

'Op elk slagveld kom je hem tegen,' zei hij. 'De onschendbare soldaat. Je ziet hem meestal op de rug, want hij is je vooruit, met een rustig, kaarsrecht loopje, terwijl de kogels hem om de oren vliegen. Ze raken hem niet, dat weet hij. Maar met jouw verbazing komt ook het besef dat jij niet zo bent. Dat jij niet bij de onschendbaren hoort. En juist dat is dan het moment waarop je wordt geraakt.'

Het werd opeens doodstil. Het stof onder de lantaarn daalde neer, het gehuil in de schoorsteen stierf weg. De tweeling keek elkaar aan. Ik wist waaraan ze dachten. Iets zei me dat hun bleke huid niet ongeschonden zou blijven, misschien omdat ik me zo goed kon voorstellen hoe rood het bloed eroverheen zou vloeien.

'Onschendbaarheid,' begon de otter zacht, 'daar heb ik eens een alleraardigste studie over gelezen. Kent u Girard Thibault?'

Egon fronste zijn wenkbrauwen. 'Zijn naam komt me bekend voor. Merkwaardig, ik kan me niet herinneren waarvan.'

'Zijn leermethode, *Academie de l'Espée*, is waarschijnlijk het meest uitgebreide werk over vechtkunsten ooit geschreven. Zeventiende eeuw, Republiek der Nederlanden. Het leunt zwaar op de principes van de Spaanse School.'

Egon liep naar de deur. 'Ik ben zo terug. Ik heb iets wat u wellicht zal interesseren.'

[handwritten note in left margin: Bredero Schiep over]

[handwritten note at bottom: Bredero zijn leerling schermen behoede hem voor vergetelheid]

Toen hij de schermzaal verliet, begreep ik dat hij de gravure ging zoeken. Thibault, ik had zijn naam eerder herkend dan hij. Mijn hemel. Niet nu.

'U kent hem vast,' vroeg de otter aan mij, 'uw landgenoot Thibault?'

'Wel eens van gehoord,' fluisterde ik. Ik wist dat Egon nu in zijn kamer was, zich over de lade boog en zag dat de groene envelop, de complete Poste Restante van zijn eigen brieven, was verdwenen. Misschien had hij wel een speciale orde aangebracht in het archief, zodat hij onmiddellijk begreep dat ik ook de rest overhoop had gehaald. Hij zou mijn handen zien, die door zijn verleden hadden gewoeld, die zomaar hadden besloten wat mocht voortbestaan en wat niet. Geen van de gasten had een vermoeden van dit schandaal. De tweeling zat er zorgeloos bij. Voor hen werd toch wel alles besloten. Zij hoefden geen raadsels te ontsluieren, of zich in discussies te mengen. Ze hoefden nooit een kant te kiezen, want ze waren zelf twee kanten.

'Hij studeerde wiskunde in Leiden, de oude Thibault,' zei de otter. 'Daarna stichtte hij een schermacademie in het centrum van Amsterdam. Alle Nederlandse notabelen van die tijd gingen bij hem in de leer. Nu zegt het bijna niemand meer iets. Mijn Nederlandse vriend had enkele gravures in huis, hij heeft mij een en ander uitgelegd. Als je de methode van Thibault echt wil volgen, moet je nogal wat geduld betrachten, maar uiteindelijk zal het zijn vruchten afwerpen. We moeten ons er niet op verkijken dat het in de zeventiende eeuw is geschreven. Het zou ons ook nu nog zeer goed van pas komen. Juist nu. In deze tijden...'

Egon kwam binnen en keek onmiddellijk naar mij. Niet kwaad, maar dat had hij ook niet gedaan toen de Onpartijdige hem schoffeerde. Ik glimlachte voor de zekerheid, hij kneep zijn ogen tot spleetjes en richtte zich toen tot de dokter.

'Dit heb ik van haar vader gekregen. Hij gaf het mee met zijn dochter.'

De professor zette zijn bril af en tuurde vanuit de hoogte naar de plaat.

'Ja! Verhip! Dit komt uit de school van Thibault! Wel heb ik ooit. Er zijn nog veel meer van deze platen, weet u, honderden. Het is een heel boek, namelijk. De vader van het meisje, de arts uit Maastricht? Dat verbaast me nu niets, want de vader van alle artsen, Hippocrates, heeft ooit gezegd: het menselijk lichaam is een cirkel. Wij artsen begrijpen zoiets.'

Met zijn wijsvinger volgde hij de geometrische figuren op de gravure. Meekijkend over zijn schouder zag ik nu dat de mansfiguur een degen droeg voor zijn half ontlede lichaam. De greep reikte tot zijn ribbenkast en de punt tot de lijn van de cirkel waarin hij paste, vanaf dat punt waren lijnen getrokken waarover een pad van voetstappen was uitgestippeld. EX HOC CIRCULO ICTUS MOTU TOTIUS BRACHII VIBRATUR, stond in een kring geschreven.

'Alles in ons lichaam draait rond in cirkels,' ging de otter verder. 'Onze bewegingen, onze ademhaling, zelfs onze gedachten. Gewrichten gaan ook niet heen en weer, ze draaien.'

Hij stak zijn handen uit. Ik merkte nu pas zijn trouwring op, klem in het vlees van zijn linkerhand, als de kraag van een baltsende doffer. Een lang huwelijk. Hij moet charmant zijn geweest als bruidegom.

'Kijk eens, wij zijn een perfecte geometrische, numerieke eenheid,' zei hij. 'De mens is de maat der dingen, dat zei Protagoras al. We zijn het getal tien. Tien vingers. Twee handen van vijf. Op elke hand tellen we vier vingers, en een duim. Een vinger heeft drie kootjes, de duim heeft er twee. Een, twee, drie, vier, vijf – tien. De tempel van Salomon is gebouwd volgens dit principe, de ark van Noach eveneens. Sla de Bijbel er maar op na:

de ark van Noach is gebouwd volgens de proporties van het menselijk lichaam. Driehonderd ellen in de lengte, vijftig in de breedte, dertig dik en tien diep. Dat is de goddelijke verhouding waarvan onze hele schepping is doortrokken.'

'Kom ter zake,' zei Egon fronsend. 'We hadden het over onschendbaarheid.'

De otter grinnikte. 'Jij wil meteen over tot actie, maar dat is nou juist het probleem.'

Hij begon rondjes door de zaal te lopen, zijn blik geconcentreerd op zijn voeten, alsof hij zijn eerste stapjes zette. 'Proporties, daar gaat het om. Evenwicht, symmetrie. Juist de mens moet zich, lopend op twee benen, zeer van dat evenwicht bewust zijn. We zijn het enige schepsel dat ongewapend op de wereld komt. We hebben geen stekels of slagtanden, we hebben onze rede, die zich gaandeweg ontwikkelt en de wapens van anderen herkent. Een volkomen moedig man, een man die zich bewust is van zijn kracht, verdedigt zich niet door de aanval. Hij wacht af. Wij Duitsers zouden ditmaal meer geduld moeten tonen. Niet zoals de vorige keer, halsoverkop, liederen brullend.'

'In 1914 had iedereen zin in oorlog,' zei Egon. 'Dat weet je best. Het is mij nog niet duidelijk waar je heen wil.'

De mannen dronken pruimenbrandewijn. Tussen het vierde en vijfde glaasje waren ze begonnen elkaar te tutoyeren, terwijl wij luisterden met droge monden. De otter boog zich over de tweeling.

'Jullie twee, kunnen jullie daar gaan staan? Tegenover elkaar graag. Nee, niet in de schermhouding. Zo ja.'

Friedrich ging er ontredderd bij staan, maar Siegbert had al een tijdje geboeid geluisterd, met dezelfde concentratie als waarmee hij de mol had begraven. Hij wilde landmeetkunde gaan studeren, terwijl het Friedrich alleen maar stoorde dat zijn broer iets wist wat hij niet begreep. Nu stonden ze tegenover elkaar. Ik zag de verschillen, de otter niet.

'Hier zien wij twee perfect identieke mensen,' zei hij, 'maar in wezen is elk mens gelijk.'

Egon gooide zijn armen in de lucht. 'Allemachtig, wat een avond. Nu begin jij ook al met die socialistenpraat.'

'Nee, je begrijpt niet wat ik bedoel. De proporties van elk gezond mens – dus niet van hen die aan dwerggroei lijden, of acromegalie – zijn gelijk. Er is geen enkel verschil tussen het lichaam van de edelman en dat van de zwerver als ze eenmaal gewassen zijn en in hun ziekenhemd worden gehesen.'

'Onzin.'

'Als je beseft dat de vijand in feite niet veel verschilt van jezelf, zul je met een eenvoudig rekensommetje het bereik van zijn bewegingen kunnen voorspellen. Waarom zou je je dan nog als een wilde op je prooi storten? Alleen door de rede blijft de mens onschendbaar. Niet door vlagvertoon, opgestoken veren of gebrul in het bos. Het is zo onthutsend om naar deze wijsheden uit de zeventiende eeuw te kijken, terwijl wij nu weer zijn teruggekeerd naar de tijden van het beest.'

'Wat is er mis met beesten?' vroeg Egon. 'Je moet het beest in je koesteren. Alleen het roofdier is volkomen vrij, door rond te trekken en te vechten, te winnen, te verslinden. Te veel cultuur leidt tot degeneratie.'

'Misschien ben je nationaalsocialistischer dan je denkt, mijn vriend.'

'Nationaal wellicht, socialistisch allerminst.'

En ze hieven het glas opnieuw, grinnikend. Ik trok de gravure naar me toe. In de linkerhoek stond een weelderig uitgedoste schermer tegenover een man in lompen, die hem een trap probeerde te verkopen. Wijsheid tegenover domme kracht, zoiets begreep een kind.

'Weet je,' hernam de otter, terwijl hij terugliep naar de tweeling, 'in de zeventiende eeuw wist men al dat het zinloos was om als een beest om je heen te slaan. Eén gerichte steek was immers voldoende om de tegenstander de lucht in zijn longen te ontnemen.'

Hij liet zijn hand rusten op de borstkas van Friedrich, waar zijn overhemd was opengeknoopt. Die twee werden goed aangekleed door hun moeder. Ze hadden heel wat meer kleren bij zich dan ik, en klaarblijkelijk waren ze ook in staat om ze zelf aan te trekken. Elke dag een ander fijnmazig hemd, daaroverheen een wollen vestje, of een spencer, soms bretels, nooit een das. Misschien kleedden ze elkaar. De laatste dagen zag ik ze steeds vaker in kostuums die van elkaar verschilden.

'Hoewel dat medisch gezien eigenlijk onjuist is,' zei de otter. 'De formulering, bedoel ik. Een klaplong volgt op een Lungenfuchser omdat er juist lucht tussen de pleurabladen is gekomen.'

Friedrich keek van zijn borst naar mij, ik kon een glimlach niet onderdrukken, hij ook niet. Wat was hij toch mooi, schandalig gewoon, en het ergste was dat hij het zelf zo goed wist. De otter had nu Siegberts rechterarm gepakt en omhooggeduwd totdat zijn vingers naar de borst van Friedrich wezen. Ik weet niet waarom ik wegkeek. Misschien was het de manier waarop Siegbert naar zijn broer had gekeken, omdat hij had gezien hoe Friedrich en ik naar elkaar hadden gekeken. Ik had geen zin in dat steekspel van blikken.

'Lungenfuchser,' ging de otter verder, terwijl hij denkbeeldige lijnen trok van de ene helft van de tweeling naar de andere, 'is het resultaat van een steek die alle andere overbodig maakt. De leer van Thibault was uitgedokterd voor de hoge heren alleen. Exclusieve kennis voor lichamen die streng moesten worden bewaakt. Tegenwoordig kunnen boeren tanks bedienen, maar in die tijd hadden de lage klassen geen toegang tot de vecht-

kunst, en gelukkig maar. Het is gewoon te leren, Egon. Overwinning is algebra. Algebra voor de bevoorrechten.'

Egon zat met rode ogen aan tafel. Hij kon het hier niet mee
eens zijn. De beste schermers, had hij me gezegd, schermden
zonder na te denken, op emotie, motivatie. Hij had gezegd dat
het brein achterbleef bij de intuïtie, dat honden hun baas beten
voordat ze spijt konden krijgen. Nu leek hij met zijn bloeddoorlopen ogen zelf wel op een hond; de wolf die zich heeft neergelegd bij de mens. Ik kon uit die ogen nog steeds niet opmaken of
hij het wist. Hij draaide zich om naar de otter, die maar door-
praatte, terwijl hij om de tweeling een denkbeeldige kring
tekende.

'Er is niets magisch aan de cirkel van Thibault. De straal wordt
bepaald door de lengte van de wapens van beide schermers, die
weer aan hun lichaamslengte zijn aangepast. Voor de finesses
raad ik jullie aan zelf het boek te lezen. Ik geloof dat de biblio-
theken in Amsterdam nog exemplaren hebben, en die van Bar-
celona. Daar ligt het geheim van de onschendbaarheid. Jongens,
jullie mogen wel weer op je plaats gaan zitten.'

Siegbert liep als eerste terug naar de tafel en schoof zijn stoel
een eind weg van Friedrich, die brutaal naar mijn blik bleef hen-
gelen, maar ik negeerde ze allebei.

'Op het slagveld kun je je niet permitteren de vijand als je
gelijke te beschouwen,' zei Egon. 'Ik heb dat destijds ook tegen
Jacq gezegd. Haar vader, die werkte voor het Rode Kruis. "Helpt
altijd, iedereen, overal." Hoe zou je volgens dat principe strijd
kunnen leveren? Als wij hetzelfde zijn, en wij haten de ander,
is dat dan geen zelfhaat? En als wij hetzelfde zijn, en wij hebben de ander lief, is dat dan geen narcisme?'

Leni kwam binnen om de tafel af te ruimen en wees ons erop
dat het middernacht was. Ik kon het nauwelijks geloven. Het
was alsof de tijd pas was gaan tikken toen de storm was gaan lig-

gen. Beneden zag ik dat de bus van de Onpartijdige was verdwenen, maar zijn dreiging hing er nog. De Paukanten namen
afscheid zonder ons aan te kijken. Ik kreeg een warme hand van
de otter.

'Dus u vertrekt over twee weken? We zullen u missen.'

'Mijn vader haalt me op,' blufte ik. Zoiets was niet afgesproken, er was helemaal niets afgesproken.

Maar hij wist wel waar ik was. Ik herinner me zijn verbijstering
toen hij ontdekte dat Egon in Aken woonde. Bij toeval, hoewel
mijn tante zou zeggen dat toeval niet bestaat. Ze had *Die Woche*
voor me meegenomen omdat er een artikel in stond over theater-
schermen. Een maître uit de omgeving van Aken had geholpen
bij het instuderen van de schermscènes voor *De drie musketiers*.
De acteurs waren veel dank verschuldigd aan Herr Egon von
Bötticher. Mijn vader had het tijdschrift laten zakken en verbijsterd uit het raam gestaard.

'Twee kilometer,' mompelde hij. 'Twee kilometer per jaar.
Da's alles.'

Achter de huizen zag hij de masten van de spoorweg. Aan
het einde woonde de vriend die hij twintig jaar geleden was kwijt-
geraakt. Een rechte lijn van veertig kilometer, onderweg doorsneden door een grens. Twee kilometer per jaar. Hij kon er met
zijn gedachten niet bij.

6

Iemand riep me, maar ik was verlamd van slaap.

'Meisje.'

Was het Duits? Ik spitste mijn oren, toen werd het wartaal. Een paar heftige, onsamenhangende kreten. Mijn benen waren nog steeds zwaar onder het dek. Ik wilde niet opstaan, ik wilde hier blijven. Ik had het recht om hier te blijven, in dit bed, op de zolderkamer van het Raeren, dat was mij toegestaan.

'...'

'Wat?'

Mijn stem klonk hol in het donker. Ik moest mijn ogen wel opendoen.

'Wat zei je?'

Hij kwam naderbij in brokstukken. Het beeld was niet compleet. Alleen de linkerhelft van zijn lichaam was aangekleed, de andere kant was naakt. Mijn oogleden werden weer zwaar. Slaap.

'3,14159265. Ratio vincit.' *Vincit omnia veritas*

Vooruit, ik kwam uit bed. Dit soort dingen moest meteen worden opgelost, anders bleven ze je storen. Het tochtte verschrikkelijk. Ik sloeg de deken om mijn schouders en tastte rond

[handwritten marginalia: De verhouding omtrek en diameter v.e. cirkel — Descartes 1596-1650 — materiaal domein (wetenschap) — Spiritueel domein (Godsdienst) — omtrek cirkel / diameter cirkel = π]

190

op zoek naar het lichtknopje, terwijl hij daar maar bleef staan. Met zijn uitpuilende ogen. Ja, ik herken je wel, zei ik, hoepel op. Hij reageerde helemaal niet, alsof ik de woorden nooit had uitgesproken. Hoepel op, wil je? Wat moet je nog van ons? Waar zijn je kornuiten? Heb je ze soms naar huis laten rijden, terwijl je zelf de hele nacht bij Heinz hebt zitten roddelen? Hij deed een stap naar voren, zijn penis bungelde. Het was walgelijk. De flarden die de ene kant van zijn lichaam bedekten, leken een soldatenplunje, met kwastjes op de borst. Pas toen hij in het maanlicht kwam staan, besefte ik waar ik naar had staan kijken. Een halflijk. Zijn lichaam bestond voor de helft uit knoken. Zijn gezicht was maar aan één kant met weefsel bedekt, de andere kant was een doodskop. Ik schreeuwde, absoluut hardop nu, en bleef schreeuwen, terwijl hij rammelend dichterbij kwam. Uit zijn hals, die precies halverwege ontleed was, kwamen geen woorden, maar nog meer cijfers. Ik begreep niet hoe, ze kwamen niet over zijn lippen, ze ontstonden gewoon en vulden de ruimte.

'3589793238462643383279.'

Ik werd wakker op de trap, in het schijnsel van een kaars. Het was Heinz, met de blaker. We schrokken allebei van elkaar.

'Wat doe jij hier?' zei hij als eerste.

'Dat kan ik beter aan jou vragen,' zei ik, verrast door de nuchtere toon van mijn stem. 'Jouw kamer ligt hier verder vandaan dan de mijne.'

'Brutaal nest. Ik maak hier mijn ronde, zoals ik dat al jaren doe.'

Hij bekeek me van top tot teen, ik sloeg mijn armen over mijn borst. Hij liet de blaker zakken.

'Ze zijn hier.'

'Wie?'

'Jij voelt het ook, dat zie ik.'

191

Hij zei het toonloos, maar het bloed bonkte tegen mijn slapen.

'Dat was een droom. Ik heb perioden waarin ik veel slaapwandel,' zei ik. Hij glimlachte flauwtjes, omdat ik had toegegeven dat ik wist waarover hij sprak.

'Er wordt wat afgedroomd op het Raeren,' zei hij. 'Het is druk hier in de lucht. Voel maar.' En hij haalde diep adem.

'Ik kon het licht niet vinden, Heinz. In de kamer, zonet. Misschien dat jij...'

'Je hoeft niet bang te zijn. Er is een heel logische verklaring voor. Ken je de geschiedenis van dit huis?'

Ik wist niet zeker of ik het wilde weten, op dat moment. Ik wilde dat hij me voorging naar binnen, het licht zou aan doen en aan laten tot ik in een zorgeloze slaap was gevallen. Maar hij bleef op de trap staan fluisteren, een trede lager.

'In de oorlog was hier een hospitaal gevestigd. Beneden, waar nu de schermzaal is gevestigd, werden de gewonden binnengebracht. Ze lagen in rijen van vijftig te schreeuwen en te bloeden. Waar jullie nu de musketier uithangen, is veel, heel veel gestorven.'

Hij begon de trap weer af te dalen. Bij elke stap werd het gekraak luider maar het kaarslicht zwakker.

'U maakt me bang,' siste ik. 'Dat doet u met opzet.'

'Geen sprake van,' hoorde ik hem zeggen. 'Het geestelijke moet je niet vrezen, maar koesteren. Laat de logica maar achterwege, daar heb je op je sterfbed al niets meer aan. Daar heerst de geest, met pijn, verdriet, angst en hoop.'

De volgende ochtend werd ik wakker in verwarring. Ik had niet verwacht dat zo'n zwarte nacht kon eindigen, dat de zon nog zou schijnen in deze kamer. Dichtbij klonken de klokken van het dorp. Ze werden geluid, de ene nadrukkelijke slag na de andere, voor wie het maar kon horen en dus ook voor ons, de zonderlingen van het Raeren. Toen ik de balkondeuren opende, bleek het buiten warmer dan binnen. Het land was brokaat, fijn geweven, met wuivend loof, maar het uitzicht had een vermolmde geur en sterker dan ooit rook ik de rotting, de schorsen en mossen van het dennenwoud, de ongeraapte appels op het land, de broeiende mesthoop en de creosoot, waarmee Heinz de staldeuren insmeerde. Langs het kozijn liep een stoet lieveheersbeestjes, als een ketting van jaspis. Acht. Toen ik ze door de kier naar buiten probeerde te schuiven, gaven ze de zure lucht van angstzweet af. Ze zijn hier, had Heinz gezegd, jij voelt het ook. Ik keek naar de wandlamp, waarin ik mijmerend de meest uiteenlopende figuren had gezien – dat meisje met de strohoed een paar keer, een grijze dame, een dikke man met een gebroken neus, een heel bleek jongetje. Geen sprake van dat zij geesten waren. Volgens mijn vader waren het losse draadjes, dromen, samengehaakt tot iets plausibels. Zo werkte het brein, moest nou eenmaal altijd iets omhanden hebben. Kleingeestig, vond mijn moeder. Kleingeestig om de mysteriën te vernederen tot die paar ons hersenen. 'Een kilo tot anderhalf,' zei mijn vader dan. 'Zonder hersenvocht zouden hersenen onder hun eigen gewicht in elkaar zakken, zo groot is hun massa.'

Ik voelde tranen prikken. Was het heimwee? Ik dacht niet vaak aan thuis. Misschien dat ze nu wel het woord tot elkaar richtten, nu ik er niet meer tussen zat. Ik miste die avonden niet, ik miste zelfs mijn vriendinnen niet. Ze waren flets geworden, als het omslag van een stukgelezen tijdschrift. Ik zou ze nooit kunnen vertellen wat ik had meegemaakt. Hoe eenzaam zou ik me gaan voelen, dat wist ik nu al! Ik wou dat ik mezelf was, zoals toen. Dat was pas heimwee, wanneer de reiziger niet naar zijn huis verlangde, maar naar zichzelf, hoe hij was, wist en dacht voordat hij vertrok. Toen was alles zonneklaar. Mijn leven klopte als een cirkel. Eigenlijk was ik veel te jong om te weten wat ik de afgelopen weken te weten was gekomen. Oorlogen, bloederige duels, geesten, doodskoppen, *geslachtsgemeenschap*. Zoals die keer toen hij mij bij de schouders pakte, naar het bed duwde, aan mijn bekken sjorde, mompelend: 'Zo ja.' Ik, het gestroopte wild. Hij had me uitgekleed, in haastige gewetensnood, zoals ik zijn brieven openrukte. In dit huis lag indiscretie overal op de loer. In elke hoek lagen taboes, geheimen en raadsels voor het oprapen. Heinz wist dat. Had hij mij niet de eerste dag al gewaarschuwd: *eigenlijk zijn dat zaken die u niet aangaan?* En had zijn vrouw mij daarna niet aangeraden de grote envelop van mijn vader dicht te houden? Had ik dat maar gedaan. Had ik al die enveloppen maar dichtgehouden, dan was ikzelf ook heel gebleven. Vervloekt nog aan toe.

Ik stapte in de teil en goot een kan koud water over mijn hoofd. Ik sprong op en neer terwijl ik mezelf afdroogde. Ik trok mijn schermpak aan, niet alleen het vestje met een flanellen broek, zoals ik de laatste tijd had gedaan, maar de hele handel. Mijn haar had ik al weken niet meer gevlochten, nu ging ik zitten en kamde het zorgvuldig in strengen. Ik had nog twee weken. Twee weken lang zou ik me gedragen, ook al deed de rest dat niet. De maître had zelf gezegd: dan zit haar leerschool erop, nou, dan moest hij me zo langzamerhand maar gaan lesgeven. Al zijn brieven had ik toch al gelezen, wat moest ik daar nog mee. Die tweeling, die stakkers, van hen zou ik me al helemaal niets meer aantrekken, die hadden nog minstens drie jaar nodig om goed te leren schermen en minstens zoveel om volwassen te worden. Leni, Heinz – sinds wanneer moest een gast zich ophouden met het personeel? Nog twee weken, dan zouden ze eens zien.

Ik rende de trap af, naar het dagelijkse rumoer. In de gang rammelde Leni met melkbussen, op het terras sloeg Heinz het stro uit zijn bezem. Alle deuren stonden open, klapperden op de tocht, terwijl uit de schermzaal een deerniswekkend, amechtig geluid opsteeg, iets verschrikkelijk wanhopigs. Kordaat duwde ik de deur open. De tweeling was daar, en tussen hen in, met vier hoeven op het parket, stond het varken. Hier kon werkelijk nooit iets gewoon zijn.

'In naam van de Zwarte Huzaar,' zei Siegbert. Hij richtte zijn floret op de romp van de zeug. Ze hadden haar een schermvest aangesjord. De mouwen slobberden om haar poten, maar vanboven kon de rits niet dicht. Siegbert porde haar in de flanken.

'Laat haar toch gaan, je ziet dat ze het niet leuk vindt,' zei ik.

'Ja, laat haar met rust,' zei Friedrich. 'Sigi, laten we haar maar weer losmaken.'

Het varken liet zich gillend uitkleden en schoot met een oorverdovend hoefgeklapper naar de andere kant van de zaal. Daar bleef ze staan, kont tegen de muur. Vergeleken met andere dieren lijken varkens zich aan te stellen, zoals mensen dat doen. Ze beginnen al te krijsen voordat ze geslacht worden. Toen de maître binnenkwam, keek de zeug hem recht in de ogen, met een griezelig verstandige blik.

'Wat is dit?'

'We speelden, maître.' Siegbert liet zijn wapen zakken. 'De Zwarte Huzaar.'

'Wat in godsnaam?'

'*Der schwarze Husar*, die heeft u toch wel gezien?' zei Friedrich. 'Misschien speelt hij nog wel! Mamma vond dat we die film per se moesten zien, hij was om je te bescheuren zo grappig. Het gaat over de oorlog tegen Napoleon, en ritmeester Von Hochberg dringt binnen in het slot van de Poolse koning, in allerlei gedaanten...'

'Hou maar op,' riep de maître. Hij hief een vuist op. 'God mag weten waar jullie allemaal naar zitten te staren in die theaters. Alsof er in de werkelijkheid niets te beleven valt! Als ik deze fratsen zo zie, hebben jullie daar geen flauwe notie van.

Jullie zijn hier gekomen om te schermen, niet om varkens te pesten. Ik zal het zo meteen met jullie moeder bespreken. Kijk toch eens naar jezelf, stelletje bleekneuzen. Nooit hebben jullie ergens voor gedeugd, altijd staan jullie alleen maar in de weg.'

De broers keken elkaar verward aan. Ze waren niet gewend dat iemand kwaad op ze was, anders waren ze wel in tranen uitgebarsten. Zouden ze ooit ergens om huilen? Zouden ze altijd onbewogen blijven? Misschien had de maître ze geprovoceerd zodat ze normale jongens zouden worden. Maar ze stelden geen vragen en ze gingen dicht bij elkaar staan. In de weg? Zij drongen zich niet op. Het waren altijd de anderen die zo nodig iets van ze moesten, zij hadden hun hele leven niemand nodig gehad. Ze keken toe hoe de maître het varken naar de deur manoeuvreerde. Ze begon te kwispelen zodra hij zijn hand op haar rug legde.

'Ik heb haar geen pijn gedaan,' fluisterde Friedrich in mijn oor. 'Eerst wilde ze juist graag met ons mee, maar Siegbert moest haar zo nodig pesten. Hij is zo agressief geworden, soms herken ik hem niet meer.'

'Ga onmiddellijk schermen,' zei de maître. 'In stilte. Geen woord wil ik horen vallen, en zo min mogelijk wapengekletter.'

We hadden deze oefening eerder gedaan. Bij elk geluid dat we maakten, werd een punt afgetrokken. We probeerden te vechten, maar door het geluid te ontwijken, ontweken we vooral elkaar. We maakten kringweringen die groter waren dan nodig om elkaars wapen niet te raken. We slopen over de loper van elkaar af, en het gebeurde een paar keer dat we midden in een directe aanval de wapens terugtrokken. Alsof we in een poppentheater heen en weer schoven onder een poppenspeler die zijn tekst kwijt was. Toen we begrepen dat de maître ons weer had laten zitten, werden we kwader, maar we zeiden niets, we hielden de woorden achter onze maskers. Alleen onze voeten stampten steeds harder. Tijdens de laatste partij tegen Siegbert hoorde ik mezelf hijgen. Siegbert werd steeds beter. Ik sloeg zijn wapen weg met te veel kracht en vloog hem aan in de onderbuik. Toen onderbrak Friedrich de stilte. 'Goed zo, Janna. Maak 'm af. Laat het hem maar voelen.' Met een ruk trok Siegbert zijn masker af. 'Barst maar. Denk maar niet dat ik jullie niet in de gaten heb. Janna, wie tussen ons in gaat staan, verdwijnt en komt nooit meer tevoorschijn. Er zijn anderen geweest.'

Met deze dreiging liet hij ons achter. We staarden naar elkaar met open mond, totdat de ene na de andere deur in het slot sloeg. De hal vulde zich met stemmen. Ik hoorde Siegbert, Leni, nog een vrouw.

'Moeder,' fluisterde Friedrich. Inderdaad, helaas. Waarom moest ze al zo vroeg op de dag komen, dat mens? Hij stopte zijn floret terug in zijn tas en kwam naar me toe. Ik voelde wat hij ging doen. Nog steeds probeerden we elk geluid te vermijden. We zwegen, onze tongen hadden genoeg te doen. Ik klampte me vast aan mijn floret als laatste toeverlaat, hij zocht onder mijn schermvest naar mijn huid. Ik sloot mijn ogen, volgde zijn ademhaling op mijn wang, vond zijn lippen opnieuw, hij greep me steviger vast, ik liet me zakken. We strengelden onze vingers ineen, het paste aangenaam. In de natuur zouden we een mooi stel zijn. Allebei jong, glanzend van gezondheid, het mannetje iets groter, blond, zij donker, sterk toch wel. Alles in orde. Waarom verlangde ik dan naar een man die veel te oud was, mank, toegetakeld en boosaardig? Waarom rook ik nu niets, terwijl ik in Egons armen geuren rook die me onrustig stemden en tevreden tegelijk? Gaf de natuur wel om schoonheid? Harmonie, die was er genoeg, bloemblaadjes, had ik geleerd, groeien in perfecte verhouding tot elkaar zodat ze allemaal evenveel zonlicht opvangen, maar een mooie hengst bestijgt net zo goed een lelijke knol.

Ik durfde niet naar Friedrich te kijken omdat hij dan zou zien dat die harmonie me koud liet. Abrupt draaide hij zich om. Zijn moeder kwam binnen.

'Daar is m'n kind!'

Die vreselijke stem. Uw kind is een man. Hij heeft net zijn vingers onder mijn schermvest gestoken, en u moet weten, ik draag geen borstbescherming. Hij is een man, maar u heeft er geen idee van hoe heerlijk hij kan zoenen. U krijgt een haastige kus op uw wang, hij loopt weg, u doet net alsof u niets heeft gemerkt en begint tegen mij te spreken.

'En? Hoe was de les vandaag?'

Ik haalde mijn schouders op. Ze bloosde, stopte een ongehoorzame lok achter haar oor. Een mooi steentje in een zilveren zetting. Aquamarijn waarschijnlijk. Ik rook haar adem, drank, zo vroeg op de dag al. Ze was dronken naar het Raeren gereden.

'Ik hoorde dat jullie weer geen les hebben gekregen,' zei ze. 'Dat hij grof was tegen jullie.'

'Niet tegen mij.'

Toen ze neerhurkte kroop haar rok omhoog. Het amuseerde haar dat ik haar kousenbanden kon zien. 'Heb je ooit gehoord van Sippenhaftung?'

Ik schudde mijn hoofd. De binnenkant van haar dijen deed denken aan een witvis. Op onze markt stond een man met gerookte makrelen. Hij riep de hele dag: 'Dikke dijen, dikke heupen.' Bloedernstig was hij, het ging over de vis, alleen over de vis.

'Jij weet ook helemaal niets,' zei ze. 'Sippenhaftung, dat is wanneer de kinderen boeten voor de zonden van hun ouders. Bloedschuld. Het bloed is verknald, verspil het tot het schoon is. De oude Germanen deden het. De Joden deden het, laten die hun handen niet wassen in onschuld. "En toen brachten zij die mannen voor die Daniël beschuldigd hadden, wierpen hen in

198

de leeuwenkuil, hun kinderen, hun vrouwen; en zij raakten de bodem nog niet of de leeuwen maakten zich van hen meester; zelfs al hun beenderen vermorzelden zij."'

Ze keek me diep in de ogen. Aquamarijn. Al kneep ze ze tot spleetjes, die koude stenen bleven priemen. 'Je ruikt naar zweet,' zei ze.

'En jij naar drank.' Schijt eraan, ik had het nu gezegd.

'Luister meisje, rustig, ik zal je geen strobreed in de weg leggen. Ga maar aan de haal met mijn zonen, je kunt eerst de een proberen, dan de ander. Laat de mensen ze maar minachten, bespugen, verkrachten. Want het zijn hoerenzonen, zeggen ze, de vruchten van verraad. Ga er allemaal maar mee aan de haal, want het duurt niet lang meer of de barbaren halen ze op voor de een of andere oorlog. Dan ben ik ze toch kwijt. Eigenlijk heb ik ze nooit gehad.'

Ze stond op en trok haar rok omlaag. Ze was slanker dan ik. Haar heupen waren smal zoals de mijne hadden moeten zijn, geen moederheupen.

'Of heb je liever een andere man?'

Ik snoof. Als ze een stap naar achteren zou doen, zou ze op mijn schermtas stappen, dan zou ik haar eraf duwen en zij zou struikelen over haar kokette beentjes. Het wachten was op die ene stap. Ze slaakte een zucht.

'Je gaat me toch niet vertellen dat je verliefd bent op je maître? Ach kind, dat is toch zo'n cliché. De meester en de leerling. Maar wat leert hij jou nu precies? Je hebt vandaag weer geen les gekregen. Het zijn mijn zaken niet, maar je moet weten...'

Natuurlijk hield ze op om bedachtzaamheid te veinzen, de routineuze roddelaarster.

'Je moet weten: je bent hier niet om te trainen. Je bent uitgenodigd omdat hij een rekening wil vereffenen. Met je vader.'

Ach? Ze wist van niets, de dronken zot. En of ze dronken was!

De tranen stonden in haar ogen. Ze begon rond te lopen, zoals de otter had gedaan, maar dit waren geen logische cirkels, het waren woedende kringetjes, steeds kleinere, om duizelig van te worden.

'Ben je teleurgesteld?' vroeg ze. 'Egon verzamelt mensen met wie hij een appeltje te schillen heeft. Bloedwraak, eerwraak, daar gaat hij mee slapen en daar staat hij mee op. Als een oude Teutoon. Er is niets om verliefd op te zijn, meisje, niets meer. Je had hem vroeger moeten zien. Wat was hij mooi toen hij naar de oorlog vertrok! Alles was zo gloednieuw aan hem. Zijn strakke gamaschen, de glanzende lans met daarop de opgerolde vlag, het zitvlak van zijn ruiterbroek... volgens mij was zelfs zijn pik nog splinternieuw. Ik had er in ieder geval niet aan gezeten. Toen nog niet. Het zou best kunnen dat hij als maagd naar het front vertrok, we waren netjes in die tijd. Je gelooft me niet?'

Ze keek in de spiegel en haalde haar haren los. Het was dun en geverfd. Ze stopte de spelden tussen haar lippen en maakte een dubbele scheiding.

'Het verval sloeg pas toe toen de oorlog op zijn retour was,' zei ze. 'Toen lieten we alles varen. Zo gaat dat, de dood komt de dorpen binnen en de rede vertrekt. Wat moet je met fatsoen als de mannen terugkeren zonder vlaggen, zonder benen? Wij, de vrouwen, gaven alles prijs. Het maakte niet uit tot welke klasse je behoorde, ik heb boerinnen gezien die in hun eentje naar het café gingen, en vrouwen van adel. Ze gingen naar binnen en kwamen er weer uit met een oude dronkaard aan de arm en een blik alsof ze gewoon een wasmand meetorsten. Veel keuze was er niet. Als hun vaandelstok maar overeind stond. Trouw? Dat betekent niets, in een oorlog wordt zoveel verspild, waar moet je dan nog trouw aan zijn? Aan de aarde, die precies als zo'n dronkenlap die verspilling opslorpt? Maar toen kwam er een officier in het dorp. Eentje die nog heel was. Luitenant Von Mirbach was met verlof, maar zag eruit alsof hij was ontwaakt uit een schoonheidsslaap van drie jaar. Ha! Hij was nog zoals we vroeger allemaal waren. Perfect geconserveerd. Zo schoon, eerlijk, mooi, aanstootgevend gewoon. Hij werd nagestaard. Ik heb me aan hem vastgeklampt voordat iemand anders het deed. Als ik nog een greintje eergevoel had, was dit mijn laatste kans. Vol overgave liet ik me zwanger maken.'

Ik wilde haar niet aankijken. Waarom vertelde ze me dit allemaal?

'In oorlogen moeten vrouwen voor zichzelf zorgen, Janna. Onderschat niet hoe zwaar dat is, want zelfs voor een frontsoldaat wordt gezorgd. Die krijgt bevelen en eten, terwijl wij werden achtergelaten met het vee. In Oost-Pruisen trokken de Kozakken door de dorpen. De geruchten gingen dat ze de lichamen van vrouwen en kinderen ophingen in bomen, zoals je dat met zieke kadavers doet. We gingen ons ernaar gedragen. We moesten ons voortplanten, hoe dan ook.'

Ik keek naar de pezige rug van haar hand, haar smalle, symmetrische neus, dunne haar, bleke oren, en kon haar alleen met een vogeltje vergelijken. Ze haalde een lange sigaret tevoorschijn, maar stak hem niet aan.

'Laat je geen schuld aanpraten, Janna,' zei ze. 'Niemand heeft het makkelijk gehad. Het is soms eenvoudiger om iets te ondergaan dan werkeloos te aanschouwen. Wat je vader heeft gedaan...'

'Mijn vader heeft niets misdaan.'

Ze maakte een wegwuivend gebaar. 'We zijn allemaal onschuldig. Ik ook, ik dacht dat Egon dood was. Het ene stille jaar ging voorbij en toen kwam het tweede. Later hoorde ik dat de censuur alle brieven onderschepte die vanuit interneringskampen werden verzonden. Zijn woorden, bestemd voor mij, gingen door de grijpgrage handen van andere vrouwen. Ja, dat werk lieten ze door vrouwen opknappen. Schijnen we goed in te zijn.

Zou jij het willen, liefdesverklaringen lezen die aan anderen zijn gericht? Ik zou er verdrietig van worden. Jaloers ook.'

Misschien had Egon het haar verteld, meteen bij binnenkomst: 'Het meisje leest de brieven.' Hoeveel brieven had hij haar eigenlijk gestuurd? Veel konden het er niet zijn, want ze kregen maar twee postzegels per maand, dat had hij zelf aan mijn vader geschreven.

'Heb je ze ooit nog gekregen?' vroeg ik.

'Nee. En misschien is dat maar goed ook. Ik voelde me al schuldig genoeg. Liefdesbrieven horen bij een oorlog, maar in mijn dorp was geen vrouw die met een gerust hart een envelop openmaakte. Al die woorden, opgekrabbeld in loopgraven, gered van natte flarden in de binnenzakken van doden, die waren niet aan ons gericht, maar aan engelen. We waren geen engelen. Wat we wel waren wisten we zelf niet eens, laat staan die jongens die we nauwelijks kenden. De censuur heeft besloten dat ik niet moest wachten op een jongen die ik nauwelijks kende. Zij hebben ervoor gezorgd dat ik een held kon trouwen. Mijn man heeft meer medailles dan ik sieraden heb. Ik was een halfjaar zwanger toen hij werd onderscheiden. Hadden we allebei iets om mee te pronken. Hij heeft de Russen bij Tannenberg verslagen, daarna heeft hij in de Elzas gevochten, en aan de Somme. Ondertussen zat Egon werkeloos in dat interneringskamp. Der liebe Leibhusar. Ik vertel het je maar, Janna. Hij wilde een held zijn, maar kon geen kant op. Dat is zijn wrok. Terwijl ik hem zo vaak heb proberen uit te leggen dat je niets hoeft te doen om een held te worden. Je hebt er alleen wat fantasie voor nodig. Heeft hij niet.'

'Hij is mijn maître,' zei ik. 'Hij is de beste maître die ik ooit heb gehad.'

'Ik wil hem niet van je afpakken,' zei ze. 'Je held, bedoel ik. Ik had dit allemaal niet moeten vertellen.'

'En waarom huil je dan?'

Ze schudde haar hoofd, zonder haar ogen af te vegen. 'Een bedrogen vrouw huilt niet omdat ze haar man niet wil verliezen, maar omdat ze bang is achtergelaten te worden. Een achtergelaten vrouw te zijn, dat is afschuwelijk.'

Met een snik rende ze de schermzaal uit. Ik sprong op en schreeuwde haar na: 'De bedrieger bedrogen!'

Wat bezielde me? Ik hoopte dat ze wegging, meteen haar auto in. Maar in de gang bleef ze staan. Tot mijn ontzetting zag ik hoe ze in haar zak voelde, een sleutel tevoorschijn haalde en snotterend de deur openmaakte naar Egons vertrek. Wel, nu kon ze het krijgen! Ik gooide mijn floret neer en ging achterom, op mijn gymschoenen slippend in het natte gras. Waar ik het lef vandaan haalde? Om tekeer te gaan tegen een dame van stand, oud genoeg om mijn moeder te zijn? Voordat ik het zelf besefte, stond ik als een bezetene op het raam te slaan, aangestaard door twee volwassenen. Het was zo'n heel kort moment waarop je jezelf wijsmaakt dat het je nooit iets zal kunnen schelen wat anderen ervan vinden. Egon had ogen zo groot als schoteltjes, terwijl zij wegkroop in zijn hals en de geuren opsnoof die ik liefhad.

'Laat me erin!'

Achter hen zag ik de hoek van zijn schrijftafel met daarop een doos, een kist, nee, een losgetrokken lade, verdomd als het niet waar was! Ik ramde op de ruit. Hij zei iets tegen haar, ik kon het niet horen. Ze schudde haar hoofd met een pruilmondje. Hij fluisterde iets in haar oor en ze stapte op. Achteloos als een gevangenisbewaarder draaide ze de sleutel om in het slot en sloot de deur direct weer af achter haar rug. Ik duwde mijn voorhoofd tegen de ruit. Egon liep terug zijn kamer in en ging achter het bureau zitten. Ik zag alleen zijn handen. Ze verdwenen in de lade, haalden een kaart tevoorschijn en streken een lucifer af. Ze hielden de kaart vast totdat de vlammen groot werden. Rook kringelde omhoog uit de asbak, bleef onder de lamp hangen, boven de gravure van Thibault. Hij liet een brandende sigaar boven het antieke papier zweven, daarna streek hij het glad, als een landloper zijn laatste geld.

7

's Nachts om klokslag twaalf uur stond de deur op een kier. Een uur daarvoor was hij nog op slot geweest. Aandachtig liep ik over de gang. Achter de ramen gingen de bomen gebukt onder de wind, kermend zoals de zeug die morgen had geklonken. Waarom waaide het hier 's nachts harder dan overdag? In zijn kamer walmde een kaarsje, nog een kwartier, schatte ik. Hij sliep of deed alsof. Aan zijn voeteneinde kwam een gevaarte overeind dat me bedaard aan bleef staren, toen ik fluisterde dat het weer moest gaan liggen, gehoorzaamde het met een langdradig gesmak. De koude kamer vulde zich met zijn vachtgeur. Ik was graag naast zijn baas gaan liggen, die behaaglijk was zolang hij sliep, met een borstkas om op mee te deinen, maar ik moest het bureau onderzoeken. Midden op het inlegblad lag de gravure van Thibault. Daaromheen was het opgeruimd met een bezeten precisie: drie geslepen potloden op gelijke afstand van elkaar, recht daaronder een passer, op de linkerhoek een blocnote waar de helft van af was gescheurd, een vlakgum erbovenop, tussen de lijntjes. Dit, besefte ik later, was het bureau van iemand die er niet uit kwam. Iemand die zijn verwarde gedachten had verdreven met het rangschikken van attributen. Vel na vel was in zijn vuist tot een prop gebald en in de prullenmand geworpen, zelf sliep hij nu droevig. Ik hield de kaars boven de half ontlede man van Thibault. Zijn rechterhand wees omhoog, zijn gevilde linkerhand naar beneden, naar de woorden *Concavitas musculorum Femoris*, en daarboven: *perinaeum, penis, anus.* Perverselingen uit de zeventiende eeuw! Een halflijk hoort geen seksualiteit te kennen. Ik bevoelde de blocnote, in het papier zaten de gaatjes van een passer. Egon lag nog steeds met gesloten ogen op het bed, zijn handen verstrengeld boven zijn geslacht. *Circulus no. 1, 2, 3, 4, 5.* In de prullenbak vond ik nog meer. Cirkels, cijfers, lijnen, onleesbaar gekrabbel, woedend versnipperd. Ik wilde alweer overeind komen toen mijn hand op iets hards stuitte. Het was een half verkoold stuk karton, waarschijnlijk de kaart die hij de dag tevoren had willen verbranden. Uit het roet doemden een stempel, *Gasthuis Calvariënberg*, en een handgeschreven naam, *Fahnenjunker E. von Bötticher*, op. Waarom had ik dit niet eerder gevonden? Ik draaide de kaart om.

16-08 Debris met musket, buccaal. Femurschachtfractuur ... contusiepsychose ... spiermantel ... vascularisatie zwaar bedreigd. 17-08 Br...t tractie. 18-08 Zwarte necrose buccaal, granul ... debridem ... 1-09 Hoge koorts en shock,

Het karton kon worden opengevouwen bij de afgebrokkelde rand, er was een briefje in geschoven dat bijna verpulverde tussen mijn vingers.

dissociatieve stoornis ... moeite van nadere studie waard zijn. Patiënt verkeert in de waan een dubbelganger van zichzelf te zijn. Tekenen duiden erop dat hij wel een emotionele, maar geen cognitieve notie van zijn identiteit beleeft. Bij het voorhouden van een spiegel raakt hij

ernstig in verwarring, hij meent dat er gezichtsbedrog in het spel is ...
Zenuwstoornis is waarschijnlijk het gevolg van een beschadiging, toe-
gebracht door een hoefslag boven de rechterslaap ... patiënt reageert
niet op stimuli van de linker lichaamshelft. Motorisch f... Ik geloof
stellig dat deze casus bij zou kunnen dragen aan de verdieping van het
onderzoek van Ramón y Cajal naar de hippocampus of de bevindin-
gen van Janet over de realiteitszin en psychasthenie. Alleen om dit
doel te dienen, het doel van de vaderlandse wetenschap alleen, ver-
zoek ik u, de ernst van de oorlog, en de bedoeling van het gasthuis
geenszins geringschattend, patiënt E. von Bötticher nog enige maan-
den ter observatie aan te houden, temeer daar er in de regio voorlopig
geen nieuwe grote instroom van oorlogsgewonden wordt verwacht.

'Kun je het nog ontcijferen?

Ik liet de kaart vallen. Hij klonk alert, maar in het halfduister kon ik zijn gezichtsuitdrukking niet peilen.

'Daar zijn jullie Nederlanders goed in,' zei hij. 'Ontcijferen. Alles moet altijd kloppen, voor jullie.'

'Dit heeft mijn vader geschreven,' zei ik. Een mager excuus.

Hij knikte. 'Correct. Hij heeft het uiteindelijk naar me toe gestuurd, omdat ik erom vroeg. Ik had gehoopt dat het me vrij zou pleiten, maar er stond niets in wat ik kon gebruiken. Jacq had hoge ambities. Een arts in opleiding en dan al de beroemde Cajal willen evenaren! Daar is weinig van terechtgekomen, niet? Zonder mijn lichaam was hij nergens, wat moet ik hem teleurgesteld hebben. Ik bleek uiteindelijk toch niet gestoord genoeg. En hij niet getalenteerd genoeg.'

Ik keek naar de gang. Ik moest hier weg. 'Het spijt me, ik had niet...'

Maar toen ik bijna bij de deur was, greep hij mijn pols. Met een grijns drukte hij mijn hand op zijn hoofd, zo hard dat ik zijn hartslag onder zijn slaap voelde.

vader
moderne
neuro-
wetenschap
1883
dokter
Madrid

von
Bötticher

'Toch niet gestoord genoeg,' fluisterde hij. 'Het was geen hoef, mijn paard treft geen blaam. Het was rondvliegend schroot, en een klap die de lucht binnenstebuiten trok. Het was het reusachtige, het oorverdovende luchtledige. Hier, dit oor wilde voortaan niets meer horen. En dit...' hij duwde mijn hand op zijn litteken, 'dit hebben ze weer open moeten snijden. Om de dood eruit te halen. Necrose, afgestorven, als de helft van mijn geest. Wat dacht je vader dan, dat een bewustzijn zo'n klap heel te boven komt? Maar ik ben een beter mens geworden. Om te leven, moet je de dood geproefd hebben. Hier, proef het.'

Ik rukte me los uit zijn greep. Toen ik wegrende door de gang hoorde ik hem grinniken en ik nam me stellig voor nooit meer naar hem toe te gaan, nooit meer!

Twee dagen hield ik het vol. Hij kwam zijn kamer niet meer uit, we maakten ons allemaal zorgen. Volgens Leni had hij geen hap eten tot zich genomen, ze moest de dienbladen vol onaangeroerd eten weer ophalen uit de gang. Heinz had het laatste etmaal geen licht zien branden in de vertrekken van de baas, hij zei dat hij soms een kniesoor kon zijn, maar dat het nu wel erg lang duurde. De tweeling nam de gelegenheid te baat om zich nergens meer voor in te spannen. Elke keer als ik ze tegenkwam, lagen ze. Op de divan, op het tapijt in de salon, met slappe wangen voor het vuur in de keuken. Ik trainde alleen, met in mijn gedachten Girard Thibault als wapenbroeder. Zouden mensen werkelijk te ontcijferen zijn? Die methode kon gewoonweg niet werken, omdat mensen nooit hetzelfde bewogen, dachten en droomden. Thibault veronderstelde dat iedereen binnen de lijnen zou blijven, maar het doel van de wapenpunt was nog steeds de longen. Een adembenemende dood. Ik betwijfelde of ik die zo gehoorzaam in de ogen zou blijven kijken. Opeens leek het alsof het warmer werd in de schermzaal, alsof een andere adem zich bij de mijne had gevoegd. Met een ruk draaide ik me om, floret in de aanslag. Ze schoot achteruit, struikelde en moest zich vastgrijpen aan de deurpost om niet te vallen.

'Och, Leni! Ik wist niet dat jij het was.'

Ze leek kleiner dan gewoonlijk. Ze staarde eerbiedig naar mijn gewatteerde buik. Ze zette onze pakken elke week in de soda, maar had ons nog nooit zien schermen. De schermzaal, had ze besloten, was verboden terrein omdat ze het niet begreep, bewonderenswaardig maar niet helemaal pluis, zoals een vreemd godshuis, of een universiteit. In de spiegel zag ik dat mijn schermhouding nog steeds niet was verslapt. Als een witte engel stak ik boven haar uit, zij plukte nerveus aan haar schort.

'Ik wilde je vragen... zie je, ik heb een telegram gekregen. Als het niet te veel moeite is, als ik je niet stoor, zou je me dan kunnen helpen in de keuken?'

Ze ontspande toen ik mijn wapen opborg. 'Vertel het maar, Leni, ik ben hier wel klaar.'

'Ik heb hulp nodig. Ik maak een buffet voor twintig personen. Het moet een verrassing zijn, Von Bötticher mag van niets weten.'

Ze ging me voor door de gang, die was doorgeurd van boter en uien, met schuifelpasjes waaruit voorpret sprak. 'Ik heb hem vorige week nog gewaarschuwd dat er een moment zou komen dat ik naar mijn zuster moet. Ze woont in Keulen. Een lang verhaal, Janna, geen vrolijk verhaal.'

In de keuken schoof ze haar zwarte haardstoeltje uit de hoek, waar het met de gebroken leuning precies in paste, maar toen ze erop ging zitten, hing ze er met haar grote bovenbenen halverwege uit. Ze leunde voorover om haar evenwicht te bewaren, fluisterde: 'Mijn zus is al een tijd aan haar bed gekluisterd, het gaat niet goed, zei mijn zwager, het gaat steeds slechter. Von Bötticher had me beloofd dat ik morgen kon vertrekken, maar toen kreeg ik dit telegram.'

Uit haar voorschoot haalde ze het velletje van de Deutsche Reichspost. 'Alleen aan mij gericht,' zei ze trots. 'Lees zelf maar.'

LIEVE LENI MORGEN NAMIDDAG ARRIVEREN VIJFTIEN STUDENTEN OP RAEREN
VERRASSING VOOR HR EGON. FEEST GEHEIM HOUDEN — DR REICH

'Zie je nu wat mijn probleem is?' vroeg ze. 'Een verrassing, ik mag niets zeggen.'

'En je gehoorzaamt ze zomaar? Misschien wil de maître dit wel helemaal niet!'

Geïrriteerd griste ze het telegram uit mijn handen. 'Het is door professor Reich verzonden, een opdracht aan mij, dus die voer ik uit. Ik zei al tegen Heinzi: als de baas ze niet wil ontvangen, moet hij ze maar de deur wijzen, dan zal ik het eten aan ze meegeven. Ik vermoed dat het om zijn verjaardag gaat, want volgens mij ontving hij vorig jaar, en ook het jaar daarvoor, op deze dag bezoek. Nou, dat weet ik dus bijna wel zeker. Hij viert het nooit, maar het lijkt me geen goed idee om het hem zelf te vragen. Niet nu hij er zo aan toe is. Om kort te zijn, we maken drie vleespasteien en drie roomtaarten. En ik wil graag dat je me helpt, als het niet te veel moeite is, want ik moet ook nog mijn bagage voorbereiden.'

Ongeduldig tilde ze de deksels van de pannen, daarin lagen wortels en aardappels in de reuzel te stoven, met rode uien en laurier. Een geur waar ik honger van kreeg, van voedsel dat nog alle kanten uit kon, maar zij zou er varkenslappen aan toevoegen, er een pasteivorm mee vullen, die ik moest afdekken met een lap van het reuzeldeeg dat in de vensterbank had staan rijzen.

'Van mevrouw Julia heb ik nog niets vernomen, maar zij kondigt haar bezoeken meestal niet aan,' riep ze terwijl ze de koteletten afranselde. 'Janna, je moet het me maar vergeven, maar ik dacht... ik heb jullie wel gehoord, daar was niet aan te ontkomen. Wil je mij vertellen waarover jullie ruzie hebben gemaakt?'

Ze trok het gezicht van een stout kind. Het kwam niet door haar vleeshamer dat ik het niet vertrouwde. Ze was de vrouw van een nijdige knecht, de enige manier waarop ze 's avonds zijn aandacht kon trekken was door hem roddels te vertellen over de man die hij haatte. Ik zou haar niets vertellen.

'Wilt u dat ik het hem vraag, of het wel zijn verjaardag is?'

'Hè?' Afwezige blik uit het raam. Daarbuiten trok de tweeling de zeug voort aan een touw. Het leek allemaal weer koek en ei tussen de jongens en het beest, ze liep wel mee, maar op haar gemak. Daarna ging ze schrijlings in het gras zitten, als een courtisane.

'Ze zijn niet goed wijs,' zei Leni. 'Wat denk jij, zijn het zijn kinderen?'

'Wat?' Had ze dit werkelijk gezegd? 'Wat zei je?'

'Ze zijn niet goed wijs,' hernam ze. 'Ze adoreren elkaar, maar ook weer niet. Ik vind ze griezelig, alsof ze iets in hun schild voeren. Enkele dagen geleden kwam ik op hun kamer, omdat ik gegil had gehoord. Toen ik binnenkwam, was de vloer kletsnat, de tobbe stond in het midden, zij waren allebei ingezeept... het zijn geen kleine jongens meer.' Ze bloosde. 'De een zat op het bed, zijn gezicht in zijn handen, de ander had zich bezeerd aan zijn hand, daar zoog hij op; een snijwond, waarvoor hij mij om verband vroeg.'

Ze keek me verwachtingsvol aan. Vertel me.

'Het zijn de kinderen van Von Mirbach,' zei ik. 'Feit.'

Haar blik verstarde. Ze wees naar het deeg onder mijn handen en zei: 'Dat kan dunner.'

Ik hoef dit niet te doen, dacht ik, vraag het maar aan dat scharminkel van een man van je. Maar toen stapte juist hij met een zwaai de keuken binnen, en hij zag er zo merkwaardig uit dat ik het wel uit mijn hoofd liet het hem te vragen. Heinz was schoongewassen tot en met zijn nagels en droeg een knickerbocker die omhoog werd gehouden door een riem, waarschijnlijk van iemand overgenomen. Als een schriel doffertje paradeerde hij door de keuken.

'En, heb je hem al gesproken?' vroeg Leni, niet onder de indruk.

'Nee, geen schijn van kans,' zei hij. 'Ik trof hem op weg naar het privaat, zei hem dat zijn paard gereden moet worden, maar hij wilde er niet van horen.'

Hij liep naar het raam met een potsierlijke zwalkpas, vouwde zijn handen achter zijn rug en staarde naar de lucht, die een storm verwachtte.

'Als je paarden niet rijdt, worden ze dom,' zei hij. 'Ze sukkelen in, vergeten wat ze hebben geleerd en verdrogen, zoals hun zadels. Terwijl mensen, als je ze negeert, juist wakker worden. Die maken zich kwaad, scherpen hun tongen en daarna hun messen.'

'Sssst,' zei Leni.

Buiten, onder de hemel, die in ijltempo donkergroen kleurde, was de tweeling slaags geraakt. Ze rolden door het gras, sjorden aan elkaars armen en deelden klappen uit met vlakke hand. Het varken rende er op een drafje omheen, als de scheidsrechter bij een bokswedstrijd.

'Grijp in, Heinzi,' zei Leni. 'Haal dat beest bij ze weg.'

Heinz stak een sigaret in zijn mond en zocht naar vuur. 'Dat varken moet geslacht worden.'

'We hebben vlees genoeg.'

'Dit gedoe, daar wordt haar vlees niet malser op. Ze raakt in verwarring en maakt taai bloed aan. Mensen vertroetelen zo'n beest, denken dat het daar gelukkig van wordt, maar het tegendeel is waar. Mijn oma vertelde mij eens iets over een varken, een verhaal dat zij weer van háár oma had gehoord...'

Hij zoog de rook in zijn longen. Achter zijn rug zag ik hoe de ene helft van de tweeling de andere helft met een knie tegen de grond drukte, terwijl het varken ze besnuffelde. Aan hun gezichten zag ik dat de eerste druppels al waren gevallen.

'...over het varken van de herbergier,' vervolgde Heinz. 'Het speelde zich af na het jaar zonder zomer, toen de mensen hongerleden. 1817. De herbergier verwachtte hooggeplaatst bezoek maar kon hun niets aanbieden. De voorraden waren op, het land was kaal, de boeren moesten werkeloos toezien hoe hun kinderen stierven. Nu had de herbergiersvrouw een varken lief, een magere oude zeug die haar warmte bezorgde. Omdat ze het onheil wel zag naderen, bond zij haar die nacht aan een boom in het bos, om de herbergier te vertellen dat de zeug de kuierlatten had genomen. De herbergier was ten einde raad! Ach, wat zette hij het op een jammeren. Het was een goed huwelijk, de vrouw kon zijn verdriet niet aanzien. Zij beloofde een heerlijk maal te bereiden voor de gasten en trok het bos in om wild te schieten. Maar na het jaar zonder zomer was ook het bos leeg. Zo kwam zij toch weer terug bij de zeug, en besloot zij tot een walgelijke daad...'

'Voor de dag ermee,' zei Leni nors. 'We hebben al genoeg van je sprookjes.'

'Wel, ze nam haar mee terug naar de stal, daar sneed ze een ader in de hals open. Over de lengte, met de vaardigheid van een chirurg, en nadat ze twee pond bloed had afgetapt, hechtte ze de wond met naald en draad. Van het bloed maakte ze met wat rogge en uien een kostelijk Möppkenbrot. Dat gerecht viel bij het hooggeëerd bezoek zo in de smaak dat zij op de terugweg opnieuw de herberg aandeden. Ditmaal nam de herbergier de zeug te pakken, en daarna opnieuw, voor gasten die er lucht van hadden gekregen. Keer op keer moest dit intelligente dier aan het mes geloven! Inmiddels voorvoelde zij haar lot, zette zij het gruwelijk krijsend op een rennen zodra een koets aan de poort verscheen. Maar zij kon nooit aan de bloeddorstige herbergier ontsnappen. Zijn vrouw herkende hem niet meer, kon het niet langer verdragen. Zij heeft zich ten slotte opgeknoopt. Afschuwelijk, is het niet?' Hij inhaleerde en begon te lachen. 'Möppkenbrot, stel je voor. Moraal van het verhaal: wees niet te sentimenteel met vee. Varkens moeten geslacht worden. Snel en vakkundig.'

'Wie moet er geslacht worden?'

Egon stond in de deuropening, met een koffertje en een hoed in zijn hand. Hij keek wazig, als een roerganger die te lang in de golven had gekeken. Waarschijnlijk had hij aan één stuk zitten lezen, misschien wel zoals ik altijd las, letter na letter verdrijvend in het verlangen naar een behouden aankomst, tot ik besefte dat ik onderweg niets had opgepikt.

'Varkens,' zei Heinz, schaapachtig aan zijn broek sjorrend, 'die moet je niet te lang laten rondlopen, dat gaat ten koste van de bevleesdheid.'

We keken allemaal naar de zeug, die dravend het water van zich afschudde.

'Dan moet dat maar gebeuren,' zei Egon, terwijl hij zijn hoed opzette. 'Als ik terugkom, zal ik haar slachten.'

'Terugkom?' vroeg Leni. 'Waar gaat u heen?'

'Ik vertrek als het opklaart. Jullie moeten het even zonder mij stellen.'

'Zonder u, maar dat kan niet! Ik heb u toch gezegd dat ik mijn zus moet bezoeken?'

'U kunt gewoon uw gang gaan,' zei Egon. 'Ik zie dat u genoeg voorraad aanmaakt. Het meisje kan zolang uw plaats innemen.'

'Maar dat kan niet!' riep Leni weer, zowat in tranen. 'Misschien zijn er wel mensen die u willen bezoeken... voor uw verjaardag?'

'Mijn verjaardag? Je raaskalt. Heinz, ik wilde je vragen de jonge rozen te beschermen. Ik voel dat er flinke nachtvorst op komst is.'

Hij pakte zijn koffertje op en liep de keuken uit. Leni vloog door de keuken als een opgejaagde kip, tilde deksel na deksel van de pannen, alsof daarin de oplossing lag te sudderen. 'Wat moet ik nou? Ach Heinzi, wat moet ik nou? We moeten hem tegenhouden. Misschien klaart het wel nooit op, misschien houdt dit weer wel aan totdat dokter Reich arriveert. Wat denk jij, Heinzi? Man, zeg toch iets!'

Maar daar klonk de motor al, haperend en veel zachter dan je zou verwachten van zo'n grote auto. Ik smeet het deeg op het houtblok en rende hem achterna.

'Hou hem tegen!' hoorde ik Leni gillen. 'Vertel het hem dan maar, in godsnaam!'

Hij zag me door de achteruitkijkspiegel, op mijn gladde gymschoenen slippend over het natte gazon, schreeuwend, maar het deed hem niets.

'Je kunt niet zomaar weggaan zonder te zeggen waarheen! Komt het door mij? Het spijt me!'

De auto, als een lijkkoets met een diepzwarte kap afgesloten, verdween in het onweer. Ik knipperde de druppels van mijn wimpers en zag dat er rook was achtergebleven. Het leek wel alsof die leefde, alsof hij uitnodigend ronddraaide voordat hij ook om de hoek verdween. Ik bleef achter met al dat water, dat over mijn neus in mijn mond stroomde, de tranen op mijn wangen verdunde en gemeen de kraag van mijn schermpak in sijpelde. Ik had het niet koud. Weer voelde ik de warmte van een ander, zoals ik dat 's ochtends in de schermzaal had gevoeld. Helene, besloot ik. Weken had ik niet gedagdroomd, en nu keerde mijn verbeelding terug met een déjà vu dat, zoals alle déjà vu's, vervloog zodra ik begon te zoeken waar het vandaan kwam. Waar had ik deze reusachtige Helene eerder gezien? De vlammen uit haar gelauwerde hoofd, haar uitgestoken, gloeiend hete hand, ik kende het al, ik wist al wat er ging komen: 'Een olympische fakkel,' zegt de een. 'Nee,' zegt de ander, 'de heilige maagd.' Het moet een droom zijn geweest, een weeffoutje in de slaapkwab. Daar begon ze al te spreken, ze zei dat ik weg moest gaan omdat ik hier niets zou leren, terwijl ik daar toch voor was gekomen. Ik knikte. Ze had gewoon gelijk, de reusachtige Helene, dagdroom of niet.

De realiteit kwam tussenbeide met het gehinnik van een paard. Over de staldeur de neus in de wind. Toen ik in de stal kwam beukte ze die vijftien kilo reukvermogen tegen mijn vest, de zacht happende mond daaronder ging mij niet vertellen hoe ik haar moest opzadelen. Heinz deed dat altijd, maar wat ik nu wilde ging hem niet aan. In de poetskamer legde ik het zware zadel over mijn linkerarm terwijl ik met de rechter het hoofdstel van de wand haalde, een vilten sjabrak vond ik op de kachel. Hiermee moest het lukken, dacht ik, maar toen ik het paard het bit voorhield, klemde ze haar kaken op elkaar, met de onredelijkheid van een dier dat er slimmer uitziet dan het is. Ik had wel eens gezien hoe Heinz met een vinger Loubna's tanden porde tot haar kaken van elkaar kwamen, maar de aanblik van Megaira's gele grijns deed me gruwen. In het dorp van mijn oma woonde een man die zo twee vingers had verloren. Griezelpaard. Zwarte duivel.

'Kreng, help me nou.'

Ze keek me parmantig aan. Dit dier had geen haast. Ik had gehoopt dat ze haar baas zou volgen zonder dat ik de weg wist, met die zware neus kon ze hem op honderdvijftig meter afstand ruiken, maar voordat ik alles erop en eraan kreeg, was er een halfuur verstreken. Toen ik de staldeur openmaakte, kreeg ze het op haar heupen. Ze begon te draaien, zodat ik met één voet in de stijgbeugel en de teugels in mijn onvaste hand achter haar aan moest hinkelen. Als Heinz mij zou betrappen, moesten we maken dat we wegkwamen, maar ik kreeg niet eens de kans om haar de sporen te geven. Zodra ik in het zadel zat vloog ze ervandoor. Ik keek met afgrijzen naar haar heftig rukkende paardenhals, een turbine van vluchtwoede die, eenmaal aangezwengeld, door geen mensenhand meer te stoppen was. Met een krappe bocht vloog ze door de poort, recht op het bos af. Het werd al donker, wat had me bezield! Als ik zou vallen, zou ik hard terechtkomen, en God mocht weten waar... Voor de zekerheid dook ik ineen. Niet diep genoeg. Een tak greep mijn haar, mijn benen werden slap, als laatste zag ik het wit van haar ogen, haar wijde neusgaten. Ik wist, of ik besloot, dat ik ging vallen. Toen het paard weg was, nam de aarde mij in zich op. Het liefst was ik blijven liggen, in mijn schermpak tussen de bladeren, maar door het bos galoppeerde een paard dat niet mocht ontsnappen, een duivel die een belofte moest inlossen, een oorlog moest winnen, de vervloekte strijder en vreemdeling, zoals Herodotus hem had beschreven. Duizelig begon ik te lopen. Het bos leek op een kijkdoos met uitgeknipte bomen tegen een schemerig decor geplakt. Aan hun kruinen zat geen enkel blad meer, wat overbleef was een grillig kantwerk, beschenen door een maan die ik niet kon vinden. Voor me, op het pad, dansten kleine lantaarntjes. Ik knipperde met mijn ogen, maar ze gingen niet weg. Als ik had geweten dat het vuurvliegjes waren, was ik misschien rustiger geweest. Dan had ik ook begrepen dat de fluittoontjes uit de struiken kikvorsen waren. Even dacht ik een vertwijfelde draf te horen. Ik hield mijn adem in, maar het geluid stierf weg. Hoezeer voelde ik mijn tekortkomingen, de doofheid van mijn kleine zintuigen, het onvermogen van mijn asymmetrische ledematen, en – 'Megaira!' – mijn bekrompen stemgeluid, terwijl het beest het allemaal, met gemak, waarnam uit de verte. Het initiatief lag bij haar. Ze kon besluiten om terug te komen, een opportunistisch verbond te sluiten in ruil voor een hap van de akker, zoals haar voorouders zesduizend jaar geleden hadden gedaan. Daar was ze. Magistraal ros, scharrelend met gebogen hoofd. Ze rook nog naar de zomer, die van het land was gehaald om op de vliering te drogen. Ze rook terug en registreerde mijn opluchting. Na dit gesprek zonder woorden keerden we terug naar het Raeren, waar we zouden blijven tot de baas thuiskwam.

tarwe
zichten

20 september 1917

Beste Egon,

Weinig zo vredig als een slagveld na de slag, als het stof is neerge-
daald, het bloed in de bodem is gezonken en de lichamen zijn gebor-
gen. Nu scheen de zon niet zo onverbiddelijk als drie jaar geleden,
toen we op onze vuisten beten tegen de stank (rommedoe, zei mijn ?
Rode Kruisbroeder Gerard, verbeeld je dat het rommedoe is, dan hou
je het wel vol), maar was de lucht bewolkt, zelfs een beetje vochtig.
Toch zag ik in de verte een paar mannen tarwe zichten. Gelijk hebben *met de*
ze, dacht ik, de aarde rouwt niet, dus waarom zouden zij ergens bij *zeis*
stilstaan? Natuurlijk weet ik niet waaraan zij dachten terwijl ze
boven de grond hingen. Ik herinnerde me in ieder geval de zonnige dag
van 1914.

    We hadden besloten niet naar het slagveld te gaan, maar te wach-
ten op een Duitse wagen die ons de gewonden zou brengen, tot ons het
bericht bereikte dat hij motorpech had gekregen. Toen wij bij de

219

bewuste wagen aankwamen, was de officier daarin al gestorven,
waarop de broeders, behalve Gerard, rechtsomkeert maakten. Daar
verderop zou niets meer te helpen zijn, was ons verzekerd. Gerard
bleef omdat hij zin had in een avontuur, de zot! Ik bleef om de man-
nen te helpen delven. Zij hadden met de patiënt een schop vervoerd,
omdat ze de dood verwachtten als een vervelende stamgast, maar aan
alles merkte ik dat ze geen kracht meer hadden om hem terug te ver-
voeren naar het stampvolle veldgraf dat ze achter zich hadden dicht-
gegooid. 'Ik graaf niet,' bleef de ene steeds herhalen, 'ik niet.' Hij keek
naar me zonder me aan te kijken, met zijn opgezwollen ogen, en gaf
me toen de spade. Gerard en ik groeven bij toerbeurt. Tegen de tijd
dat we het graf klaar hadden, had de andere soldaat de motor aan
de praat gekregen, maar terugrijden wilden ze eerst niet. Er was daar
geen enkele gewonde meer te vinden, zeiden ze, alleen der Sensen-
man, die struinde rond op zoek naar een restje leven, net als zo'n
dronkenlap die voor sluitingstijd in de glazen van anderen speurt of
er nog een slok in zit. Ja, als ik naar de anderen had geluisterd, naar
mijn broeders van het Rode Kruis, of jouw strijdmakkers, had jij alleen
op de dood moeten wachten.

Toen we daar aankwamen, was de stank verschrikkelijk. Misschien
waren er geen gewonden meer, maar godmiljaar, zo te ruiken wonden
zat! Het slagveld, niet meer dan een weiland voor een smeulende boe-
renhoeve, was bezaaid met paarden. Als het al kadavers waren, lagen
die met de opgeblazen buiken naar boven, maar sommige verkeerden
nog in doodsnood, met trillende hoeven en opengesperde neusgaten...
Vlug liep ik van het ene lijk naar het andere, en hoewel hun kostuums
zo mooi waren, hun helmen nog schitterden, waren ze zelf lelijk en
stokkerig geworden, alsof ze uit hout waren gesneden. Jij niet. Jij lag
rustig in je greppel, als een gebakerd kindje. Het leek je niets te sche-
len dat de wormen al uit je wonden kropen, en je klaagde niet toen we
je naar de wagen droegen. De reis naar Maastricht duurde lang, toch
bleef je liggen, met een flauwe glimlach op je bebloede gezicht, tussen

ons in. Met jou zwegen wij alle vier. Ik denk niet dat de Duitsers het
aan hadden gekund nog een graf te moeten maken. Ze moeten gedacht
hebben: deze ene dan tenminste. Op dat doorademende lichaam van
jou was al hun hoop gevestigd. Ze wisten ook dat het nu aan mij toe-
behoorde, onder het motto: wat je vindt, mag je houden. Jij was mijn
bodemschat, die ik uitvoerig mocht onderzoeken.

Oorlog is goed voor de geneeskunde. Aan de oorlog van 1870 heb-
ben we de uitvinding van de antisepsis te danken, en nu gonst het op
de universiteiten over de werken van Jan Esser, onze eigen, Neder-
landse chirurg die in Brünn zulk prachtig werk heeft geleverd. Zoveel
verminkte soldaten die niet meer konden eten of praten, heeft hij weer
een gezicht gegeven. Ik las dat hij, omdat de gewonden maar binnen
bleven stromen, nieuwe technieken kon uitproberen, en dat de tijds-
druk zijn fantasie heeft geprikkeld. In vredestijd, met alle voorschrif-
ten van dien, zouden veel problemen gemakzuchtig zijn omzeild.
Voor een soldaat maakte hij een hand uit de linkervoet, een andere
kreeg een neus van wangweefsel. De oorlog is een bloedige leermeester.
Ik zou je daarom op het hart willen drukken dat hij voor jou geenszins
vergeefs is verlopen! Wellicht was deconstructie je doel, zoals dat het
doel van soldaten nu eenmaal is, maar reconstructie zou het nut zijn.
Met jouw herstel, op die benauwde dag in 1914, zou het herstel begin-
nen van vele burgerpatiënten na jou. Dat was mijn voornemen toen
ik je vond. De wonden aan je ledematen hadden we, zo goed en kwaad
als het ging, schoongemaakt en verbonden, je beenbreuk had ik reeds
vastgesteld, maar mijn aandacht ging vooral uit naar dat hoofd van
jou. Iets daarin moet die vredige glimlach hebben veroorzaakt. Pas in
het ziekenhuis verloor je je bewustzijn, maar niet je glimlach. Ik had
juist de lokalisatieleer bestudeerd, en mijn gedachten, verward door de
stank van dood en verderf, gingen met me op de loop. Me verbazend
over je glimlach vroeg ik me af waar al die oorlogszuchtigheid die uit
je uitmonstering sprak, was gebleven. Was het misschien mogelijk om
die zinloze strijdlust met een eenvoudige ingreep te verwijderen? Zou

al dat oorlogsgeld niet beter kunnen worden aangewend ten bate van hersenonderzoek, zodat wij de precieze locatie van vredelievendheid konden vinden in ons zenuwstelsel?

Natuurlijk verdwenen deze idealistische overwegingen zodra wij aankwamen bij het hospitaal, daar moest immers snel gehandeld worden. Maar nu denk ik vaak aan de beroemde Esser, die onder dezelfde tijdsdruk furore maakte met een sterk staaltje hoofdchirurgie. Dankzij zijn neurologische kennis verwijderde hij de kogel uit het hoofd van een soldaat die al bijna was opgegeven, zonder hersenweefsel te beschadigen. Waarom koos hij daarna de weg van de structieve chirurgie? Wat schrok hem af in de wetenschap van de hersenen? Elke onderzoeker van dit geheimzinnige landschap is bang voor de gevolgen van zijn vondst voor ons zelfbeeld. Zo weten we tegenwoordig dat emotie en verstand ieder in hun eigen hemisfeer verkeren. De symmetrie van onze hersenen, een schoonheid waarnaar wij allen zo graag streven, blijkt louter een anatomisch gegeven.

Ik heb je verteld dat symmetrie het enige was wat jou rust bracht toen jij later ontwaakte in grote verwarring. De voorwerpen op je nachtkastje moesten worden gerangschikt, de gordijnen op dezelfde wijze gesloten, in een hardnekkig streven naar orde, die in je hoofd zo dramatisch was verstoord. Toen jij, mijn bodemvondst, genezen werd verklaard en Calvariënberg moest verlaten, nam ik me voor een bestaan op te bouwen in dienst van de neurologie.

Misschien interesseert deze materie je maar weinig. Weet dan dat ik enkel poog een excuus te formuleren, ter verzachting van je lot. Ik moet je namelijk opnieuw teleurstellen. Het antwoord op de vraag waarmee je mij op pad hebt gestuurd, luidt helaas dat ik je paard niet heb gevonden. Ik heb navraag gedaan bij de hoefsmid van het dorp, haar uiterlijk en brandmerk beschreven aan enkele boeren in de buurt. Zij wisten van niks, waarschijnlijk had het ze niet minder kunnen schelen, al was het een Frans of een Belgisch paard geweest. Twee lieten mij weliswaar hun stallen inspecteren, maar daar stonden enkel van die grote werkknollen: Limburgse trekpaarden of zo. Overigens, mocht je dat troosten, wij hebben destijds de soldaten opgedragen de creperende paarden onmiddellijk uit hun lijden te verlossen, aangezien wij zelf geen wapens droegen. Zij hebben aan dat verzoek terstond voldaan.

In afwachting van verzoening groet ik je,

Je vriend, Jacq

8

De volgende dag kwamen ze, claxonnerend. Tien met één koffer sprongen uit een hoge Benz, *Schiffchen* schuin op de kruin, handen in de zakken van hun rijbroeken. Ze waren niet dronken, maar uit hun gebaren sprak verheuging op de roes waarmee ze zich binnen zouden bemantelen. Dat was al geen voornemen meer. Ze hadden een recht verworven door de Onpartijdige te volgen, mijn nachtmerrieman in kapotjas. Hij was de enige die zijn handen op de rug hield. Stijfjes voorovergebogen, als de stobbe van een dode boom, keek hij naar de stoeiende studenten. Zij lachten, hij niet. Plotseling keerde hij zich om naar het keukenraam, en moest ik me vastklampen aan de vitrage om niet te vallen. Daar kwamen ze op het huis af. Sjokpas in rijlaarzen. De chauffeur sloot de bus af, ik begreep dat ik reden had om bang te zijn. De otter was er niet bij.

'Misschien komt hij later,' zei Heinz. Hij blies de lucifer uit waarmee hij de oven had aangestoken. Vroeg in de morgen had hij Loubna ingespannen om Leni naar de motorbus te rijden. Ze had er heel verzorgd uitgezien, daar moest ze zelf wel om grinniken toen ze op de wagen stapte, nerveus tikkend tegen de

voile van haar hoedje. Het maakte haar niets uit dat haar reis
een droevig doel had, het belangrijkste was dat ze wegging voor
haar eigen zaken, en alles in orde achterliet voor ons. Hoewel
ze wel beter wist, hoopte ze dat de maître nog diezelfde avond
zou terugkeren, en in goed gezelschap van de pasteien zou proeven, die we alleen nog hoefden op te warmen. En terwijl ze niets
verwachtte van haar eigen man, omdat die zelfs niet hielp met het
omhoogtillen van haar handkoffer, leek ze het volste vertrouwen
te koesteren in dokter Reich, de gemoedelijke geneesheer die
het Raeren zou omtoveren tot een oord van rust en welbehagen.
Zo had ze alles besloten, precies zoals ze dat hoedje had opgezet.
Ik kreeg een slecht voorgevoel toen ik de voile zag dansen als
een stormvogeltje voor het noodweer losbarst.

Natuurlijk kwam de otter niet. De ongenode gasten, die nu op
de voordeur bonkten, hadden dus het telegram verzonden. Terwijl Heinz wegdraafde om open te doen, zocht ik naar een schuilplaats. De trap haalde ik al niet meer, de enige uitweg was het
kleine deurtje naar de opkamer. In het koude pikkedonker stommelde ik omhoog. Mijn vingers gleden langs de weckpotten en
de ruwe uien, die geruststellend aanvoelden en roken, terwijl
mijn belangrijkste zintuig niets omhanden had en mijn gehoor
geluiden probeerde te negeren die dreigend naderbij kwamen.
De keukendeur die tegen de wand aan sloeg, gebulder in de gang,
op een armlengte afstand een geitachtig stemgeluid: 'Bent u aan
het kokkerellen, beste man?'

'Welnee, mijn vrouw heeft alles klaargezet, ik hoef het alleen
nog in de oven te schuiven. U bent met z'n hoevelen? Of komen
er nog anderen?'

'Daar hebben we het later wel over, beste man. Zeg, dit smaakt
koud al lang niet slecht. Wat schenkt u ons?'

Weer sloeg de keukendeur, schuin boven mijn hoofd klonk
gejodel. Mijn knieschijf ontmoette de hutkoffer, met gebalde

225

vuisten ging ik op de vloer zitten. Daar tekenden zich oude bekenden af – kapstok, gebroken spiegel, keizersdochter in doodskopmuts – maar ze deden me niets meer. Het serviesgoed in de kast rinkelde, iemand schreeuwde het uit van de pijn, daarna werd weer hartelijk gelachen, door een paar man tegelijk. Zo rumoerig had ik het Raeren nog niet meegemaakt. Natuurlijk werd elke morgenrust doorsneden door het crescendo van onze wapens, stampten we als we wonnen, vloekten als we verloren. Natuurlijk had de grammofoon door het huis geschald, even vals als Leni's halfvergeten liedjes, en waren er ruzies geweest. Maar dit was nerveuze herrie, de opmaat tot heel slechte geluiden.

'Meneer!'

'Anton! Gaan jullie maar aan de slag in de schermzaal. Ik moet hier een en ander bespreken met de heer des huizes. Wat denkt u? We laten de jongens maar even uitrazen, denkt u niet?'

'Natuurlijk.'

'U bent toch ook jong geweest, meneer Kraus.'

'Heinrich. Maar de heer des huizes ben ik niet, helaas.'

'Wat niet is, kan nog komen, Heinrich.'

'Eerst een glas?'

'Eerst een glas.'

Uit de vloer trok kou op, ik vreesde dat mijn blaas zou opspelen. Het was godgeklaagd, uiteindelijk was ik op dat moment de enige vrouw des huizes. Ze moesten weg.

'Dus hij is vertrokken als een dief in de nacht.'

'Nee, in de namiddag.'

'Heeft hij ook gezegd waarheen? Iemand moet hem ingelicht hebben, dat kan niet anders. Terwijl hij, als zijn geweten schoon is, nergens bang voor hoeft te zijn. De mensen blijven je verbazen in deze tijden. Vind je ook niet? We leven in boeiende tijden, Heinrich. Daar drink ik op.'

'Op de toekomst.'

Er viel een lange stilte, die ik verkende als een hond die op een vreemd erf is achtergelaten. De twee mannen zaten daar dus met de fles tussen hen in, kauwend op hun gedachten. Het kon niet anders of ze hadden elkaar eerder gesproken. Er waren plannen gemaakt die in het water waren gevallen, nu moesten ze elkaar in de ogen kijken en een oplossing verzinnen. Maar een derde liep de keuken in, en hun gedachten kwamen tot stilstand.

'Ik heb iets laten liggen.'

Een stem zo zacht als olie. Friedrich.

'Nou, snel dan, jongen. Hier.'

Gegrinnik. Ik schoot tegen de wand aan. Verdomd als het niet waar was, die kwam mijn kant op! Toen het licht binnenviel, dook ik ineen achter de hutkoffer.

'Wat doe jij hier?' fluisterde hij te luid.

'Deur dicht!'

Hij ontstak het lantaarntje en zette het neer in de hoek. Daarna kwam hij op handen en knieën naar me toe.

'Wist je dat hier veel geheimen verborgen liggen? Ik kan ze laten zien.'

Ik onderdrukte een grijns. Jij beeldschone efebe, je bent de enige niet die rondneust in de schatkamers van zijn pédotribe...

'Nu niet. Laten we wachten tot zij hier weg zijn.'

'Kun je lang wachten, hij zit aan de borrel met dat mannetje, je weet wel, die rare, die toen boos is weggelopen bij het eten.'

'De Onpartijdige.'

'Die zit daar in vol ornaat te zuipen. Waarom heeft Heinz trouwens nooit bij de SA gezeten, of wat daarvan over is? Mocht zeker niet van Von Bötticher. Nou ja, mijn vader zegt toch dat het tegenwoordig een rotzooitje is. Allemaal plebs, zoals onze Heinzi. Kun je beter meteen in dienst, zegt hij.'

Hij viel stil, in het gele licht zag ik dat zich op zijn ogen een waterige laag had gevormd. Hij schuifelde nog dichter naar me toe, toen rook ik dat hij had gedronken.

'Mag ik je kussen?'

Zoals het hoort, had de efebe haar op zijn bovenlip, maar nog niet op zijn kin. Vóór de vergadering van de _demotoi_ hoorde hij te zweren bij de goden, de olijven en vijgen van zijn vaderland dat hij alles zou verdedigen wat onbedorven was. Deed hij dat? Ik duwde hem van me af. 'Alleen als je mij verdedigt.'

Hij knikte gretig. 'Altijd.'

In de keuken schraapten de mannen hun kelen. Wat ze besloten hadden, spraken ze niet uit. Hielden ze de deuren van hun wantrouwige geest voor elkaar gesloten of wisten ze dat ze werden afgeluisterd en conspireerden ze in gebaren?

'We zijn hier nu toch, laten we er het beste van maken,' sprak de geitenstem uiteindelijk.

'Er is eten genoeg.'

'We kwamen hier niet om te eten.'

'Misschien keert hij terug in de avond.'

'Dan zal hem alles duidelijk worden. Goed, we hebben het er later nog over. Eerst een slok.'

Friedrich legde mijn hand op zijn borst. Hij gloeide, ik rilde. Nee, ik had het echt niet koud, fluisterde ik, maar hij schoof zijn handen onder mijn billen, omvatte het heuveltje in mijn maillot en trok me tegen zich aan. Een vrachtje vrouw, klaar om mee te nemen. Ik omvatte zijn nek met twee handen en kuste hem, hij kreeg nauwelijks adem, ik snoof zijn warmte op. In de keuken werd opnieuw ingeschonken, gemompeld, ergens mee ingestemd. Ik duwde mijn tong over de zijne. Hij verkende mij onderhands, ik hem bovenhands.

'Niemand krijgt hoogte van hem. Zo herinner ik me dat hij terugkwam van een bezoek aan het garnizoen in Aken...'

'Von Bötticher? Kent hij ze daar?'

'Ja, hij kwam dronken terug, zei tegen Leni dat het allemaal niets voorstelde. Dat de Fransen, als ze wilden, op hun sokken de onzen konden terugjagen, de Rijn over en verder.'

'Wat een schoft! Ik vermoed dat zelfs de fransozen de Führer bewonderen voor wat hij heeft geflikt. Schijten op Locarno. Daar drink ik op.'

Wat ze ook dronken, het tempo lag hoog. Ze schonken de glazen halfvol en sloegen ze in één klap achterover. Friedrich boog zich over me heen. Hij leek gespierder geworden of was gewoon zo gespannen als een veer, maar in het halfduister en de stilte die we moesten bewaren voelde hij wat er moest gebeuren, alsof het in braille op mijn lichaam stond geschreven. Tevreden stelde ik vast dat mijn maillot zijn pols stevig op zijn plaats hield. We zouden wel zien.

'Wat een schoft, die Von Bötticher, om zoiets te zeggen. Weet je, Heinrich, ik was erbij toen ze deze lente over de brug in Keulen marcheerden. Een prachtig gezicht. De uniformen sober, de gezichten vastberaden. Ik kan je zeggen: ik hield het niet droog. En ik was de enige niet. Het is zo lang geleden dat we onze soldaten zagen. Moed, dat nemen ze ons niet af.'

'Ik herinner me de huzaren,' hoorde ik Heinz zeggen. 'In 1914. Dat stelde werkelijk niets voor. Mooi aangekleed, dat wel, maar er zaten mannen tussen die duidelijk nog nooit hun vuist gebald hadden, gezellige dikkerds die wel van een worstje hielden, en intelligente types met lorgnet, van wie men zich slechts kon afvragen hoe die het daarginder uit zouden houden.'

'Intelligente types met lorgnet? Weltjuden. Die vermorzel je maar met moeite, glippen overal tussendoor. Net pissebedden.'

Van boven schalde de grammofoonmuziek, valse slierten foxtrot die iedere hartstocht zouden smoren, maar niet die van de efebe. Niets kon hem, de aanstormende man, afleiden van mij, de eerste vrouw. Van ons tochtige hof van Eden zou hij zich altijd blijven herinneren: mijn opgesloten kutje, anticiperend tussen zijn vingers.

'Herr Raab, zegt u mij, is dokter Reich er niet ook zo eentje? Een Weltjude?'

'Waarom denk je dat we 'm thuis hebben gelaten? Alleen jouw baas houdt zich op met dat stateloos ongedierte. Het is dat hij zoveel connecties heeft, we moeten niet over één nacht ijs gaan. Maar daarover later meer, nu eerst...'

'De slimme mannen,' zei Heinz met dikke tong. 'Wetenschappers. Er gaat geen maand voorbij of ze vinden weer iets uit, en toch wordt er geen arbeid uitgespaard. Toen ik nog in de fabriek werkte, moesten ze mensen aannemen die de machines konden bedienen. Maar werd het werk beter gedaan? Neen. De machine stond tussen ons in, niemand begreep haar. Niemand begreep meer wat het doel van zijn arbeid was...'

Zijn betoog liep vast in een hoestbui, en toen viel ook de fles nog om, wat een reeks vloeken ontlokte aan de Onpartijdige.

'Ik pak een nieuwe,' hijgde Heinz, 'we hebben genoeg.'

Ik hoorde hem vlakbij rondschuifelen. Wat als hij zich herinnerde dat Friedrich het hok binnen was gegaan? Ik zocht naar een betere schuilplaats, maar dat was voor Friedrich het signaal om mijn maillot naar beneden te trekken en zijn stuurloze lid tussen mijn benen te stoten. Ik wees hem niet de weg. Ik besloot uit het schijnsel van de lantaarn te blijven, zodat ik zijn blik kon peilen. Vanuit het duister zag ik hoe zijn verontruste hartstocht verdween zodra hij, gloeiend heet, dat wel, bij mij naar binnen drong. Daarna waren er alleen nog constateringen. Die van hem: dit ben ik die dit aan het doen is, en die van mij: dit had ik niet moeten doen. En waar was nu zijn schoonheid gebleven? Ik probeerde me onder hem uit te strekken, maar alles wat ik kon zien waren de haast van zijn afgestroopte kleren en de bewegingen daaronder.

'De arbeider, die begreep niet meer waarvoor hij werkte, god-verdomme!' schreeuwde Heinz, vlak naast ons. 'Hij vereen-zaamde! Wij waren eenzaam, die jaren. Waren we niet verdomde eenzaam met ons allen, die jaren na de oorlog?'

'Die tijden zijn voorbij, Heinrich. We hebben nu een leider.'

'Einde aan de eenzaamheid, heil!'

'Heil.'

Toen wij naar buiten kwamen, lagen zij op hun armen te sla-pen. Het was nog geen zeven uur. Onder het oor van de Onpar-tijdige lag de armband met hakenkruis, als een op maat gesne-den hoofdkussentje. Het had iets dierlijks, zoals ze waren ingedommeld met de pastei voor hen op tafel, die ze niet hadden opgewarmd, maar met hun handen hadden opengebroken en leeggegeten. Verder was er nog anderhalve fles appeljenever verdwenen in die open monden, waaruit nu alleen gesnurk kwam, waarmee ze veel gemoedelijker converseerden dan met woorden. Friedrich viste twee stukken vlees uit de pastei en legde die op hun tongen.

'Corpus Christi.'

De slapers waren belachelijk, maar het was niet voor hen dat ik me geneerde. Het was de manier waarop Friedrich door de keuken liep, de sigaret die hij had gevonden, aanstak, en de opzet achter zijn openhangende hemd. Ik had verwacht dat hij met enig gevoel voor wijding de opkamer zou verlaten, dat hij mis-schien even alleen had willen zijn, door de tuin zou slenteren met het hoofd in de nek, of op z'n minst mijn blik had ontweken. Zo worden vrouwenverslinders geboren, dacht ik bitter. Op de drempels van peeskamertjes zetten ze een hogehoed op, terwijl ze hun schaamte en verbazing voorgoed in het duister achter zich laten. Terwijl hij rookte, wierp hij me een lachje toe, het-zelfde geaffecteerde lachje dat zijn broer gebruikte als hij een partij had gewonnen en het masker afwierp waarachter hij pas nog duizend doden had gestorven. Ik kon best tegen mijn verlies, maar verachtte schermers die zichzelf na afloop wijsmaakten dat ze de overwinning altijd al op zak hadden gehad.

'Wat zou je ervan zeggen als we eens een kijkje gingen nemen daarboven?' vroeg ik, terwijl ik twee glazen vulde tot aan de rand.

'Zo te horen is er de pleuris uitgebroken.'

Hij moest alleen niet denken dat ik achter hem aan zou lopen. Ik liet hem wachten terwijl ik mijn haar vlocht voor de spiegel en zorgde dat ik hem voorging naar de schermzaal. Daar was inderdaad de pleuris uitgebroken. Ik zag tien wijd opengesperde monden, die aten en dronken zonder te proeven, bewogen zonder dat er woorden uit kwamen die betekenis hadden, mee schreeuwden met de grammofoon zonder te zingen. Toch zagen ze er niet onaardig uit. Ze droegen allemaal hetzelfde strak gesneden studentenuniform met koppelriem en signaalrode armband, die benadrukte hoe afwezig het hakenkruis altijd was geweest op het Raeren. Voordat deze linkerarmen de schermzaal binnen zwaaiden, had het embleem een grijs bestaan geleid op postzegels en Reichsmarken, jubileumlepeltjes, het zangbundeltje van Heinz en de bestelbus van de slager, die trouwens ook onze enige bezoeker was die aan zijn plicht voldeed om de Hitlergroet te brengen. Maar nooit eerder zag ik de swastika in levenden lijve, doldraaiend in zwart-wit-rood.

'Eindelijk, een vrouw!'

Hij was verreweg de grootste van allemaal, waarschijnlijk ook de oudste. Hij stond met een fles jenever in zijn ene hand, een metworst in de andere.

'Zij is de Nederlandse,' zei iemand.

De grote schonk een tweede glaasje in naast het zijne. De worst hadden ze waarschijnlijk zelf meegenomen, maar de ravage van slagroom en kruimels herkende ik als Leni's roomtaarten. Bij ons thuis was het verboden om zoet en hartig door elkaar te eten. Volgens mijn moeder was het varkensgedrag en volgens mijn vader kreeg je er een maagzweer van. Eten moest aan vaste regels en tijdstippen worden gebonden, daarover waren ze het dan wel eens.

'Een Nederlandse,' zei de grote peinzend. 'Daar heb ik geen problemen mee, Willy, Nederlanders zijn Germanen. Zei jij niet juist dat we alle Duitse stammen in één verbond moeten verenigen? De Volksgemeenschap. Wat zou ik daar graag nu al een begin mee maken. Wat dacht u, freule? Beetje Volksgemeenschap, u en ik?'

Ik nam het glaasje aan. 'Om te beginnen, dans ik graag.'

Gebrul van het lachen. Terwijl ik aan de arm van de grote naar het midden van de zaal liep, zag ik Siegbert bij het raam staan, stijf en wit weggetrokken. Ons keurde hij geen blik waardig, hij keek naar Friedrich. Zou hij iets ruiken, als een beest? Had hij de euforie van zijn broer gevoeld vanaf het moment dat hij in mij was gedrongen? Ik wilde er niet aan denken.

'Vindt u het niet gezellig?' zei de grote, omslachtig de leiding nemend. 'Het is jammer dat de heer des huizes er niet bij wilde zijn. U heeft zeker geen idee waar hij uithangt?'

Hij had mooie groene ogen, maar daar was ook wel alles mee gezegd. Zijn neus, die een flinke oplawaai van rechts had geleden, nam een groot gedeelte van zijn gezicht in beslag, dat toch wel een pond zwaarder moest zijn dan het gemiddelde, zoveel vlees lag erop. Zijn lippen, die vol waren en ongelijk, leken met een mesje uitgesneden, zoals kinderen dat doen met aardappels. Eigenlijk was hij aandoenlijk.

'En dan die neefjes van hem, of wat zijn ze...'

'Leerlingen. Sabreurs.'

'Fascinerend. Schermen ze ook tegen elkaar?'

'Elke dag.'

'Me dunkt dat ze niet in staat zouden zijn elkaar goed te raken. Men zegt immers dat eeneiige tweelingen elkaars pijn voelen, omdat ze de moederkoek hebben gedeeld? Tegen elkaar vechten moet dan onmogelijk zijn, zoiets als jezelf een klap verkopen.'

Opeens kreeg ik geen lucht meer. In de spiegel zag ik een circusbeer en een clowntje zich verbeelden dat ze dansten. Iemand schoof het gordijn dicht om de ondergaande zon buiten te sluiten, nu waren we op elkaar aangewezen. Ik mompelde dat ik iets moest eten, hij sloeg zijn arm om me heen, zo stevig dat de stalen knoop van zijn borstzak over mijn jukbeen kraste.

'Daar gaan we dan voor zorgen. Leo, kun jij niet eens wat andere muziek gaan zoeken? Deze mopjes kennen we nu wel. Het meisje vertelt ons vast wel waar de baas zijn collectie bewaart.'

Ik wilde zeggen dat hij geen muziekliefhebber was, maar tot mijn verbazing verklaarde Friedrich dat Von Bötticher platen genoeg bezat. Sterker nog, hij zou ze wel even laten zien, ze lagen in zijn kamer, daar had Heinz de sleutels van maar die was nu toch dronken, dus dat was zo opgelost. Ik had toen in actie moeten komen. Ik had ze voor moeten zijn, de sleutels moeten verbergen, Friedrich van zijn plan moeten afbrengen. Die kamer van Von Bötticher, dat was mijn sluiphol, dat broeinest met de roodfluwelen sprei was mijn eerste vuurstede! Maar ik deed niets. Ik speelde de gekwetste ballerina in de armen van een zogenaamd échte man, een beer van een nazi die worst voor me afsneed en drank inschonk zonder me los te laten, omdat ik anders – geloofde ik het zelf? – flauw zou vallen. Als je ouder wordt, kijk je met vertedering terug op zulke jeugdige verongelijktheid, maar ik voelde toen geen greintje sympathie voor mezelf. Daarom ook dronk ik het ene glaasje na het andere.

'Griezelig blijft het,' zei de grote toen Friedrich de deur uit was. 'Twee van een te zijn, dat lijkt me een verschrikking. Als een mens nooit uniek is, kan hij zichzelf nooit helemaal geven. Ik zou toch ernstig twijfelen aan de loyaliteit van een halve twee- ling. Zou jij ermee trouwen? Ik niet. Met het complete plaatje, da's andere koek, maar dan zouden ze polygamie weer bij wet moeten regelen. Dat is niet eens zo'n slecht idee, de bevolking moet immers groeien.'

'Na de dertigjarige oorlog was dat het geval,' kwam een stu- dent tussenbeide. Hij had erg dun haar voor zijn leeftijd, en een merkwaardig gezicht, dat ik eerder had gezien. Hij zette zijn glas voor het mijne en schonk de fles uit. 'Ze stonden het toe, omdat er geen mannen genoeg waren. Dankzij het buitenech- telijke kind is de natie toen weer aangewassen. En ook nu kam- pen we met een mannentekort, nog van de oorlog. De Partij ver- oordeelt de alleenstaande moeders niet, maar wel dat goed zaad verspild wordt. Dat is een demografische zonde.'

De grote lachte zijn bulderlach en ontkurkte een nieuwe fles. Ik schatte zijn polsen – tien centimer, minstens, aan deze kolos had ik voorlopig wel voldoende. Ik zou nog een uurtje dansen, dan zou ik de trap bestijgen naar mijn duiventil, alleen, welte- verstaan. Ophoepelen, lelijkerds, ach wat, verrek.

Zei ik dat hardop? Ik was dronken.

'Willy houdt van theorieën,' zei de grote.

'Maar niet van dokters en hun nageslacht,' zei de kale.

Daarop trok de grote met een pink het medaillon van de Hei- lige Maagd uit mijn jurk. Een onbegrijpelijk gebaar, ik gaf niets om dat ding. 'Katholiek, Willy,' grijnsde hij.

Toen begon het. Leo trapte de deur open met zijn voet, omdat hij zijn armen vol had aan veel meer spullen dan de platenkoffer alleen. Hij had boeken meegenomen en wat snuisterijen, die hij met een ernstig gezicht op tafel uitstalde. Friedrich had een grote fles rode Ahrwein gevonden, die hij wilde uitschenken voor de studenten, maar die interesseerden zich daar niet voor, die verzamelden zich rond de corpora delicti op de tafel. Ik herkende het schilderij van het paardenhoofd en Egons uniformjasje. De kleine Dorische zuil en de zichzelf verslindende slang had ik nog nooit eerder gezien. De stemming kantelde toen Willy de grammofoonplaten door de zaal begon te slingeren. Eén vloog door een schilderij, een andere bleef in de kroonluchter hangen, maar niemand moest daarom lachen, er werd alleen nog rauw geschreeuwd. Verboden muziek, Amerikaans-Joodse troep, hier, Billy Murray, ik zei je toch, Irving Kaufman, tsss, Louis Armstrong nota bene. Friedrich keek schichtig om zich heen en nam een slok uit de fles, het rode sap droop over zijn kin. Een malloot trok het officiersjasje aan. Het zuiltje werd kapotgesmeten, de ouroboros verdween in een binnenzak, met het paardenhoofd werd rondgelopen totdat iemand door het doek brak. Als laatste gingen de boeken in de fik. Om één nasmeulende titel moesten ze wel lachen: *De toekomst van een illusie.*

Gelukkig kwam niemand me achterna. Logisch, ik zag er niet uit, zoals ik de zaal uit strompelde. Dronken noemden ze dit, maar mijn geest was zeer helder, die stelde immers vast dat ik mijn ledematen absoluut niet meester was. Nu de trap. Ach, was ik maar niet zo groot geworden. Ik had dat als kleuter gezegd en zou dat nog als bejaarde zeggen, en mijn hele leven zou ik terugdenken aan deze treden, die ik nu verbijsterd, zeer helder van geest dus, besteeg. Van wat ik had uitgevreten, kon ik niemand de schuld geven, dat was iets om kotsmisselijk van te worden. Mijn kamer bereikte ik op twee benen. Ik was nog niet verloren. In mijn bed tolde ik nog een tijdje rond in mijn roes, luisterend naar de vreemde geluiden die ik 's ochtends ook al had gehoord. Ze werden afgewisseld door doodse stiltes die steeds langer werden en daarom nog verontrustender waren. Later schrok ik wakker om over te geven. In het aardedonker, met de teil tussen mijn bevende knieën, hoorde ik dat de akoestiek van het Raeren zich had hersteld. Heel in de verte klonk gejuich, en het scherpe klokkenspel van kruisende degens.

Leni. Het was haar echt. Ze klapte in haar handen en het was laat in de ochtend, terwijl ik dacht dat de nacht nog een lange weg te gaan had. Het was meteen duidelijk wie hier de vrouw des huizes was. Ze was met een slecht voorgevoel eerder uit Keulen teruggekeerd en had het schorem het huis uit gejaagd. Vanaf het balkon zag ik ze in de tuin staan tuimelen. De Onpartijdige, met zijn jas los om de schouders, werd in het busje geholpen door een student die de hoed van Egon droeg. Ik zocht naar de grote, en zag hem staan, de benen wijd, bekken gekanteld, een hand tegen een boom. Toen ze weg waren, hielp ik Leni met opruimen. We hadden nauwelijks een woord gewisseld en bleven zwijgen terwijl we scherven verzamelden die niet meer gelijmd konden worden. Achter elke deur die we openmaakten, hield zich rotzooi op waar we sprakeloos van bleven. Het bleek dat het Raeren veel meer spullen verborgen hield dan we voor mogelijk hadden gehouden. Opeens zag ik schilderijen, aan flarden, die ik nooit heel had gezien, smeulende resten van kleding die ik niemand had zien dragen, verscheurde kranten, boeken, brieven die ik nooit had ontdekt. Alles wat kapot was gooiden we weg, want waarom zou je iets bewaren wat pas in het oog springt als er iets mis mee is. Pas aan het einde van de chaos vonden we de tweeling. Ze lagen naast elkaar op het bordes in hun schermpakken. Hun slappe voeten, met de tenen naar binnen gekeerd, hun ongewapende handen, die in elkaar grepen, over hun borst, de tevreden kinderslaap op hun gezichten. Alles weer hetzelfde. De lucht, de grond en zij waren spierwit, alsof het had gesneeuwd. Alleen Friedrichs kraag was rood van de gemorste Ahrwein.

9

De grote schoonmaak begon de volgende dag, toen Egon terugkeerde met het gezicht van een verliefde. Dat had Heinz gemompeld toen hij hem begroette in de hal: 'U glimt helemaal, alsof u de liefde bent tegengekomen.'

'Dat ben ik ook,' antwoordde Egon, terwijl hij vanonder zijn jas een groot, broos boek tevoorschijn haalde. 'Ik heb in Amsterdam deze oude meester gevonden.'

En of ik jaloers was. Op een ding, een boek of wat dan ook waar ik geen deel van uitmaakte. Ik hoorde bij het personeel en de tweeling, de stoute kinderen in de gang van het geteisterde huis, maar hem viel niets op. Hij was werkelijk zo blind als een verliefde. We hielden ons hart vast toen hij naar zijn kamer liep, maar daaruit kwam geen kreet. Hij vroeg niet waar het schilderij van het paard was gebleven, waarom de ruit was ingeslagen, waarom de gordijnen en het behang waren gescheurd, maar kwam weer naar buiten met dezelfde opgetogen blos als waarmee hij naar binnen was gegaan. Hij stak een sigaar aan en zei dat het hele Raeren aan kant moest. Toen barstte Leni los. Ze jammerde dat het onze schuld niet was, dat we het zo goed en zo kwaad als lukte schoon hadden proberen te maken, dat ze met hun tienen waren gekomen en Heinzi, die arme stakker, om de tuin hadden geleid, nou ja, goed, dronken hadden gevoerd, en dat het meisje en de jongens natuurlijk niets konden beginnen tegen zo'n overmacht, maar dat zij, Leni, in Keulen al had gevoeld dat het hommeles was.

'Snapt u, het komt allemaal door dokter Reich, die is niet op komen dagen en heeft ons met die kwajongens opgezadeld, dat begrijpt u toch wel, onder ons gezegd en gezwegen: die dokter is niet te vertrouwen.'

Ze vuurde zo'n blik op me af die je weg wil slaan, die zo indringend is dat je het wel uit je hoofd laat iets te zeggen.

'En die arme Heinzi heeft zelfs nog wat spullen meegenomen naar zijn werkplaats, om te kijken wat er nog van te redden valt,' ging ze door, haar ogen weer naar Egon opslaand.

'Dat is toch zo, Heinzi?'

Heinz knikte met schuin hoofd, hij had het al twee dagen niet meer recht gehouden, Leni's woorden rolden zijn ene oor in, het andere weer uit. Het midden van zijn gezicht was sinds zijn roes toegevouwen, duidelijk was dat daar voorlopig niets mee gezegd zou worden. Egon gaf hem een schouderklopje, of misschien leunde hij alleen maar op hem, om het ovale spiegeltje van de wand te halen.

'Alles wat niet gebruikt wordt, moet weg. Er is te veel in dit huis wat niet functioneert. Ik zal aanwijzen wat moet verdwijnen, jullie mogen bedenken hoe, zolang ik het maar niet tegenkom.'

'Maar dat is zonde, dat kan nog gebruikt worden!' zei Leni, en ze zou het die dagen nog vaak blijven zeggen. Egon wees namelijk heel veel aan, zoveel dat Heinz de kruiwagen erbij moest pakken. Met het vuile wiel reed hij lange sporen mest door het huis, maar Egon werd niet kwaad, aangezien mest tenminste fatsoenlijk verging, terwijl de troep die door mensenhanden werd gemaakt, beklijfde als iets wat pas echt smerig was. Hij zei dat iedereen het altijd maar over dingen had, terwijl het om gedachten ging die aan uitvindingen vooraf waren gegaan. 'Niet het wiel is van belang, maar de gedachten die ertoe hebben geleid. Dit, en dit ook, is bijzaak.'

En daar gingen de gebrekkige stoeltjes. Die gooiden we weg zonder te twijfelen, zoals vogels hun kneusjes uit het nest duwen, maar met de Beierse notenkrakers hadden we moeite, en waarom de pendule weg moest, begreep niemand. Heinz probeerde zoveel mogelijk apart te zetten om het door te verkopen, terwijl Egon ervan genoot iets met één worp in de kruiwagen aan gruzelementen te smijten, zoals het mokkaservies. Boeken mochten blijven, net als wapens, en de verzameling afgetrapte schoenen, die we achter een gordijn op zolder vonden. 'Ik heb geen idee van wie ze zijn,' zei Egon. 'Als je goed kijkt, zie je dat de eigenaar zich halsoverkop uit de voeten heeft gemaakt.'

Hij is gek geworden, zei Leni steeds, hij gaat hier spijt van krijgen. De meubels, die als in de steek gelaten bruiden onder lakens in de slaapkamers hadden gewacht, moesten we markeren met een stift. Sterke mannen zouden worden geronseld om ze mee te nemen, net als een paar goede behangers en schilders. Egon wilde meer dan alleen opruimen. Aan het eind van de dag bouwde Heinz een brandstapel in de tuin. We keken toe terwijl hij spullen in elkaar schoof en opstapelde tot een toren, stevig genoeg om erin te wonen. Even aandachtig stak hij hem in de hens met het in spiritus gedoopte portret van de keizersdochter. 'Hier heb ik wel vrede mee,' zei hij toen de blauwe vlammen uit het hoofd van Victoria Louise sloegen. 'Hier zal ik niet van wakker liggen.'

De foto wrong zich in bochten terwijl het vuur verder trok. Dat ben ik, schoot het door me heen. Zo'n meisje van wie niemand wakker ligt, hoe ze zich ook uitslooft, aankleedt, uitkleedt. Dat uiteindelijk niet interessant genoeg is om te bewaren. Het vuur nam de vorm aan van de voorwerpen die het tegenkwam. Steeds als ik iets herkende, kreeg ik het gevoel dat het gered moest worden, maar als het was opgeslokt kon ik me niet meer herinneren waarom. Als Egon gelijk had, en het inderdaad draaide om gedachten in plaats van dingen, waar waren die gedachten dan gebleven? Op in de vaart der volkeren, zou mijn vader zeggen, die geloofde dat alle gedachten de vooruitgang dienden. Maar toen het vuur zijn werk deed, bleven wij allemaal, zelfs Egon, gedachteloos naar de vlammen staren. Verblufte holbewoners. Al die verloren beschavingen hadden natuurlijk gebrand van de ideeën, was het maar zo dat je die terug kon halen door nieuwe dingen te vernietigen. Was het maar zo dat het einde van een ding altijd het begin van een hartstochtelijk plan was. Dan had ik dat grote boek van hem zo op het vuur gegooid.

De volgende middag smeulde de brandstapel nog na. Door het keukenraam zagen we de zwarte resten als hardnekkig ongedierte uit de as omhoogvliegen. Heinz liet zijn vuist neerkomen op de vensterbank. Egon had hem juist verteld dat behalve de schilders ook een boer onderweg was, met een tractor en een ploeg om de tuin te 'organiseren'.

'De baas wil een overzichtelijk uitzicht,' zei hij kwaad. 'Zoiets kan alleen iemand beslissen die nog nooit een spade in de grond heeft gezet. Tuinieren is een kwestie van vertrouwen kweken, tussen tuin en tuinman. Toen ik hier kwam, was dit dorre bosgrond, die heb ik gevoed als mijn zieke vader, lepeltje voor lepeltje, en wat doet hij? Die laat een tractor komen!'

Ik wilde hem zeggen dat het de mooiste tuin was die ik ooit had gekend, en dat ik hem werkelijk goed had leren kennen deze nazomer, tot de wortels van het struisgras voor mijn ogen en de aarde in mijn haar aan toe, maar ik zei dat aan mooie dingen altijd eerder een einde komt dan aan de lelijke, en dat je moet hopen dat de mensen een goed geheugen hebben, dat ze spijt krijgen en toegeven dat het allemaal eigenlijk heel mooi was. Toen hoorde ik Heinz smakken, alsof hij iets probeerde weg te slikken. Ik keek hem aan en zag dat het tranen waren.

'Er is iets in hem gevaren, daar in Amsterdam,' zei hij. 'God mag weten wat hij heeft uitgespookt in die hoofdstad van jou. Ze hebben me verteld hoe vervloekt die plek is. Het schijnt niets anders dan een Jodenhol te zijn, aangevuld met wat havenvolk en hun hoeren.'

Ik dacht terug aan de zomer van 1928, de enige keer dat ik er was geweest. We deelden een blokbandje met twee vreemden, dat was goedkoper dan de tram, maar voor het stadion kwamen we vast te zitten in het gedrang. Ik zat naast een blonde vrouw, die pruimde. Toen de straatventers langs de auto's gingen, draaide ze het raampje open en spuugde ze haar tabak op een kerel met een trekpiano: 'Ga jij hier een beetje een stand maken terwijl wij naar het stadion motten!' De mansenmaker stak heel rustig zijn hand naar binnen en haalde hem weer naar buiten met een pruik tussen zijn vingers. 'Zo mop, koop nu maar een liedje vamme.' Wij wisten niet waar we het zoeken moesten, maar de vrouw, kaal op een zwarte dot na, gilde van het lachen. Dat is nu Amsterdamse humor, zei mijn vader.

Heinz kwam niet van zijn plaats toen het ding opdoemde dat zijn werk kwam vernietigen.

'Een Lanz Bulldog,' stelde hij vast. Met rode ogen staarde hij naar de gloeikopmotor, die spiedend boven het hek uitstak. Toen Egon eindelijk de poort openmaakte, reed hij eentakts blaffend naar binnen, draaide een paar rondjes op het gazon en liet met een gruwelijk geratel de ploeg neer op de rozenstruiken. Heinz liep weg en kwam pas drie dagen later terug, toen de tuin was gladgestreken en het Raeren op een sanatorium was gaan lijken, met tussen de asgrijs behangen muren en witgelakte deuren alleen het hoognodige.

'De baas heeft eindelijk een verstandig besluit genomen,' zei hij tegen Leni. 'Het varken. De slachter kan elk moment hier zijn.'

De dorpsslachter was een man met zo'n smetteloos voorkomen dat je moeilijk kon geloven dat hij acht kilometer met de kar door de regen was gegaan. Hij stapte de keuken in, waar het water al in teilen op het vuur stond, schoof zijn gereedschapstas onder de tafel en plofte neer met een gezicht alsof hij een café bezocht. Eigenlijk was dat wel een beetje zo, omdat de schnaps die Leni hem serveerde een vanzelfsprekend bijverschijnsel was van zijn beroep, en ook een tweede glas sloeg hij niet af, want 'op één been kun je niet staan'. Toch was hij niet boers. Hij had een verstandige blik, netjes geschoren wangen en beheerste zijn tafelmanieren beter dan de tweeling, die tegenover hem zat te kanen met de ellebogen op tafel. Ze hadden geen flauw idee wat hij kwam doen, ook niet toen Heinz hem een moker presenteerde.

'Hier, mag je lenen.'

'Kopslag? Zonder bout?'

'Zo doen wij dat al eeuwen. Kopslag, halssnede.'

De slachter schudde verbijsterd zijn hoofd. 'Ik pieker er niet over. Waar is de heer des huizes?'

'Een schietmasker geeft niet voldoende uitbloeding,' zei Heinz koppig. De slachter haalde uit zijn tas een cilindervormig instrument en zette het op tafel, vlak voor de neus van Siegbert, die nog steeds niets vermoedde.

'Duits fabricaat, pyrotechniek. Heeft me nog nooit in de steek gelaten, of ze nou honderd of tweehonderd kilo wegen.'

Een halfuur later werd de zeug naar buiten gejaagd. Ze schreeuwde voor een varken heel melodieus, door telkens drie dalende tonen te herhalen. We kregen het ervan op onze heupen. De tweeling stond in de deur te huilen met hun handen op hun oren. Leni zeulde met kokend water en stro, alsof er iemand moest bevallen. De maître gebaarde dat we weg moesten gaan, hij hinkte nog meer dan anders nu op zijn bovenbeen een foedraal was gebonden met een slachtmes erin. Alleen Heinz lachte, drentelend om het varken, dat niet stil wilde blijven staan, 'halt!' roepend, als een scheidsrechter. Uiteindelijk kreeg hij het voor elkaar om haar met een achterpoot aan de staldeur te strikken. En al die tijd zong ze, met neergeslagen oren, terwijl haar ogen de slachter registreerden, die haar van achteren naderde, dan weer rechtsom, dan weer linksom, tot het slachtpistool op haar voorhoofd stond.

'Halt!'

De zeug stortte stuiptrekkend op het beton. De slachter draaide zich op zijn hakken om, de atleet die het resultaat van zijn worp nog niet wil zien. Heinz pakte haar rukkende achterpoten vast terwijl de maître een teil onder haar hals schoof. Daarna haalde hij het mes uit het foedraal en vloeide het gitzwart voor mijn ogen.

Mogelijk verstreek er een tijdje voordat ik ze weer opende en in het lege land de silhouetten zag staan van drie mannen, die het beest op de knieën zetten en openkapten bij de rug. Leni zei dat ik zout moest gaan halen, tegen het stollen. Die nacht wist ik zeker dat ook de anderen het varken hoorden huilen, met lange halen over de kaalslag rond het huis.

Deel III

Kleef, 11 januari 1616

Aan de zeer kundige heer Gerbrand Adriaenszoon Bredero

*Eerzame, dierbare vriend, uw vriendelijke brief, die mij zeer welkom
was, heb ik gisteren pas ontvangen. Het doet mij buitengewoon deugd
te vernemen dat u in goede gezondheid verkeert, en dat u mijn verzoek
inwilligt enige liminaria te schrijven voor mijn werk. Ook de u wel-
bekende graveur Michel le Blon heeft zijn diensten beloofd, hij is zeer
opgetogen over hetgeen hij heeft begrepen van de leer. De Academie de
l'Espée wordt beslist kunstiger en uitvoeriger dan wat mijn Spaanse
leermeesters van de Destreza, die ik hoog hou en eer, hebben gedrukt.
Het is mijn innige wens dat dit werk ons nageslacht zal behoeden
voor zinloos bloedvergieten, want wij zouden niet moeten nastreven
nog meer jong leven aan de wraaklust te verliezen. Als het in mijn
macht lag, zou ik vandaag al terugkeren naar Amsterdam. Dan zou
ik eindelijk eens spoed maken met de druk, en mij verheugen in de
vriendschap met u, mijn meest bijzondere, toegewijde en kunstzin-*

nige leerling. Helaas is het mijn plicht te blijven, om de keurvorst van Brandenburg, steeds wanneer deze zijn pas verworven landen bezoekt, naar diens tevredenheid in de schermkunst te scholen. Er gaat evenwel geen dag voorbij dat ik niet met weemoed terugdenk aan ons leven in Amsterdam. Het land aan onze zuidelijke oostgrenzen kent zulk een gemoedelijkheid niet, het is hier sinds mensenheugenis doortrokken van wrok en genoegdoening. Soms denk ik dat niemand meer weet waarmee zijn wantrouwen is begonnen. De vrede is nog jong, het verdrag anderhalf jaar geleden getekend, maar rancune wordt van vader op zoon doorgegeven. De keurvorst, onze markgraaf, berust nog steeds niet, hij doet weinig met de hem toegewezen rechten en zijn nieuwe onderdanen zullen weinig verschil merken met vroeger, maar Wolfgang Wilhelm is en blijft zijn rivaal tot in de dood. Nu nog windt hij zich op over hoe die destijds zijn troepen verdreef uit Düsseldorf, enkel en alleen om de mis bij te wonen, zulk katholiek vertoon! Ik zwijg altijd maar wijselijk als hij mij vraagt naar mijn Spaans verleden.

Ik vrees dat wij ons slechts in een doorgangshuis bevinden, en dat wij beiden nog zullen leven tot het moment dat er een nieuwe oorlog rond Kleef losbarst. Deze afgedwongen vrede is als een ondervoed kind dat de lepel weigert. Hier houden bestanden nooit lang stand. Natuurlijk, het waren de Spanjaarden die Aken als eersten hebben bezet, en onze prins, mijn doorluchtige leerling, kon niet achterblijven. Bij hem heb ik de eed afgelegd mijn kunsten alleen aan te wenden tot bescherming des vaderlands, en ze niet te misbruiken, iemand moedwillig dood te steken. Maar wie nog bekommert zich om zulk een nobel voornemen? Ach, lieve vriend, het vermoeit mij allemaal zeer. En weer zijn het mijn luchtwegen die zich verzetten tegen het gemis van de zeelucht. Mijn leer moet zo snel mogelijk worden gedrukt, met goede illustraties, want wat ik mijn hoogstaande leerlingen met de tong vertel, horen zij niet. Zo is Johan Sigismund een melancholisch man, zachtmoedig van inborst, maar evengoed zeer

koppig. Hij vroeg mij eens hoe hij beter kan leren raken. Ik ant-
woordde hem dat hij zich beter zou richten op de wetenschap van de
onschendbaarheid. U begrijpt mijn woorden, wij hebben hierover
vaak gesproken.

Geometrie is de beste wetenschap voor de schermkunst. Ze leert de
schermer logisch en methodisch na te denken, zonder gehinderd te
worden door emoties. Een goede schermer houdt het hoofd koel, vrij
van wraakgevoelens beziet hij zijn tegenstander op afstand. Zo is
hij de toeschouwer van zijn eigen strijd, en oordeelt hij niet naar
gevoelens, maar naar absolute waarheid. Hij observeert zoals de
wetenschapper een rekensom beziet, oefent zoals de wiskundige zich
oefent in zijn heerlijke kunst van meten en stellen. Zegt u nu zelf, als
men de wetenschap beheerst onschendbaar te blijven, welk nut die-
nen dan nog zulke emotionele aanvallen? Als u uw vechtkunst laat
bepalen door de observatie van de bedoelingen van uw tegenstander,
zult u merken dat u hem juist nadert, omdat uw toestand tenslotte
dezelfde is. Het is in uw beider belang goed met elkaar samen te wer-
ken.

Deze materie probeer ik steeds aan de keurvorst duidelijk te maken,
in de ijdele veronderstelling dat ik een nieuwe oorlog kan verhinderen.
Immer is het verstandiger eerst te observeren alvorens bloed te ver-
spillen. Elke duellist zou moeten weten hoe belangrijk de secondanten
zijn, hun rechtvaardige oog aan de kant, dat zich niet laat troebelen
door de bloeddorst van twee kemphanen, maar aantekeningen maakt
voor het nageslacht. Ik hoop nederig dat ik de geschiedenis in zal gaan
als de heelmeester van de blinde wraakzucht.

Wie dat niet wil begrijpen, verwijs ik naar het slachthuis onder
onze geliefde schermschool, de kelder naast uw geboortehuis in de
Nes, dat bij mijn vertrek al zeker vijftig slachtbanken in gebruik had
genomen. Onze zeer geëerde meester in de Wiskunst, schermmaître
Van Ceulen, was zo trots op zijn zaal boven de Leidse universiteits-
bibliotheek, niet wetende dat hij daarmee in feite de wetenschap onder

zijn voetzool hield. Wij tenminste, stampten op het bloed van de vlees-
houwerij, beseffende bij elke uitval dat wij geen beesten zijn.

Vaarwel, mijn bijzondere leerling, en vergeet mij niet,

Uw zeer toegedane maître
Girard Thibault

I

Egon vertelde over Thibault alsof hij hem persoonlijk had gekend, en over Amsterdam alsof de Gouden Eeuw er nooit was afgelopen. Hij was in een trekschuit over de Amstel gevaren, schuimende baren aan zijn voeten, gecraqueleerde wolken boven zijn hoofd. Een kindermeid had hem de weg gewezen naar de bibliotheek, in de steeds nauwer wordende steegjes had ze haar rokken opgetild, maar hij moest verder, langs achterbuurtheibeltjes en duistere huishoudens. Ten slotte had de bibliothecaris het zakje zilverlingen in ontvangst genomen om zijn schat op te scharrelen uit de catacomben. Tandeloze grijns, veel plezier ermee, mondje dicht. Dat waren de Hollanders ten voeten uit, die obscure garnalenvreters; op het Rokin was hij bijna uitgegleden over de schillen, iedereen liep daar maar te knagen, een volk van sjacheraars. De brandewijn met suiker waarop een barvrouw hem had getrakteerd, terwijl hij haar alleen om eten had gevraagd, was al even walgelijk geweest, een mosselventer had hem onder een walmend olielampje belazerd, maar het was allemaal niet voor niets geweest. Wat een triomf, wat een eer om Girard Thibault terug te brengen naar het land van zijn keurvorst, zodat wij, verwende losbollen, eindelijk de mystieke kennis konden ontvangen! Als het ons lukte, zou de rest wel volgen, dat wist hij zeker.

Ik vond hem drie keer niets, deze nieuwe Von Bötticher. De nederigheid waarmee hij de zeventiende-eeuwse maître over zijn schouder mee liet kijken, de devotie waarmee hij het grote boek op tafel legde, de gehoorzame handschoenen om de pagina's mee om te slaan. Hij leek wel een misdienaartje. Als het zo moest, hoefde ik hem niet meer. Dat hoopte ik uit te stralen, en ik legde het er zo dik bovenop dat mijn ogen ervan prikten. Ik hoefde hem niet meer, had hem nooit gehoeven, maar moest toch iets met hem aan, de zielenpoot, ik had tenminste nog een heel leven om een goede schermster te worden, met of zonder dat boek van hem. Als hij het liet zien, haalde ik luidruchtig mijn neus op. Die belachelijke illustraties! Heren in pofbroeken, gekopieerde marionetten met identieke gezichten in krampachtige poses omdat ze niet mochten afwijken van de diagrammen onder hun voeten. Op één plaat stonden er acht tegenover elkaar, de gewapende armen gestrekt, terwijl engelen wijsheden in het Latijn beschreven en een leeuw een passer en een winkelhaak omhooghield. Toe maar. Siegbert, de jonge meetkundige, vond het natuurlijk prachtig. Maar Friedrich deed wat ik had willen doen. Hij liep de zaal uit, zei dat hij geen zin had in dat pietluttige gereken, dat hij liever een ouderwets robbertje zwaardvechten had, desnoods met de antieke parisers die ondanks de opruimwoede nog steeds aan de wand hingen. Toen viel Egon even uit zijn missionarisrol. Hij greep het snotjong bij de arm, sleurde hem terug naar binnen en zette hem op zijn plaats als een schaakstuk. Duidelijk, we hoefden ons niet te verzetten tegen de antieke schaduwmaître.

Gelukkig was vooral de tweeling de klos. Ik mocht toekijken hoe zij moesten zwijgen, stil moesten blijven staan, een uur lang tegenover elkaar terwijl Egon ze modelleerde naar de voorbeelden in het boek. Hij liep heen en weer met het gezicht van een fijnmechanicus, legde een meetlint langs hun wapens, die ze in dezelfde positie moesten houden tot hun armen trilden. Hij noteerde heel veel, in een notitieboekje, dat hij met een hand op zijn knie hield, onderwijl zei hij: 'Staan blijven jullie.' Soms bekeek hij hun ledematen alsof ze misvormd waren, dan mompelde hij: 'Hier klopt iets niet.' Ze sidderden van vernedering als hij ze aantikte met zijn pen. De sfeer werd steeds unheimischer. Niemand van ons, Egon zeker ook niet, voelde zich thuis op dit ontmantelde Raeren, en over het oude Raeren, dat zich over onze misdragingen had ontfermd als een louche herbergierster, spraken we geen woord. Eigenlijk hoefde alleen Siegbert zich nergens voor te schamen. Misschien was dat de reden dat hij op de derde dag zijn wapen neersmeet. Het stuiterde op de punt over de vloer. Zoiets deed je niet. Zelfs in Maastricht kregen we daar klappen voor. Maar Siegbert gaf de floret zelfs nog een schop na: 'We willen weer schermen,' zei hij. 'We willen raken, niet alleen maar weringen leren.'

De maître raapte de floret op en keek ons eindelijk aan, de spanning suisde door onze oren. Maar we kregen geen antwoord, omdat op datzelfde moment iemand de zaal binnen kwam. Een mens van vlees en bloed. We wilden opgelucht glimlachen, tot we zagen hoezeer hij was veranderd. Dokter Reich zag eruit alsof hij uit de dood was herrezen en de tocht heen en terug slopend was geweest. Er was weinig meer over van de onbekommerde otter. Zijn wangen stonden strak, zijn snor was gekortwiekt, en zijn ogen, die altijd ondergeschikt waren geweest aan het gekeuvel en gesmak van zijn mond, overheersten nu zijn gezicht. Ze konden niet verbergen dat hij nachtenlang op zijn hoede was geweest. Hij nam zijn hoed af en keek de zaal rond, naar het nieuwe behang zonder de schilderijen, en de cirkels, die de schilders op het parket hadden aangebracht.

'Hier is het ook al veranderd,' zei hij. 'Alles is veranderd.'

Egon slaakte een diepe zucht. Zijn les was onderbroken.

'We hebben orde op zaken gesteld,' zei hij. 'Kijk.'

Hij wees naar de cirkels die op de vloer waren geschilderd. De otter knikte, hij herkende het wel, maar wat deed het ertoe. Hij nam voorzichtig plaats op de enige stoel die nog in de zaal was overgebleven en vouwde zijn handen over elkaar omdat ze trilden.

'Ik ben je dank verschuldigd,' zei Egon. 'Het boek waarover je me hebt verteld heb ik gevonden. Thibault. Je had het origineel nog nooit gezien?'

De otter bleef verstijfd van het boek vandaan, als een muurbloempje dat opeens door een onbereikbare liefde ten dans wordt gevraagd. Maar Egon gaf niet op. Hij besloot de tweeling in het gareel te brengen, om een demonstratie te geven zoals die van de otter destijds, en dan beter. Met haastige gebaren liep hij om ze heen.

'Wat blijkt,' zei hij, 'het is verkeerd om in helften te denken. Twee helften van een baan, twee halve cirkels: fout. Een gedeeld mens is gedoemd om te mislukken. De cirkels van Thibault overlappen elkaar, maar blijven heel en bewegen met het individu mee. Zolang je de cirkel van de ander observeert, ben je veilig. De schermers staan op pasafstand van elkaar...'

'Zoals bij de Mensur!' riep Friedrich uit, wat hem een klinkende oorvijg opleverde.

'Niks daarvan,' zei Egon, 'ik spreek van de Spaanse School. De meesters van de Destreza, die altijd ongedeerd bleven, hoe vaak ze ook ten strijde trokken. Stel jullie voor, in die tijd eiste het duel elke dag wel het leven van een paar man, maar zij liepen nog geen schrammetje op. Men wist niet hoe het mogelijk was, verhalen deden de ronde, de kennis van de Destreza bleef geheim.

Uiteindelijk wilde niemand ze meer uitdagen. Zo gevreesd te worden, dat moeten we bereiken! Het maakt niet uit of je met een rapier vecht of een tank, het gaat om de mythe van onaantastbaarheid.'

Hij duwde Friedrich aan de kant en gaf een uitdagend tikje tegen Siegberts floret, daarna spreidde hij uitnodigend zijn armen. Siegbert bracht zijn wapen naar beneden, viel uit, maar kwam tot zijn verbijstering een halve meter naast de flank van de maître uit. Nog een tikje. Siegbert reageerde razendsnel, en toch eindigde zijn wapen op de verkeerde plaats, terwijl hij duidelijk de juiste beslissing had genomen door hoog te steken. Het was niet te bevatten. Ik moest de voeten van de maître scherp in de gaten houden, daar goochelde hij mee, maar bij de derde manoeuvre zette hij een stap die ik nooit gezet zou hebben, en weer miste Siegbert. Langzaam bracht de maître het staal van zijn kling naar de hals van zijn tegenstander. De otter schoot verontwaardigd overeind.

'Wat doe je die kinderen aan? Moet je ze zien staan, je hebt ze alle lust tot de sport benomen. Het zal me niet verbazen als ze hierna geen wapen meer vast willen houden.'

'Integendeel.' Egon gaf het wapen terug aan Friedrich. 'Deze jongens staan aan het hoofd van een nieuwe generatie strijders. Als tweeling kunnen ze het beste voorbeeld geven, zoals ook de figuren van Thibault steeds hetzelfde zijn. Misschien neem ik zelfs nog wel meer tweelingen in de leer. Ik hoopte dat u, als dokter, mij daar wel aan kon helpen, hebt u geen tweelingen in uw praktijk?'

De otter zakte hoofdschuddend terug in zijn stoel. Egon vroeg niet door, hij was met zichzelf in gesprek. Hij had lang genoeg de kennis verzwegen die hij onder zijn arm naar huis had gedragen. Tijdens de grote schoonmaak had hij het boek even laten wachten in zijn studeerkamer, zoals je dat doet met onverwacht bezoek van goede komaf, maar nu het huis klaar was, ontbraken de belangstellende vrienden om de gast te vermaken. Hij had voor het gemak vergeten dat hij wel degelijk een verre vriend had, eentje die hem als eerste op Thibault had gewezen. Mijn vader, de lafaard.

'Onschendbare soldaten,' zei hij, 'hebben altijd al bestaan. Jongens zoals ik die aan het front heb gezien. Die nooit geraakt werden en een loopje namen met de dood. Maar die wisten zelf niet hoe ze aan de gave kwamen, die hadden het van nature. De wetenschap van Thibault heeft het mysterie van de onaantastbaarheid ontcijferd, het is nu te leren.'

'Ik bid je, Egon, hou hiermee op,' fluisterde de otter. 'We leven niet meer in de zeventiende eeuw. Er staan verschrikkelijke dingen op stapel.'

'Sommige dieren hebben het ook van nature,' ging Egon verder. 'Een rotsvast vertrouwen staat als een pantser om ze heen. Mijn paard Fidèle kon niet geraakt worden, zij rende naar de voorhoede, ging door, terwijl alles om haar heen brandde en schreeuwde. Was zij een mythe? Absoluut. Niemand haalde het in zijn hoofd haar te raken, terwijl ik, mislukkeling, lag te creperen in het zand, omdat mijn vertrouwen ophield bij de doodskop op mijn huzarenmuts.'

'Die doodskop wordt nu door de Waffen-ss gedragen,' zei de otter toonloos.

'Uiterlijk vertoon heeft niets om het lijf.'

'Ik kan je anders vertellen dat het verdomde griezelig is als zo'n kop dwars door de jouwe kijkt, en oordeelt dat het bloed daarin geen recht heeft te stromen. Ik zeg je: er staan dingen op stapel. Ik ben gekomen om afscheid te nemen.'

Nu de otter zag dat Von Bötticher eindelijk luisterde, verdween de jachtigheid in zijn gezicht. Hij trok het boek naar zich toe, sloeg het open en gaf een blijk van herkenning. 'Op de academie kreeg ik voor mijn verjaardag een boek vol mysteries. Rombergs *Lehrbuch der Nervenkrankheiten des Menschen*. Het beschreef veel ziektes die zelden voorkwamen, maar die zo tot de verbeelding spraken dat de lithografen niet moe werden ze te portretteren. *Hemiatrofei faciei progressiva*, halfzijdige gezichtsverdwijning! Het geval Pauline Schmidt, half jeugdigheid, half verval. Honderd jaar geleden kenden doktoren haar in heel Europa, ze schreven theses over haar, waarin ze de vreemdste vragen niet schuwden. Waren haar gedachten ook gespleten? Kon ze maar voor de helft liefhebben? In die tijd kende de wetenschap nog Sehnsucht. Tegenwoordig moet alles nut hebben, het kleine afwijkende, daar doen we niet meer aan.'

Terwijl hij de zware bladzijden omsloeg, verzonk hij in zijn gedachten. We zagen dat hij ze wilde uitspreken maar aarzelde, alsof hij een rat bij de kop hield die hem zou bijten zodra hij losliet. 'De aandacht waarmee dit is gemaakt, zie je nergens meer,' zei hij na een tijdje. 'Waarom heeft iedereen nu zo'n haast? Als beesten, die hun eten wegschrokken voordat het wordt afgepakt. De laatste jaren zijn zoveel bossen gekapt om ze in krantenpapier om te zetten, dieren zijn op de vlucht geslagen, hele mensenrassen, zoals het Australische, zijn verdwenen, omdat ze niets opleveren. Men ziet geen waterval meer zonder aan energie te denken, geen eerlijke arbeid zonder hem in een machine om te zetten. Het organische bezwijkt onder het organisatorische, maar pas op, de woede waarmee dat gebeurt, die nietsontziende razernij, is wel degelijk beestachtig! En wat doe jij, Egon? Je leert deze kinderen geduldig binnen een cirkeltje te blijven, terwijl ze daarbuiten met huid en haar worden verslonden. In dit land kun je niet keren wat er komt.'

In zijn oude doen, tijdens een eenzame wandeling met zijn paard, of wat gerommel met de beesten in de tuin, zou Egon het met de otter eens zijn geweest. Hij had zo vaak hetzelfde gedacht. Maar sinds hij terug was uit Amsterdam had zijn melancholie plaatsgemaakt voor kordate plannen, en hij wilde niet aan het twijfelen worden gebracht door een dokter die hem kwam waarschuwen voor dingen die niet te keren waren. Uiteindelijk stuurde hij ons toch maar weg. De tweeling rende met de floretten naar buiten, zij wilden nog een partijtje schermen in de tuin. Een ijzige wind kwam door de voordeur naar binnen. Ik bleef in de gang staan treuzelen in de hoop iets op te vangen, maar daarbinnen werd wijselijk gezwegen. Ik liep door naar het bordes, huiverend van de kou en mijn stoutmoedige voornemen. Zo gemakkelijk kwamen ze niet van me af. Ik wist dat de deuren op een kier stonden, omdat Egon de zaal na elke les zuiverde van onze zweetlucht, die nog sterker was geworden sinds de muren opnieuw waren behangen. Door de halfopen vitrages zag ik ze tegenover elkaar staan op de plek waar ik had gedanst. Ik had gewalst met de beul die was gekomen om deze mannen te verdelen in slachtoffer en dader. Wie wist er eigenlijk het fijne van? Heinz soms, die onze blikken ontweek sinds de baas was teruggekomen? Toen de wind draaide, viel juist zijn naam.

'Heinz.'

'Ach die stakker, doet het werk waarvoor ik hem heb aangenomen.'

'Ik zweer het, ze hadden mijn wapen meegenomen. Geladen. Een wonder dat het nu weer in mijn bezit is.'

'Waar ga je heen?'

'Bordeaux.'

'Vrienden, familie?'

'Familie. Zij willen de oceaan over, maar ik denk niet dat het zover komt.'

De otter stak zijn hand in zijn binnenzak en haalde een dun boekje tevoorschijn. 'Met een reispas als de mijne kom je niet meer weg. Daarom heeft Erich deze voor me geritseld. Ik heb mijn leven aan die jongen te danken.'

Ik zag hem in zijn ogen wrijven, maar kon niet zien of hij huilde. Egon pakte het document uit zijn handen, snoof eraan. 'Gouddruk in leder. Je moet toegeven, ze hebben smaak. Alleen de Weimar-adelaar, die is al gevlogen.'

'Dit is het nieuwe model, met het Hoheitszeichen. Ik zie het niet graag, die swastika. Er is iets mee. Weet je wie het naar Duitsland heeft gebracht?'

Egon schudde zijn hoofd, aandachtig bladerend. Een windvlaag pakte de vitrages op en smeet ze dicht. Alsof hij wist dat ik hem nu niet kon zien, verhief de otter zijn stem.

'De oude Schliemann. Toen Schliemann Troje ontdekte, vond hij de swastika bij de tombe van Agamemnon. Samen met dat masker.'

'Schliemann is al een halve eeuw dood,' zei Egon.

'Kan wel zijn, maar daarna kwamen al die andere archeologen, zoals Kossinna, die beweerden dat de Griekse beschaving in feite Germaans is, en de homerische helden arisch. Schliemann wilde alleen maar bewijzen dat de Odyssee waargebeurd is.'

Ik nam het risico om op mijn tenen naar de kier te sluipen. In de uitsnede tussen de deuren zag ik de otter over de cirkel van Thibault lopen, voetje voor voetje. Volgens mijn vader werd iedereen die de gekte observeerde, uiteindelijk ook zelf gek. Dat had hij in de kliniek zien gebeuren, maar hij was ook bang geweest om met de waanzin van mijn moeder besmet te raken. Met de otter in mijn smalle vizier vroeg ik me af of je een groter risico liep als je niet zomaar toekeek, maar gluurde, omdat met toegeknepen ogen alles scherper wordt.

'Dat teken is vervloekt,' zei hij. 'Je weet toch hoe vloeken uit tombes ontsnappen? Sinds Schliemann het graf van Agamemnon schond, rust er een vloek op het Duitse volk. Ze hebben een zwaai gegeven aan die swastika, hem een achtste slag gedraaid nog wel. Dat verdomde hakenkruis blijft draaien, sleurt ons mee in een neerwaartse spiraal, tot we onszelf opvreten bij de staart. Een vloek van de lansvechter Agamemnon, daar helpt geen Nederlandse rekenmeester tegen.'

Toen rukte de wind de deuren open. De otter zag de blik van Egon en draaide zich onmiddellijk naar me om. Beide mannen waren met stomheid geslagen. Dat de wind met de vitrage mijn schande probeerde toe te dekken hielp weinig, ik stond daar open en bloot te gluren. De otter spelde een paar woorden en haalde toen zijn schouders op. Niets aan te doen, ik had alles gehoord. Opeens begon hij te lachen, moeizaam, maar steeds harder, omdat hij zeker twee weken niet gelachen had. 'Als je 't over de duivel hebt! Ze lijkt wel een Griekse godin in dat gordijn!'

Toen hij uiteindelijk afscheid nam was hij opvallend rustig, bijna weer in zijn normale doen. Hij zong wat voor zich uit terwijl hij naar zijn auto liep, zette bij het instappen zijn hoed af en deed hem achter het stuur weer op. Toen ik hem nakeek, kreeg ik hoop. Misschien was er iets van het oude teruggekeerd op het Raeren, iets waarvan we waren vergeten waarvoor het diende, maar toch te vertrouwd om het helemaal af te schaffen. Ergens aan die maagdelijke wanden was weer zo'n nutteloos dingetje verschenen, een spiegeltje, te hoog om erin te kijken, of het zelfs maar te zien.

2

Ik werd gewekt door een droom, die zich niet liet achterhalen.
Buiten was het donker en de vogels zongen niet meer. Mijn mid-
dagslaapje was uitgelopen. Met slappe vingers knoopte ik mijn
vest weer dicht. Een partijtje schermen, een hapje eten, dan zou
ik me wel beter voelen. Ik pakte mijn wapentas en liep naar beneden. In de hal werd ik begroet door een gemoedelijke braadlucht,
misschien had Leni een pannetje voor mij warm gehouden. Voor
mijn ogen doken de details op van een bizarre droom waarin
een reusachtige uil zijn gewatteerde gezicht tegen het raam
drukte, een wazige tegenstander opdook met twee wapens, die
uiteindelijk de pop van een vlinder bleek te zijn. Opeens had ik
geen honger meer. Er zijn van die dromen die de dromer van
zichzelf vervreemden, die alles in een merkwaardig daglicht zetten en een nasmaak hebben die zich de hele dag niet laat weg-
spoelen. Ik was wakker geworden in een huis waar ik niets te
zoeken had, waarin vreemden woonden die zich niet om mij
bekommerden, waar ik achteloos werd gepasseerd door indringers. Deze treurige gedachten bleven zich eindeloos herhalen, als
recursies van mijn eenzaamheid, waarin ik was opgesloten zon-

der uitzicht. De maître had niets meer gezegd over mijn vertrek. Nog twee weken, dat was het toch, maar die waren al bijna verstreken. Natuurlijk, ik kon hem vragen om mij naar het station te brengen, maar het was goed mogelijk dat hij gretig zou toestemmen. Ik zag mezelf al zitten in de trein, in dezelfde overgooier als waarin ik was gekomen, zonder foto, niets wijzer geworden. Een waardeloos einde van *Oorlog en vrede*. Beter was het om mijn vader te vragen me op te halen van het Raeren, zonder de maître te waarschuwen. Dat zou voor wat mooie opschudding zorgen, dan moest Heinz naar het dorp om een telegram te versturen. Hij was wel de laatste aan wie ik dat klusje wilde toevertrouwen.

Iemand kuchte. De deur naar de schermzaal stond op een kier, daarbinnen brandde licht. Ik was er niet gerust op. 'Is daar iemand?' Geen antwoord. Ik zette mijn masker op, dan durfde ik wel, maar prompt kwam er een ander droombeeld tevoorschijn: de pop van de vlinder, die een gouden medaille krijgt van de koningin. Nu doorlopen. 'Wie is daar?'

In de schermzaal stond een vrouw, ook gemaskerd. We haalden tegelijk ons wapen tevoorschijn. Ze was van mijn postuur, trippelde een paar korte pasjes op de plaats, zoals ik ook altijd deed voor een partij. Een kleine aanloop, terug, drie sprongetjes op de tenen, en toen stond ze in één klap, zonder enige aarzeling, in een perfecte stelling. Precies zo. Wie was ze? Ik ademde zwaar in mijn masker. Dit ging een zinderende partij worden, als ik maar de juiste beslissingen nam. Ik voelde de greep in mijn handpalm, draaide mijn pols van de vierde naar de achtste positie, bracht mijn arm terug, ik was er klaar voor. Wie was ze in hemelsnaam, wát was ze – de snelheid die haar lichaam ontrolde was zo onmenselijk dat het me niet had verbaasd als er uit haar ruggengraat een staart groeide. Ze verplaatste zich niet vloeiend, sloeg momenten over, zoals vogels bewegen. In een oogwenk was ze bij me. Ik duikelde naar achteren, sloeg haar wapen weg en gaf een vergeefse riposte. Ze was natuurlijk net zo snel weer weg als ze gekomen was. Het gaas van haar masker was dicht, het licht van de wandluchter te zwak, daarom kon ik haar gezicht niet zien. Ik voelde wel dat ze kwaad was. Voordat ik het kon beseffen had ze midden op mijn buik een treffer gemaakt. Triomfantelijk huppelde ze achteruit naar haar plaats. *Fertig, los!* Zonder enige moeite strekte ze zich uit in een uitval zoals alleen Helene Mayer die kon maken, met een reikwijdte die alles uit proportie trok. Tot mijn verbijstering stond haar wapenpunt al op mijn flank. Ze bleef maar aanvallen, ik kreeg er de kriebels van. Ik had geleerd dat ik gebruik moest maken van zulk onbesuisd gedrag, dat ik haar uit moest laten razen en een moment moest kiezen, zoals een psychiater een losgeslagen patiënt vangt, maar ik wist helemaal niet wie ze was, dat was het 'm nu juist; misschien was ík wel de gek. Ik draaide mijn bovenlichaam weg zodat ze haar evenwicht verloor. Met een hoge steek priemde ik mijn wapenpunt zijlings in haar middel, misschien waren we toch wel aan elkaar gewaagd. Nu zag ik opeens dat ook zij glimlachte. We doken op en onder elkaars wapen, balden op dezelfde manier onze vuisten als we raakten en hielden onze stem in bedwang als we werden geraakt, hoewel we het zeker uit wilden schreeuwen van de zenuwen. Eigenlijk had ik nog nooit zo goed geschermd. Bij de achtste treffer lag ik twee punten voor, maar ik hoefde niet te winnen, ik wilde dat deze voortreffelijke schermpartij nooit zou eindigen. En juist toen trok ze opeens haar masker af.

Op dat moment zag ik Helene Mayer, met haar opgestoken, helblonde vlechtjes. Een moment later wist ik opeens niet meer wie ik zag, zoals je niet begrijpt wat je eet als je iets anders in je mond hebt gestoken dan je van plan was. Toen herkende ik haar felblauwe ogen, haar verbeten kaak, de streng gestifte lippen. Met haar wangen opgezwollen van uitputting zag Julia er jonger uit dan ooit. Ze had een zusje van me kunnen zijn.

'Was hij je eerste?'

'Wat?'

'Egon was niet mijn eerste.' Ze glimlachte wrang. 'Mijn man evenmin, die kwam ook te laat. Zie je, we neukten ons een ongeluk. Alle vrouwen in het dorp hadden braaf gewacht, tot duidelijk werd wat we werkelijk te verliezen hadden. Ik kan ze je aanwijzen, zij die trouw bleven, daarna misgrepen, en er nu dertig jaar ouder uitzien dan ik. In een oorlog is maagdelijkheid maar een peulenschil.'

Hoe wist ze het? Egon had zeker niets gezegd, misschien was de tweeling erachter gekomen en hadden zij iets aan hun moeder verteld, of, nog erger, misschien bedoelde ze Egon helemaal niet, maar Friedrich. Ik streek over mijn gezicht, alsof ik kon vinden wat ze daarvan af had gelezen.

'Je denkt nu: hoe weet ze het?' zei ze. 'Ik voel dit soort dingen. Vergeet niet, ik ben de moeder van een tweeling. Een halfgodin. Dat zeggen inboorlingen in Afrika: dat tweelingen goden zijn en dat ze worden geboren zonder dat hun moeder ooit is bevrucht.'

Ze kon heel mooi vertellen, ook al was het acteerwerk. Ze vertelde over tweelingen die opdoemden in de mist aan de Nigeriaanse grens en op zoek gingen naar een vrouw die hun moeder moest worden. Ze vertelde dat de vader er niet toe deed, nog minder dan Jozef in de Bijbel, dat iedereen die rol had kunnen spelen; Egon of haar echtgenoot, of een van de kerels die het geluk hadden een dorp aan te doen waar de vrouwen zich lieten nemen alsof hun leven ervan afhing. Het draaide alleen om die beeldschone bloedjes. Zij, die keken met twee ogen en spraken met één mond. Zij die haar hadden uitgekozen. Ze liep rond met dat lichtvoetige pasje van d'r, probeerde te zweven, bekeek zichzelf van top tot teen en draaide met een glimlach weg van haar spiegelbeeld. Loeder. Ik wilde zeggen dat indianen geloofden dat tweelingen juist een vloek waren. Dat volgens dat bijgeloof de moeder geruzied zou hebben tijdens de zwangerschap, dat haar kinderen haar urine moesten blijven drinken, anders zouden ze haar doden. Zoiets had ik gelezen, zoiets kon net zo goed waar zijn. Maar ik liet het wel uit mijn hoofd dat te zeggen toen ze recht voor me ging staan.

'Het is verdomde eenzaam de moeder van een tweeling te zijn. Alsof ik ze nooit echt heb gehad. Ze houden in de eerste plaats van zichzelf.'

Kregen we dat weer. Het leek me toch wel stug dat deze vrouw ook maar bij iemand tederheid zou opwekken. Verdomde eenzaam, ocharm, ze zat er niet op te wachten, medelijden.

'En dan die arme meisjes die verliefd op ze worden... Want zijn ze niet mooi, niet perfect? Maar ik kan ze vertellen dat ze slechts intiem zullen zijn met de helft, omdat de andere helft aan het broertje toebehoort. Ze moeten nu zo snel mogelijk in dienst. Mijn man zei: dan stellen ze zich eens in dienst van anderen dan alleen elkaar.'

Het oppervlak van haar ogen brak, zoals water door ijs breekt. Dit acteerde ze niet, want tegelijkertijd zwol haar neus op en plooide haar mond zich in een clowneske grijns die ze zelf nooit mooi zou hebben gevonden. Ze pakte mijn handen, de hare waren klam.

'Weet je,' zei ze, 'de inboorlingen in Kameroen geloven dat tweelingen goddelijk zijn, omdat hun twee zielen op hetzelfde moment zichtbaar zijn. Maar in feite zijn wij allemaal tweelingen. Ze geloven dat ieder mens een ziel heeft die alles beleeft, maar dat we ook nog een schaduwziel hebben, die ons volgt en observeert, die zich afzijdig houdt tot de dood komt, en dan onze ervaring doorvertelt aan een volgend lichaam. Zou dat niet mooi zijn? Dat alles wordt vastgelegd?'

Ter illustratie wees ze naar haar eigen, koddige schaduw op de muur. Ik mompelde dat ik van de partij had genoten, maar dat ik nu naar bed ging. Toen haalde ze haar schouders op en liep ze door de balkondeuren de avond in. Zomaar weg. Geen autogeronk, niets. Alleen ter hoogte van de eik flikkerde iets wat onmiskenbaar vrouwelijk en hooghartig was, maar dat kon net zo goed een van die geesten van Heinz zijn. De storm perste de lucht samen om het huis. De ramen trokken zich vast, alsof ze de benauwde stilte wilden bewaren, die zich nu steeds vroeger aandiende. Een maand eerder had Egon op zo'n uur gewoon een kaartje gelegd met Heinz, dan hadden ze ruzie gekregen en moest er een fles worden ontkurkt, maar nu was de keuken leeg, stond er niets op het fornuis en was de as in de open haard afgekoeld. Op weg naar boven hoorde ik de treden al niet meer, er kwam opeens geen einde aan, alsof de zolder een verdieping hoger lag dan gewoonlijk. De vervreemding was nu zo sterk dat ik stampend wenste dat het dag was, dat ik Egon kon sommeren me naar het station te brengen. Ik wilde niet meer gaan slapen zonder dat iemand me welterusten wenste. Ik voelde me eenzamer dan ik ooit van plan was me te voelen, en als ik al een schaduwziel zou hebben, dan hield die zich wel erg op de vlakte. Misschien was mijn leven het observeren niet waard, misschien gebeurde er niets wat ooit overgedragen moest worden. Misschien was het Raeren ondoordringbaar voor schaduwen, en bleven ze als hoopvolle bedelaars achter de buitenmuur hangen.

En toch. Toen ik de deur van mijn kamer opende, voelde ik dat kort daarvoor een andere hand de klink had vastgepakt. Op mijn bed lag een brief. De onderkant lag boven, alsof de afzender was gevlucht zodra hij de envelop had dichtgelikt. Op de voorkant stond mijn naam, in een slordig handschrift dat ik niet herkende.

Ik maakte een snelle rondgang door de kamer. Er lag niemand onder het bed, het balkon was leeg. *Janna*. Ja, ja, dat was ik. Deze envelop hoefde niet te worden verstopt of verbrand, deze was aan mij gericht, ik mocht hem gerust openmaken. En daar had ik nou juist geen zin in. In de brief die hij aan mij had meegegeven, schreef mijn vader dat hij blij was dat Egon hem zou lezen, omdat ik daarop zou toezien. Hij wist niet dat al zijn brieven waren gelezen. Ze waren ruw opengescheurd en ingezogen, Egon had ze zelfs beantwoord, maar de antwoorden hadden mijn vader niet bereikt. Daarvoor had het aan een paar praktische handelingen ontbroken, zoals het plakken van postzegels, het vinden van een brievenbus – details. Belangrijker was dat hij zijn woord tot mijn vader had gericht, buiten gehoorsafstand weliswaar, en dat hij ze had bewaard voor een beter moment. Tot ik tussenbeide kwam. Dat ik nu zelf werd aangesproken, maakte me onrustig, als de strandjutter die een schipbreukeling ontmoet van het wrak dat hij leegrooft. Ik rook aan de envelop. Enveloppen blijven zelden ongeopend, het is een bijna bovenmenselijke prestatie om ze dicht te laten als je de inhoud niet kent. Voor wat gezegd wordt lopen we weg, maar geschreven woorden spreken we uit in onze gedachten, om dan pas te besluiten dat we ze eigenlijk niet hadden willen horen. Ik werd misselijk toen ik het dunne papier openvouwde. Het was slechts voor een kwart beschreven, met waanzinnige en pompeuze halen.

Aan de mooiste, lieftalligste musketier van allen!

De eerste dans die wij hebben gedeeld, zal ik nooit vergeten. Ja, wij hebben gedanst, zo is dat. Ik weet namelijk nog precies welke vogel zong toen ik weer buitenkwam. En toen ik vanuit de tuin naar boven keek, waar jij moest bijkomen van de beroering, leek dit kwade huis een vriendelijk huis, omdat het zich over jou bekommerde. Je zwijgt sindsdien, omdat je nooit goed hebt begrepen wat er toen is gebeurd, je lag immers in katzwijm. Maar zij die ons hebben gezien, onze stappen van toenadering en verwijdering, die men dansen noemt, hebben gevolgd, weten dat er van strijd geen sprake was, ook al zijn wij beiden schermers, opgegroeid aan weerszijden van een grens. De vijand is de ander die ongevraagd tussenbeide komt. Hem zal ik verslaan, ook al weet ik dat jij dat niet wil. Vergeef me dat ik deze brief niet onderteken. Hoewel ik de geruchten over de reden van jouw verblijf op het Raeren niet geloof, meen ik dat het in deze tijden gevaarlijk is gevoelens vast te leggen, zelfs die van liefde. Als ze wederzijds zijn, dan weten ze elkaar wel te vinden, zoals de hartstocht naar de floret streeft, en de floret naar het hart.

Janna, ik heb je lief, verloochen mij niet!

Nondeju. Ik moest weg. Ik moest vertrekken, dat was heel eenvoudig, daar waren enkel een paar praktische handelingen voor nodig, zoals het pakken van een koffer, het kopen van een kaartje – details. Er zou geen beter moment komen. Ik zou geen afscheid nemen, maar in alle vroegte mijn koffer uit het huis smokkelen en wachten op Heinz, mijn achterbakse kruier. Met hem zou ik meerijden naar het dorp, en zodra we door de poort zouden gaan, zou mijn argeloze schaduw, die op me had gewacht bij de buitenmuur, zich weer bij me voegen, en ik zou thuiskomen met een geweten zo schoon als dat waarmee ik van huis was vertrokken.

3

De dag begon met een schreeuw. Van ver beneden steeg hij steeds luider op, om plotseling in zacht gejammer weg te sterven, als een fluitketeltje dat van het vuur wordt gehaald. Heinz was van de hooizolder gevallen. Hij was naast de ladder gestapt en vier meter lager terechtgekomen, precies naast de balen die hij even tevoren omlaag had gegooid. We vonden hem met zijn handen om zijn enkel op de stenen vloer. De sint-bernard stond kwispelend naast hem, alsof er iets te lachen viel. 'Gebroken,' kermde Heinz, 'mijn enkel is verdomme gebroken en niemand die het iets kan schelen.' Egon stelde vast dat er helemaal niets was gebroken, hooguit verstuikt, maar Heinz wilde ondersteund worden terwijl hij naar de keuken hinkelde, een verband aangelegd krijgen en een pruimenschnaps ingeschonken, en was er niet nog iets over van de kruidkoek die Leni had gebakken? Na een paar glaasjes wreef hij met zijn knokkels in zijn ogen, hoewel ze kurkdroog waren, en verklaarde hij dat dit het einde was. Egon schoof zuchtend bij hem aan tafel. Of het lang ging duren, dat einde van 'm. Heinz keek hem aan met een blik zo zwart als het vuil onder zijn nagels, Egon staarde terug, voorovergebogen, handen plat op tafel. Zo zaten ze, versteend door wantrouwen, een tijdje tegenover elkaar, totdat de tweeling kwam vragen wanneer de les begon.

Ik dacht dat ik hersteld was van alle nachtelijke twijfels, maar bij de aanblik van die fijn gepenseelde profieltjes herinnerde ik me een zin woord voor woord: *Maar zij, die ons hebben gezien, onze stappen van toenadering en verwijdering, die men dansen noemt...* Een zin met drie aanwijzingen over de afzender. Een schermer met wie ik had gedanst, die was opgegroeid aan de andere kant van de grens. De enige man met wie ik op het Raeren had gedanst, was de beul, als je dat dansen kon noemen. Een geintje met de enige vrouw op het feestje, in zijn woorden: beetje volksgemeenschap. Ik had heus niet zo'n indruk op hem gemaakt. Hij was een schermer, Duits, maar dat gold voor drie van de vier mannen aan de keukentafel, die me allemaal negeerden. De tweeling had me niet eens gegroet, ze begrepen dat er vandaag geen les was en trokken de kruidkoek van Heinz naar zich toe. Friedrich likte een voor een zijn vingers af. Het was een pompeus handschrift geweest, niet van een hand die nog maar tien jaar behoorlijke zinnen kon schrijven. De letters werden gekenmerkt door grote halen, net als in de oude brieven van Egon, maar zou dat handschrift in twintig jaar, waarin nog vele andere brieven waren geschreven, zo overdreven zijn gebleven? Met het klimmen van de jaren krimpen niet alleen onze plannen, maar ook onze gebaren.

Nee dus, ik had nooit met Egon gedanst. Julia had hem wel zover gekregen, hij had in haar armen de aanzet tot een wals gemaakt, met de blik van een dier dat voor de lol wordt aangekleed. Hij zou van mij waarschijnlijk geen dans accepteren. Dan zou hij moeten leiden, terwijl ik mijn best zou doen zijn stramme stappen te volgen, omdat het zogenaamd een dans was die ik nog niet kende. Ik keek naar zijn rug in het katoenen hemd en bedacht tevreden dat ik wist hoe die aanvoelde. Warm, zacht, stevig als een in de zon gepolijst meubel. Als ik er met mijn handen overheen streek, wist ik dat ik ze halverwege moest optillen, omdat daar een oneffenheid was. Een lelijke wrat. Verder naar beneden, bij zijn heiligbeen, werd het nog warmer, daar voelde het al niet meer als hout, maar als metaal. Daar zou ik hem niet vasthouden als we zouden dansen.

Ze bleven maar zwijgen. De broers onderling, de knecht tegen de maître en wederzijds. Hun achterdocht kon je bijna vastpakken, alle losse vermoedens en geruchten die steeds in de lucht hadden gehangen, sponnen zich aan deze tafel tot een stevige draad. Ik wilde het niet horen als de knoop werd doorgehakt. Ik liep naar voren en legde mijn hand op zijn schouder.

'Ga een stukje mee wandelen,' hoorde ik mezelf zeggen, met de verstandigste stem die op dat moment in de keuken had kunnen klinken, 'ik wil je iets vragen.'

Hij knikte en stond onmiddellijk op, veel vriendelijker gemutst dan ik had verwacht en ook veel vriendelijker dan zij die bleven zitten zwijgen. Toen ik buiten door het raam naar binnen keek, zaten ze er nog net zo bij, hun hoofden zo heet dat de lucht erboven kon gaan rimpelen. Buiten lag de temperatuur om het vriespunt. Het gras bleef hard onder onze voeten, en die van de sint-bernard, die voor ons uit rende in een wolk van onbekommerde hondenwarmte. Halverwege het veld vond hij een stok, die hij omhoog bleef gooien en opvangen, schuddend met zijn kop om zijn verzinsel te doden.

'Ik zou zo met 'm ruilen, jij?' zei Egon. 'Beetje rondrennen in het hier en nu, dat lijkt me een zegen. Geschiedenis onderscheidt ons van de dieren, maar wat moeten we ermee? Ik had liever helemaal geen geschiedenis gehad.'

Hij tuurde in de melancholische verte van zijn herfstige landgoed. Ik wachtte tot hij iets zou vertellen, een verhaal waarop ik kon meevaren, maar hij zei niets meer. Ik vouwde mijn armen over elkaar, omdat het uitgesloten was dat we ooit gearmd zouden lopen.

'Waarom verzond je die brieven niet?'

Hij knipoogde naar me, zo kort dat het net zo goed een vergissing kon zijn. Het kon hem zeker niets schelen, ik ging toch weg.

'Het zou geen enkel nut hebben gehad,' zei hij nonchalant. 'Post uit de interneringskampen ging altijd door de censuur. Mijn brieven zouden door de verkeerde handen gaan, spiedende vingers, zwart van de drukinkt, zouden bladeren naar onvertogen woorden. Het is een bepaald slag, ik ken ze wel, het zijn geen helden, maar ook geen rotzakken, het zijn eenzame anoniemen, die ervan schrikken als een woord persoonlijk tot hen wordt gericht. Ik schreef mijn brieven om ze later te verzenden, maar toen verstreek de oorlog en hoefde het allemaal niet meer.'

Hij wachtte, omdat het mijn beurt was de praktische zaken aan te kaarten. Ik gehoorzaamde zoals ik dat de afgelopen weken had gedaan.

'Ik vertrek.'

'Dat weet ik toch.'

'Maar ik vertrek nog deze week, en ik zou graag door mijn vader worden opgehaald.'

Hij knikte. 'Heb je de foto nog?'

Ik zweeg verbluft.

'De foto die je aan het eten liet zien, van je vader en die man?'

'Dat was jij.'

'Niet,' zei hij met een flauwe glimlach. 'Ik was toen mezelf niet.'

Hij liep een eindje weg. Wanneer was hij zichzelf wel? Daar nu liep mijn eerste liefde. Daar liep een man die liever geen geschiedenis had gehad, die zich had voorgenomen in een voortdurend heden te leven, naar het voorbeeld van zijn hond. Deze man was al een heel ander dan die ik had begluurd. Van deze man hoefde ik niets te weten te komen, hij vertelde het zelf wel, ongevraagd en achteloos gaf hij zijn verleden weg, waarin mijn vader en ik waren opgesloten als oude oogst in vergeten potten. Wie wilde, mocht die stoffige verhalen hebben, want er kwamen nieuwe aan, versere.

'Ik was onherkenbaar,' riep hij in de wind, 'een schim van mijzelf. Je vader zal wel verteld hebben aan welke stoornis ik leed? Een manische dwang tot regelmaat en evenwicht. Alle dingen moesten op elkaar passen, de godganse dag. Soms zat ik van 's ochtends tot 's avonds te puzzelen tot het klopte, maar het klopte nooit! Dan durfde ik niet te bewegen, omdat mijn beddengoed verkeerd zou plooien. 's Nachts vond ik dat de maan moest worden bijgeschaafd, omdat ze het heelal uit evenwicht bracht. Dan weer irriteerde mij de boom die nooit in het midden van mijn uitzicht stond, ik vroeg de zuster mijn bed te verplaatsen om dit gebrek op te lossen, dat weigerde ze. Haar rechteroog was groter dan het linker, daarom hield ik mijn ogen dicht als ze de kamer binnen kwam. Later maakten je vader en ik voorzichtige wandelingen. Struiken die eenzijdig begroeid waren. Straatklinkers, de ene altijd anders dan de andere. Uit de poort waar we elke dag onderdoor moesten, was een steen gevallen, de holte hadden ze veel te slordig dichtgesmeerd. Het beperkte zich niet tot visuele wanorde. Mijn maag draaide om bij vogelgezang als dat halverwege een triool afbrak, zodat het patroon niet meer klopte. Jacq vertelde mij hoe deze stoornis genoemd werd, ik vergat de naam onmiddellijk. Ik kon die diagnose missen als kiespijn, het was namelijk een logisch gevolg van wat hij mij had geflikt.'

Hij keek me even onderzoekend aan. Hij wist dat ik wist wat

hij ging zeggen. Ik had het allemaal al gelezen. Hij moest alleen even wat verduidelijken, de brieven van kanttekeningen voorzien.

'Ze hadden me weggehaald van mijn werk, dat ik niet af had kunnen maken, en sloten me op in hulpeloosheid,' knikte hij. 'Opeens werd ik wakker op een Nederlandse vluchtheuvel, een vaudeville met straatklinkertjes, vogelgekwetter, scheve zusters, rekwisieten van een misleidende alledaagsheid, terwijl een paar kilometer verderop het echte leven verder trok. Wie zou daar niet gek van worden? Dat ze me er een paar maanden lieten rondspoken was tot daar aan toe, maar om me nou ook nog in die vertoning te laten vereeuwigen, daar paste ik voor. Ik probeerde weg te duiken voor de camera. Als ik toen had geweten wat me te wachten stond, dat ze me nog verder weg zouden stoppen, was ik werkelijk gek geworden. Op die foto was ik nog een schim, daarna, in het kamp, werd ik helemaal onzichtbaar. Jouw vader heeft nooit begrepen dat mijn geest pas rust zou krijgen in de oorlog.'

Hij bukte om een bloemetje uit de stugge aarde te plukken. Ook al scheen de zon steeds zwakker en korter, die spierwitte blaadjes verhielden zich nog steeds in dezelfde verhouding tot elkaar, wat was het – 137,5 graad. Opeens zag ik mijn ouders voor mij lopen, tijdens een van onze stampende zondagswandelingen. Ik zag hoe de laarzen van mijn vader het kreupelhout verpulverden terwijl mijn moeder zich in zijn voetspoor voortsleepte, goed beschouwd kon ze hem werkelijk niet bijbenen, misschien wilde ze liever gearmd lopen, maar mijn vader vond dat zij een vreemde was omdat ze in sprookjes geloofde. Misschien had hij haar zo nu en dan zelf een verhaal moeten vertellen, iets wonderlijks over de heilige geometrie van de natuur, de logaritmische schelpen, zeskantige honingraten en basaltzuilen, dan had zij naar hem geluisterd zoals ze naar de pastoor luisterde, en als ze zei dat het de hand van God was, hoefde hij alleen te knikken, omdat hij het immers ook niet beter wist. Dan hadden ze misschien toch een goed huwelijk gehad. Egon stak het bloemetje in zijn mond en kauwde peinzend.

'Men zegt dat oorlog chaos is, maar het tegendeel is waar,' zei hij. 'Ik heb nog nooit zo goed geslapen als aan het front. Daar is het leven teruggebracht tot de grondslagen, van het koken van aardappels op een vuurtje tot het doven van de kaars voor het slapengaan. 's Ochtends je ogen openen en bedenken dat het wel eens de laatste keer kan zijn dat je dit doet, heeft iets heel geruststellends. Een heerlijke gedachte in al haar eenvoud. Verveling, verzadiging, die houden een mens pas wakker, van rijkdom ga je al helemaal liggen woelen.'

Hij begon te huppelen, de hond verschafte hem natuurlijk een excuus, en het ging hem bovendien verbazingwekkend goed af. Huppelend leek hij opeens geen last meer te hebben van zijn been. 'Het hangt weer in de lucht,' zei hij, terwijl hij naar boven wees. 'Ruik, het gaat gebeuren, we kunnen weer aan de slag, binnenkort wordt het decor weggetrokken en kunnen we weer doen waar het werkelijk om draait. Kunnen we eindelijk eens afmaken wat we hebben laten liggen.'

Op dat moment klonk de tweede schreeuw van de dag. Een salvo stomverbaasde oh's en ah's ontsnapte aan de keel van Leni, die over het veld draafde, heen en weer zwaaiend alsof ze ook mank liep, alsof mank lopen op het Raeren iets besmettelijks was geworden.

'Allemensen,' hijgde ze toen ze voor ons stond, 'da's me ook wat! Heinzi's voet, wat moet ik nu, Heinzi's voet! Wie brengt me nu naar de markt?' Ze bleef maar schudden, met haar buik, wangen, hoofd en handen, 'Heinzi's voet!' roepend. Ze kon er niet over uit dat dit groezelige onderdeel van haar man opeens het fundament bleek van haar huishouden.

'We gaan samen,' zei Egon rustig. 'Samen in de auto, zoals in de goeie ouwe tijd, weet je nog wel? En Janna gaat mee, want we moeten een telegram verzenden.'

Een halfuur later zaten we met z'n drieën in de auto, op weg naar iets wat niet bij het Raeren hoorde, maar ook niet bij mijn plannen. De weg naar het dorp was bezaaid met dode takken, Egon stuurde de wagen er bruusk omheen. Hij had de kap niet neergelaten, er bleef van alles aan onze gezichten kleven, stukjes van het bos dat we achterlieten. Ik keek omhoog, naar het stormachtige leven van biddende vogels en dwarrelende bladeren, totdat er elektriciteitsmasten verschenen en telefoondraden.

De naam van het dorp vergat ik onmiddellijk, zoals dat gebeurt wanneer je de hand schudt van een persoon met een opmerkelijk gezicht. Ik schrok van de kleuren. De gevels zagen eruit als suikerbonen, pastelblauw, violet, citroengeel, we sloegen een hoek om en moesten afremmen voor de markt, de rood-wit gestreepte luifels, en begaven ons onder de mensen, met hun grasgroene, bordeauxrode jagershoeden, bonte veren, corsages, zware jutetassen, hun zongebruinde neuzen, rood aangelopen wangen, gestifte lippen, nagels, tanden, schaterlachend, knipogend, schreeuwend, joelend, opgetogen over hun leven waarin van alles stond te gebeuren. We raakten Leni kwijt, maar daar maakte Egon zich geen zorgen over. Hij koos een muurtje uit en stak een sigaret tussen zijn lippen. Ik zou geen spijt krijgen van deze man. Hij was het waard om herinnerd te worden, zijn trefzekere vingers, maar vooral zijn hooghartige lippen zou ik altijd voor de geest kunnen halen, het feit dat hij zo verdomd onverschillig in de verte bleef kijken als hij een lucifer afstreek, omdat zulke dingen hem op de tast ook wel lukten. Zijn warme, kloppende hals.

De andere gezichten op straat zagen er allemaal vreemd uit, zo heel anders dan dat van Egon, of het mijne, en zelfs Leni was een ander dier dan zij. Ik verstond hun taal niet. Wat deze mensen spraken leek niet op wat ik op het Raeren kon verstaan, het klonk erg opgezweept. In een kraam stond een slager die zelf zo aan het spit kon worden geregen, zo voldaan zag hij eruit, goed gekneed als zijn worsten, volledig kaal bovendien; hij had zelfs geen wenkbrauwen. Hij bediende een vrouw die haar kinderwagen volstopte, in plaats van een kind lag daar een tonnetje honing. Iedereen leek elkaar te kennen. De vrouw met de kinderwagen werd omhelsd door een tante, ze lachten in elkaars oor, ik keek nog eens goed en zag dat het Leni was. Ze knikte naar ons, klaarblijkelijk had Egon haar een teken gegeven. Ik liep achter hem aan naar het postkantoor.

Daar waren ze weer, de hakenkruizen.

Ik moest denken aan wat de otter had verteld over de archeoloog die het noodlottige symbool had opgegraven. Hier scharrelde het voetvolk zijn kostje bij elkaar, terwijl boven hun hoofden de vloek van Agamemnon wapperde. Ik stelde me voor dat de opgewekte drukte ruis was zoals je die hoort in een zeekolk, of de spiraal van een schelp, en dat deze mensen met boodschappen en al omlaag werden gezogen. Ze konden er niets tegen beginnen, het was de swastika die hen duizelig maakte, steeds dieper draaiden ze hun vastbesloten noodlot tegemoet. Voel je je wel goed, vroeg Egon op de achtergrond, je ziet er zo bleek uit. In het telegraafkantoor was het kerkstil. De zon viel door een hoog raam naar binnen. De geblokte vloer glansde als een homp rugspek en strekte zich uit tot een gepolitoerde balie waarin slechts één loket was geopend. Heil Hitler, zei de vrouw, maar ze glimlachte niet, ze fronste tegen de zon, met een teint van messing en boenwas. Egon vond dat ik op een bankje moest blijven wachten. Hij volgde het gevlochten koord naar de klerk, zij schoof hem een formulier toe, hij schreef leunend op het hout, zij bleef onbeweeglijk achter het glas, haar ogen volgden zijn schrijvende hand, maar ze las de woorden niet. In haar ambt had alleen hun aantal waarde, niet hun betekenis. Hij sloeg zijn ene been achter het andere, noteerde nog iets en over- handigde haar het papier. Ze telde de woorden door erop te tik- ken met de achterkant van een pen, alsof ze het morse al seinde. Andere geluiden volgden, zoals de echo's van de stempel, de lade, de kar waarop de brief naar de telegrafist werd gereden, en de Reichsmarken, dat was ook nog zoiets: geld. Ik wilde nu echt naar huis.

Was dit thuis? Ik dronk als een geschrokken dier. Tegenover mij speelde Egon een spelletje kaart met de tweeling. Zij wilden geen appelsap maar bier, omdat ze vonden dat ze echte mannen waren. Leni bakte de witte bloedworst die ze op de markt had gekocht, het water liep ons in de mond, toch durfde niemand iets te zeggen. Het was allemaal goud wat blonk, in het gerecht dat ze opdiende, in het gebraden vet en de gebakken appeltjes. Als een goochelaar strooide ze er bij elk van ons een handje peper overheen, terwijl ze uit de vingers van haar linkerhand een snufje zout wreef. De betovering werd verbroken door Egon. Met een klap sloeg hij een schandalige speelkaart uit Friedrichs pols tevoorschijn, hij greep hem vast en liet niet meer los. Ondanks de handschoenen die we droegen tijdens de lessen herkende je ons allemaal aan de verharding die de floret in onze vingers had achtergelaten. Mens en wapen zijn even oud, dat hebben opgra- vingen uitgewezen. De hand is ons machtigste wapen, want de mens ontstond met het verdwijnen van zijn poot en de ontwik- keling van zijn hand, maar ongewapend is het een waardeloos instrument. Wat Egon vasthield, was een beschaamd pootje geworden.

278

Heinz kwam binnengehinkeld. Hij zag eerst het onaange-roerde eten voor onze neus, toen onze blikken, toen het pootje. Hij begreep het en voegde zich bij ons. Nu zaten we bij elkaar: de valsspelers, de gluurders, de verraders. Een ideale situatie om uit de hand te lopen. Toch wachtten we allemaal op een sein van de maître dat het in orde was. Dat sein was dat hij ging drinken, zonder remming. Heinz dronk niet mee, hij keek beheerst, omdat hij vond dat hij in de afgelopen weken had gevoeld dat de rollen waren omgekeerd. Zijn baas was zijn mindere gewor-den. Die dronk zoveel dat ik hem moest ondersteunen toen hij eindelijk opstond. We liepen samen verder, zijn gang in, haastig stappend langs de grote ramen, vluchtend voor het immense maanlicht. In zijn hol rook het naar dieren. Hij trapte zijn schoe-nen uit en tuimelde op bed in zijn roes, fluisterend dat mijn vader nu vast zijn koffers pakte.

'Het was zijn woord tegen het mijne,' mummelde hij. 'Of mijn geheugen is ontvoerd, of ikzelf.'

Ik knoopte zijn overhemd verder open. Goed beschouwd stak deze man voortreffelijk in elkaar. Hij leek op de anatomische modellen op de platen van mijn vader, dat waren altijd mannen van zijn postuur, nooit de lange scharminkels of gezette kleintjes, die je dagelijks veel vaker tegenkwam. Dit lichaam was de stan-daard, zo was dat eens besloten. Op zo'n lichaam was heel gemakkelijk aan te wijzen dat een mens verdeeld kan worden in uitersten en middelsten. Zo'n lijf leende zich ervoor om in het Latijn te worden beschreven, om te worden uitgetekend op ruitjespapier. Het gezicht daarboven, met alle rimpels en uit-drukkingen, wordt voor het gemak in het ongewisse gelaten, want het draait niet om emoties, het draait om de organen en weefsels, die door normale mensen liever genegeerd worden. Alleen dokters en zieken malen om, pak 'm beet, een alvlees-klier. Mijn verdoofde geliefde niet, die liet zich uitkleden zonder zijn merkwaardige glimlach te verliezen. Ik streek over zijn liezen. Als ik een pen had gehad, had ik genoteerd: een verbazingwekkend zachte, maar stevige huid, zeer bescheiden lichaamsbeharing, ook om het geslacht, dat warm en tevreden aanvoelt, zoals de rest van de man. Als ik nu wegliep, kon ik met hem doen wat ik wilde. Hij zou er geen vat op hebben hoe ik over hem zou vertellen, ik zou iets aandikken, iets verzwijgen en veel romantiseren. Ik kon van hem een vriendelijke schermmeester maken en een bandeloze vagebond die hartstochtelijk van mij hield. Ik zou niemand vermoeien met details, het zou een puntsgewijs, compact verslag zijn, dat op de achterkant van een ansichtkaart zou passen, het zou zeker overzichtelijker zijn dan de chaos van zijn land, geschiedenis en toekomst, waarin ik hem bewusteloos achterliet.

Zijn gezichtsuitdrukking was beslist eigenaardig. Misschien moest ik het licht aandoen om te zien of hij daadwerkelijk glimlachte, maar dan zou hij ontwaken, terwijl ik nog even wilde blijven kijken naar deze andere Egon, niet de maître die verward uit Amsterdam was teruggekeerd, maar een vriendelijke ziel, die mij aankeek door gesloten ogen. Ik trok mijn broekje uit en ging op hem zitten. Zijn glimlach werd groter.

4

We werden bekeken. Ik hoefde mijn ogen niet te openen om dat
te weten. Reptielen zien met een derde oog in hun nek, daarmee kunnen ze de spanning en warmte registreren van een aanval in de rug. Zo onbeweeglijk bleef ik liggen, als een leguaan op
een warme steen, met mijn billen in het zonlicht. Hij zag ons dus
naakt. Hij zag dus dat mijn ene blote been over dat van Egon
was geslagen, mijn arm om zijn rug, zijn arm om mijn schouders, en dat we zo in slaap waren gevallen. Hij zag een man die
oud genoeg was om mijn vader te zijn, met de tand van die tijd-
spanne op zijn huid, als de jaarringen van een boom: de oor-
logswond op zijn dijbeen, het uitspansel van pigmentvlekken
op zijn schouders, hij zag het vervormde eelt onder die voeten.
Daarnaast zag hij de maagdelijke voetzolen van het meisje aan
wie hij een liefdesbrief had geschreven. Ik liep niet graag op
blote voeten, zelfs zwervers doen dat niet graag.

Een tijdje bleef ik turen met mijn reptielenoog, tot ik hoorde
dat mijn bewonderaar losschoot uit zijn verbijstering. Dat ging
gepaard met een bruuske beweging, alsof hij iets opving voordat
het de grond raakte. Toen ik zeker wist dat hij zich had omge-

draaid, opende ik mijn ogen. In het diffuse licht zag ik zijn rug in het schermvest, zijn vuist, die boos of geschrokken had misgegrepen maar toen de deur met een dreun achter zich dichtsmeet. Ik geloofde dat het hele huis ervan trilde. Egon werd wakker met zijn gebruikelijke verstarring en keek direct naar de plaats waarop de briefschrijver rechtsomkeert had gemaakt. Waarom ging ik ervan uit dat we met de briefschrijver te maken hadden? Hoe kon ik zo zeker weten dat de glimp die ik had gezien – meer dan een glimp, schaduw, engel, was het niet geweest – mij die brief had geschreven? Dat kon ik niet, daarom ging ik hem achterna. Ik pakte het laken van de vloer en wikkelde het om me heen, van top tot teen en zo strak als een pantser, want sinds het huis had getrild hing er dreiging in de lucht. Ik schuifelde door de gang, langs het kale land, dat me aankeek alsof het me eruit ging gooien. Nou, dat hoefde helemaal niet, ik zou zelf gaan zodra ik dit raadsel had opgehelderd. In de hal zag ik hem weer. Het losse schermvest wapperde achter hem aan als vleugels. Op naar de schermzaal. Ik moest nu zijn gezicht zien, maar een hand met een brief erin hield me tegen. Leni zei niets toen ze me het velletje toestak, ze stond daar maar te kauwen, op haar ontbijt waarschijnlijk. Gelukkig waren het maar een paar woorden, die mijn vader had gedicteerd aan een telegrafist in Maastricht: hij zou rond lunchtijd arriveren per auto, hartelijk dank en vriendelijke groeten. Ik knikte, Leni keerde terug naar de keuken, nog steeds kauwend als een messentrekker, een halve dag en ik had niets meer met haar te maken. Maar die rug, ik moest weten wie van de twee hij was. Achterom dan maar.

Buiten rook het misschien niet zo boosaardig als ik me later zou herinneren. De striemende wind, het gehuil van de dieren, het woekerende mos op de treden naar het bordes zijn typisch van die details die de verbeelding ophoest als je het na moet vertellen. Alsof het zo al niet erg genoeg was. Waarschijnlijk was

het een gewone milde herfstochtend, toen ik zag dat de tweeling klaarstond om op elkaar in te steken. Ze hadden de vlijmscherpe parisers gepakt, en aan alles zag ik dat ze het meenden.
Ze stonden ongemaskerd kwaad te zijn, zonder de afstand te
meten of hun posities te beoordelen. Ze wachtten op elkaar, maar
waren niet van plan dat lang vol te houden. Hun vesten waren
half losgeknoopt. Misschien hadden ze pas op het laatste
moment besloten dat dit geen gewone schermpartij zou worden. Ze hadden de stootwapens van de muur getrokken zonder
te overleggen wie welk zou nemen. Ik wachtte het nieuwsgierig
af. Een van die punten ging gebruikt worden waarvoor hij honderd jaar geleden was geslepen.

Natuurlijk, als ik me dit had voorgesteld, had ik mezelf niet
zo laten reageren. Later heb ik een reden moeten bedenken
waarom ik niet ingreep, als de mensen aan wie ik het vertelde te
verontwaardigd werden om te blijven luisteren. Zo'n reden was
dat ik niet kón ingrijpen, omdat de deuren dicht waren. De vitrages waren open, dus ik zag alles, maar ik kon er niet bij. Eerlijk
gezegd besefte ik dat toen niet eens. Ik maakte geen aanstalten
om naar voren te lopen, ik voelde namelijk dat dit duel geen
secondanten nodig had. Wie kon er beter toezicht houden op
hun jaloerse zielen dan zijzelf, dubbelgangers? Ik bleef staan in
afwachting van een goede partij, een kunststukje met scherp om
het evenwicht te herstellen tussen twee gebrouilleerde sabreurs.
Wat er in de lucht hing, gebeurde uiteindelijk veel te snel. Het
ene moment viel op het andere. Eerst waren er nog twee broers,
met twee parisers, twee stappen. Daarna was er nog maar één
slachtoffer, één dader.

Van schermen was al meteen geen sprake meer. Even klopten
de details nog, zoals de handhouding, hun eerste stappen binnen
de lijnen van de baan, maar toen viel alles als een los weefsel uit
elkaar. Na wat abrupte bewegingen stonden ze opeens in een

krampachtige omhelzing tegen elkaar gedrukt. Ik zag geen bloed. Hun wapens vielen tegelijk op de grond. Ze zakten allebei omlaag, maar Friedrich was de eerste die ineenkromp, naar lucht happend met wijd opengesperde ogen, alsof hij daarmee kon ademen. Ik vloog tegen de ruit, die was ik vergeten. Op datzelfde moment stormde Egon de zaal in, gealarmeerd door een schreeuw die ik niet had gehoord.

Ergens was een grote stilte ontstaan. Misschien al tijdens de achtervolging in de gang, toen mijn hart in mijn oren had gebonkt, of toen ik met ingehouden adem het telegram las, maar zeker was het doodstil toen ik zag dat de tweeling het meende. Ik moest denken aan het ongeluk op de weg van Maastricht naar Kerkrade, toen de passagiers in de bus zich hadden stilgehouden. Mannen, vrouwen, kinderen, lelijk, dommig, dik, mager, met idiote hoeden en andere attributen, rotzooi in hun tassen, stinkend uit hun oksels en hun monden: allemaal waren ze in één klap heel wijs geworden. Zwijg, totdat je weet. De stilte die ze bewaarden voordat de man werd doodgereden was geen lafheid, maar een instinctieve piëteit tegenover het noodlot.

Met die herinnering kwam het geluid terug. Ik hoorde dat de een jammerde, terwijl de ander wel zijn mond opensperde, maar daar kwam niets meer uit, niets meer in. Toen Egon begreep wie getroffen was, schoof hij zijn armen onder de jongen en begon hij te roepen, onbelemmerd luid vanuit het diepste van zijn natuur, zoals alleen mannen dat kunnen wanneer iets faliekant is misgegaan. Hij hield het verbijsterde lichaam van Friedrich tegen zich aan, tilde hem op en brulde als een wolf.

Daarna ging alles nog sneller. Heinz stormde naar buiten en startte de auto. Ik rende het bordes af, struikelend over het laken dat was losgewikkeld, maar ik voelde geen kou of schaamte, niets deed ertoe. Behalve tijd en lucht. Als er maar tijd en lucht genoeg was, dat gold voor alles in de wereld, maar op dat moment vooral voor Friedrich. Hij ademde nog toen hij naar buiten werd gedragen. Nog nooit had ik een mens zo duidelijk zien ademen. Siegbert volgde, aan het handje van Leni zag hij eruit alsof hij uit papier was gesneden. Op zijn vest was een rode vlek gestempeld. De bloedafdruk van zijn broer. Hij keek me even aan met zo'n levensmoeë blik, ik maakte een hulpeloos gebaar en zag hoe zijn evenbeeld door Egon in de auto werd getild. Zijn hoofd viel naar achteren. Daar was het eerste echte bloed, een haarscherpe druppel die als een insect langs de rand van zijn vest over zijn bevende borst liep. Heinz keerde de auto, gaf een klap op zijn pet en reed weg. Opeens leken alle drie de mannen heel rustig en geconsolideerd. Zelfs het slachtoffer, dat was opgehouden te ademen. Ik tuurde of er iets was veranderd in de lucht, maar het bleef doodstil boven de jongen, zelfs zijn haar bewoog niet in de wind. Hij was een voorwerp geworden. Toen ik dat lichaam leerde kennen, was het heel warm geweest.

Op het moment dat ze door de poort waren verdwenen, begon Siegbert te trillen. Steeds heftiger, hortend en stotend van het huilen, zoog hij de lucht naar binnen. Rustig, smeekte Leni, rustig jongen, maar hij rukte zich los alsof hij op het laatste moment een strop om zijn hals losmaakte en besloot te blijven doorademen.

5

Siegbert werd naar de boeren verderop gebracht. Hij hing aan Leni's hand als een kind, het gezicht van mij afgewend, terwijl zij mij instructies gaf: de paarden naar de wei brengen, de cake die in de oven stond in de gaten houden, wachten op haar. Ze zou op tijd terugkomen om mijn vader te verwelkomen, ze moest alleen even de jongen onderbrengen bij mevrouw Wolf, zodat ze een telefoon kon gaan zoeken om de moeder te waarschuwen. Leni was een pragmatisch mens. Ze maakte zich druk om het bezoek van mijn vader, iemand die ze nog nooit had gezien, terwijl er net iemand was vertrokken die ze nooit meer zou zien. Ik kon me voorstellen dat als ze zelf doodging ze ook eerst die cake zou willen afbakken, want het ongeluk zit in een klein hoekje, terwijl een cake een kwestie is van plannen, van de juiste hoeveelheden afwegen en de tijd in de gaten houden. Het is zonde om dingen die je in de hand hebt te laten vallen voor onheil.

'Is dat goed dan zo?'

Ze glimlachte wrang. Ook zag ik haar verlangen naar het Raeren dat morgen weer het oude zou zijn. Ze wilde van hem af, van dat ziekelijke schepsel aan haar hand, dat in zijn almaar wapperende vestje, met zijn verwaaide haar, zo lelijk was geworden als een reiger, en dan die sportschoenen, die hij 's ochtends nog nietsvermoedend en verliefd had aangetrokken... Het was vreemd, maar ik vond dat Leni gelijk had. Ik keek naar die gestrikte veters en voelde een diepe weerzin, wat had hij zich wel verbeeld, dat joch moest weg, zodat ik de paarden naar buiten kon brengen en de cake kon afmaken. Dat waren de paar handelingen die nog moesten gebeuren voordat ik vertrok, zodat ik een huis kon achterlaten dat zou kloppen met mijn herinneringen.

'Maak je geen zorgen,' zei ik terwijl ik een stukje met ze meeliep. 'Het komt allemaal in orde.'

Ze knikte, ze was het daar volledig mee eens. In de verte begonnen de klokken te luiden. Gisteren was ik daar, waar de geluiden vandaan kwamen. Het leek wel een jaar geleden, en al had het maar een uur geduurd, ik wist dat ik later vooral daarover zou vertellen: over de markt, de mensen, het postkantoor. Dat was allemaal goed na te vertellen, terwijl van het Raeren een onttoverd verhaal zou overblijven, zoals het gemompel na een droom, wanneer pogingen om nog heel aanwezige ervaringen te delen stuklopen op het gegaap van de ander.

Leni gaf nog een extra duw tegen de poort waardoor over een klein uur mijn vader zou binnenkomen. Siegbert stond daar maar, met de bloedvlek op zijn schermvestje. Het verbaasde me dat Leni geen moeite had gedaan die te verwijderen. Zij, die zich altijd zo'n zorgen maakte om wat anderen ervan dachten. Er was genoeg tijd geweest om een doek in het zeepsop te dopen, de jongen een beetje fatsoeneren, tenslotte had ik ook kans gezien me aan te kleden. Nee, hier klopte iets niet. Ze opende de poort niet voor mijn vader. Ze ging niet naar de familie Wolf. Ze bracht de bewijslast naar mannen die er al een maand op zaten te wachten, die eerst nog hun twijfels hadden, omdat Herr von Bötticher aanzien genoot, maar steeds meer interesse toonden voor wat de knecht en zijn vrouw te melden hadden. Ze hadden noties gemaakt, gevraagd of ze hen op de hoogte wilden houden. Nu zouden ze een brief tikken waar geen rechter aan te pas hoefde te komen.

'Wacht op mij,' schreeuwde ze nog eens, maar ik wist al dat ik dat niet ging doen. Eerst moesten de wapens worden opgeruimd, die lagen nog steeds op de vloer van de schermzaal, heus niet in een plas bloed, maar ze moesten toch even worden afgeveegd en in de kelder worden gegooid. Daarna droeg ik mijn koffer naar beneden. Mijn bagage was dezelfde als waarmee ik was gekomen, alsof er in de tussentijd niets was gebeurd, alsof ervaringen niets wegen. De cake had de benedenverdieping onverstoorbaar met een comfortabele geur gevuld, buiten schopten de paarden tegen de staldeuren. Ik moest opschieten. Ik wist niet zeker of ik bezig was sporen uit te wissen voor de Gestapo of voor mijn vader. Loubna was smerig, het dier had de vorige dag, zonder notie van haar esthetische waarde, door de modder liggen rollen en het zou zeker een halfuur kosten om alle korsten uit de vacht te borstelen, daarom bracht ik haar maar naar een verafgelegen wei, uit het zicht. Megaira was schoner, niet omdat ze zo nobel was niet te rollen maar omdat ze een deken had gedragen die de modder had opgevangen. Ze wreef haar neus tegen mijn borst alsof ik een boom was.

'Maak je geen zorgen, het komt allemaal in orde,' zei ik weer, maar het paard maakte zich helemaal geen zorgen, het staarde dwars door me heen en spiegelde me in haar onderzoekende oog. Het was een onheilspellend schilderijtje dat ze me voorhield: mijn bolle bleeksmoel met op de achtergrond kale bomen. Paarden zien beter in de verte dan van dichtbij. Opeens kantelde er iets in dat oog, en maakte mijn reflectie plaats voor haar eigen, woeste blik. Ze kromde haar spieren als een veer, stampte met de achterbenen op de plaats, een beetje doorzakkend alsof ze wilde steigeren. God verhoede, ik zou haar niet kunnen houden. Ze begon te mesten en zand los te graven met haar hoef, het hele hysterische paardenrepertoire werd van stal gehaald op een moment dat ze had uitgekozen omdat het mij zeker niet uitkwam. Ik wilde kwaad worden, het arrogante beest een klap verkopen, maar toen zag ik achter mijn weerspiegeling wat zij had gezien. Op de oprijlaan was een auto verschenen die minstens zo zwart was als zij.

Mijn vader was altijd kleiner dan ik me hem herinnerde. Hij stapte uit, zette zijn hoed recht, keek door het ruitje van de auto, deed de deur weer open en haalde tevoorschijn wat hij was vergeten – de tas, die hij zijn hele leven bij zich had gedragen als een verfomfaaid orgaan. Binnen de muren van het Raeren leek hij me uitheems in al zijn formaliteit. Alles aan hem was modaal, van goede snit en zuiver scheerwol. Ouwelijker dan nodig. Dat vond ik eigenlijk wel prettig, ik had hem niet willen zien als de leeftijdsgenoot van Egon. Het breekbare hoorde bij mijn vader, hij gedroeg zich al tien jaar als een dier op leeftijd dat zich heeft neergelegd bij zijn strammere poten en wazige blik. Hij zag me niet totdat ik hem riep. Zijn hele lichaam strekte zich van verbazing: 'Maar wat krijgen we nou?' Ik kreeg een vluchtige kus, want hij was nog bezig zijn ongeloof naast de werkelijkheid te leggen. 'Dat kan toch niet, dat is ze toch!'

Hij bedoelde het paard, dat afgeleid door de ontmoeting ontspannen was geworden. Hij aaide haar, zij hapte naar een knoop op zijn jas. 'Maar dat kan natuurlijk niet, ik zou toch zweren!'

Hij haalde zijn schouders op, trok zijn handschoenen uit, stopte ze in een binnenzak, sloot alle knoopjes weer, bon. 'Je bent mooier geworden.' Maar hij leek er niet gerust op. 'Het verblijf heeft je goed gedaan, toch?'

Ik knikte, dacht even dat hij iets zag. Veel moeders lezen het van hun dochters gezichten af als het is gebeurd, maar hij was een man, hij klemde zijn lippen op elkaar en zocht op de gevel van mijn onderkomen naar een mene tekel.

'Waar is de heer des huizes?'

Ik legde hem uit wat er die ochtend was gebeurd. Even luisterde hij als arts, knikkend met een zijdelingse blik: 'Spanningspneumathorax, de lucht kon niet meer weg uit de pleuraholte. Waarschijnlijk geen diepe perforatie, anders was het meteen gepiept, ik vrees dat ook ik weinig had kunnen doen.' Toen kwam de vader tevoorschijn: 'Zet dat rotpaard in de wei en laat me onmiddellijk zien wat hier is gebeurd, godverdomme.'

Even later vond ik hem terug in de hal, op van de zenuwen voor de deur naar Egons gang. Misschien zat het in de familie, dat rondneuzen in andermans zaken. Hij trok zijn hand terug en stopte hem stiekem in zijn zak, alsof hij daarin iets bewaarde wat niet van hem was.

'Die antieke wapens, liet hij jullie daar zomaar mee spelen?'

'Natuurlijk niet. Ze hingen aan de wand, voor de sier.'

Hij knikte quasi nonchalant naar de deur. 'Hierachter is de salon?'

'We hebben geen salon, we komen altijd samen in de keuken.'

De keuken interesseerde hem niet, daar was hij al geweest, daar had hij twee honden aangetroffen en hij hield niet van honden. Hij zuchtte, ik werkte niet mee. 'Wat zit hier dan achter?'

'De kamer van Von Bötticher.'

Hij veerde heen en weer tussen beleefdheid en nieuwsgierigheid, natuurlijk won het laatste, dat zag ik aan het stoute lachje om zijn lippen dat hem leuk maakte, jong. Vertedering voor je ouders is zeker een teken van volwassenheid.

'Wil je het zien? Er is niet veel meer aan sinds hij alles heeft opgeruimd. Daarvoor was het veel gezelliger.'

'Wat heeft hij opgeruimd?'

'Tien dagen geleden moest opeens de bezem door het hele huis. Hij kwam terug uit Amsterdam en vond dat alles wat geen duidelijk nut had, verbrand moest worden, of weggegooid. De muren werden opnieuw behangen en de deuren geschilderd. We zijn er flink mee bezig geweest.'

Zijn blik werd nu heel zorgelijk. Hij staarde naar de spierwit gelakte ramen in de gang en ik wist wat hij dacht, hij dacht dat dit huis eruitzag als een sanatorium, met een tuin als de luchtplaats van een gevangenis. 'Mijn hemel,' fluisterde hij. 'Ik heb je uitgeleverd aan een gek.'

In Egons kamer sloeg ik snel de sprei over het bed. Mijn vader zag dat, ik wist niet wat er door hem heen ging. Hij staarde zwijgend naar het fluweel, daarna draaide hij zich om naar het bureau. Ondanks alles lag daar nog steeds de gravure, maar ook de potloden, drie stuks, scherp geslepen, op gelijke afstand van elkaar, de passer recht daaronder, de blocnote op de linkerhoek, en de vlakgum tussen de lijntjes van het papier. Hij glimlachte even toen hij de gravure zag, maar begon toen weer zo stiekem te fluisteren.

'Misschien had ik hem niet op Thibault moeten wijzen. Ik had gehoopt hem een defensieve houding aan te leren. Nu zie ik dat hij weer is teruggevallen in zijn oude neurose. Ik moet je uitleggen wat ik daarmee bedoel.'

En hij legde uit wat ik al wist, namelijk dat Egon had geleden aan een dwangmatige ordezucht, dat hij het destijds had uitgelegd als een natuurlijk bijverschijnsel van een oorlogstrauma, maar dat hij er niets over in de literatuur had gevonden, ook niet toen de publicaties kwamen over het shellshocksyndroom. Egon had niet getrild, in zijn ogen brandde geen *thousand yard stare*, er was alleen een korte periode van dissociatie geweest, en daarna, toen hij zichzelf had herkend, was dat ordenen begonnen. Steeds maar dat ordenen, totdat ze afscheid namen, zelfs toen was hij daar nog niet helemaal van genezen geweest.

'Van nature verlangen mensen naar het complete,' zei hij. 'Dieren maken dingen kapot en malen er niet om, maar wij houden van wat heel is en klopt. Toch, kijk nu eens waar we zijn, godbetert. Het drama dat hier heeft plaatsgevonden bewijst dat je nog zo je best kunt doen om alles op orde te krijgen, hartstocht gaat overal dwars doorheen.'

Hij ging naast me op het bed zitten. We hadden thuis zo vaak naast elkaar op mijn bed gezeten als we moesten praten, omdat er in mijn slaapkamer geen andere meubels stonden. Maar dit was raar, hij wist niet anders of dit was het bed van een man die hij heel lang niet meer had gezien, een vreemde inmiddels. Zou hij weten dat ik hem nu beter kende dan hij? Een lichte paniek overviel me, ik stond op. Als we nu zouden terugrijden naar huis, zou ik de liedjes die we altijd zongen niet meer oprecht kunnen zingen, zou dat ijs bij de kraam net achter de grens anders smaken. Als mijn vader mij daarop zou trakteren, wat hij zeker ging doen, zou ik belachelijk zijn in mijn pogingen een dochter te blijven, onbeholpen en meelijwekkend, als kinderen die opeens twee koppen boven hun klasgenoten uit groeien, maar toch willen meespelen. Ik kon niet meer terug naar vroeger, dit was een enkele reis geweest. Nu werd ik werkelijk misselijk. We vervreemden allemaal wel eens van onszelf als we terugkijken in schaamte, en dan is het te laat. Alleen Egon had zichzelf, na een bewusteloos ziekbed, niet herkend in het hier en nu. Een dissociatieve stoornis hadden de doktoren dat genoemd, maar getuigde die zelfvervreemding niet juist van de scherpte van zijn pas ontwaakte bewustzijn? Ik wou dat ik over die gave had beschikt.

Nu wilde ik dat mijn vader me meenam, maar hij bleef triomfantelijk zitten op die duivels rode bedsprei, hij had nog van alles mee te delen. Zoals: 'Ik ben via Aken gereden. Daar was ik al zeker tien jaar niet meer geweest. Ik vond het opvallend netjes allemaal, heel traditioneel en opgeruimd. Als in het huis van een oude vrouw die maar blijft poetsen, ook al heeft ze haar man overleefd en zijn er geen kinderen meer om voor te zorgen. Terwijl er een zekere schoonheid schuilt in puinhopen. Je hebt ze nodig om opnieuw te beginnen. Hitler moet dat weten.'

Hij strekte zijn handen in zijn schoot, bestudeerde zijn nagels. 'Met de nationaalsocialisten aan de macht had ik een stoere, mannelijke stad verwacht, geen folkloristische oudewijvenhut. Idealisten denken dat je het traditionele leven in ere kunt herstellen, maar mensen die eenmaal kennis hebben gemaakt met de wetenschap kun je niet terugsturen naar een primitieve manier van denken. Net zoals je een vrouw niet kunt renoveren tot het onschuldige meisje dat ze eens was, hooguit kun je proberen haar lieflijkheid te bewaren.'

Hij knoopte zijn jas weer open en haalde het telegram tevoorschijn dat Egon aan hem had geschreven. Daarna staarde hij uit het raam met een paardenblik: over alles heen wat dicht bij hem was, maar haarscherp op de verte van zijn verleden.

'Egon schrijft dat hij brieven heeft bewaard waarmee hij de mijne beantwoordde, maar die hij nooit heeft verstuurd. Lang geleden, lang verhaal.'

'Je hoeft me niets te vertellen.'

Zijn ogen schoten even terug naar nu, verrast. 'Dat zal wel. Ik heb lang om antwoorden verlegen gezeten. Maar er is ook iets wat hij niet weet. Ook ik heb een brief geschreven en nooit verzonden.'

Hij haalde een envelop onder het telegram vandaan, gefrankeerd, maar zonder adres. 'Ik wilde graag gelijk oversteken. Iets wat hij niet weet voor iets wat ik niet weet. Maar hij is er dus niet. En zijn brieven...' Hij keek de kamer rond.

'Zijn brieven zijn er ook niet meer,' zei ik gedecideerd. 'Laten we gaan, ik wil weg.'

Tot mijn verbazing had hij vrede met dat antwoord. 'Ik weet het,' zei hij. 'Het is verschrikkelijk. Het spijt me zo.'

Hij stond op, probeerde de envelop in zijn binnenzak te schuiven maar bij het verlaten van de kamer gooide hij hem toch maar op het bureau. *Bon.* Ik liep achter hem aan door de gang. Het gloeide in mijn nek, het leek op de warmte van een vaderlijke hand, maar mijn vader hield de zijne op zijn rug. Het was nog nooit zo stil geweest op het Raeren, het zou nog een tijdje stil blijven voordat de pleuris uit zou breken, het zou stil zijn als de heer des huizes zou thuiskomen, en er niemand zou aantreffen behalve die oude brief, en hij zou stil zijn terwijl hij hem las, omdat je nou eenmaal zwijgt als ouderen spreken.

Mijn vader pakte mijn koffer uit het zonlicht en keek me vragend aan. Ja, ik was klaar. Maar toen hij wegliep bleef ik staan, met mijn vingers om de deurpost, zoals je een boek vasthoudt bij de laatste pagina's.

'Ik ben nog iets vergeten,' zei ik, en ging weer naar binnen.

Maastricht, 20 september 1917

Beste Egon,

Deze brief zal ik dichtplakken en bij me houden. Als je een brief schrijft om nooit te versturen, wat is het dan? Een klacht misschien. Als mensen klagen, willen ze niet dat er iets tegen in wordt gebracht. Of is het een biecht? In een biechtstoel klaag je over jezelf en wil je juist dat er iets tegen in wordt gebracht, maar dat gebeurt niet, er komt alleen een antwoord waar je weinig aan hebt. Ik schrijf dit vel vol, wetend dat er niets tegen in wordt gebracht. De woorden blijven tussen mij en jou, en jij bent mijn ingebeelde vriend. Iemand die eindelijk alles begrijpt en mij vergeeft uit zijn eigen naam. Misschien wordt die verbeelding ooit eens werkelijkheid. Dan schrijf ik deze brief dus aan een toekomstige vriend.

Waarom schrijven we brieven? Om aan het verleden recht te doen of de toekomst? Op de poste restante-afdeling schijnen ze onbestelbare post vijftig jaar te bewaren. Geschreven woorden wegen zwaar-

295

der dan woorden die worden uitgesproken, deze achting delen we met de dieren. Ook zij hebben meer interesse voor achtergelaten sporen dan voor een werkelijk aanwezig dier. Het is een misvatting dat zij alleen in het hier en nu leven. Ze snuiven een ander dier op dat geweest is: het vreemde dus, en het verleden. Alleen om de toekomst geven ze weinig. Ze maken geen plannen, verlangen er niet naar te begrijpen, verbeelden zich niet hoe het leven eruit zou moeten zien. Ze ondergaan veranderingen zonder zich erom te bekommeren of die vooruitgang betekenen. De dood, die kennen ze wel. Misschien ben ik wel een dier, omdat ik jouw idealisme niet deel. Ik wil mensen beter maken, niet verbeteren. We denken dat we een verbeterd exemplaar zijn van onze voorouders, maar onze organen functioneren nog steeds hetzelfde, we kunnen ze alleen beter repareren. Aan jou kon ik alles repareren, behalve je hartstochten. Stel je eens voor dat we een middel konden uitvinden om wraakgevoelens uit te bannen! Dat zou een einde maken aan dit bloedvergieten.

Zojuist heb ik een brief aan je verzonden waarin ik heb gelogen.

Ik schreef dat je pas in Maastricht je bewustzijn verloor. Dat dit een leugen is, heb je altijd vermoed. Als bekend was geworden dat ik je bewusteloos naar Nederland heb vervoerd, had je protest kunnen aantekenen en had ik je moeten laten gaan. Lichamelijke genezing was daarvoor voldoende, je psychische gesteldheid deed niet ter zake. Van deze leugen heb ik geen spijt, maar je begrijpt dat ik het pas kan toegeven als de oorlog is afgelopen.

Verder schreef ik dat ik je paard niet heb gevonden. Ook dat is niet waar. Jouw paard was het eerste levende wezen dat ik ooit heb gedood. Ik heb mijn scalpel tevoorschijn gehaald en haar halsslagader ingesneden. Ze stribbelde niet tegen. Ze begon een beetje sneller te snuiven en na een tijd sloot ze haar ene oog, dat zoveel dingen had gezien waar ze niet meer voor kon vluchten. We vonden jullie pas toen de veearts al was gevlogen. Jij lag er voor dood bij, zoals zoveel van je kame-

raden, maar zij schuurde radeloos door het zand, briesend en ruk-
kend met de benen. Ze was het mooiste paard dat ik ooit had gezien.
Ondanks haar verwondingen schitterde haar vacht, haar buik was
teerzwart van het bloed.

Ik heb nooit zoveel om dieren gegeven, maar jouw paard had een
instinct dat verstandiger was dan dat van de meeste mensen. Ze volgde
al mijn bewegingen. Om zelf niet te lijden, hoef je alleen maar naar
anderen te kijken. In haar ogen was ik de scheidsrechter die met een
klinisch gebaar haar halsslagader over de lengte in tweeën deelde,
zodat haar bloed sneller gutste, haar spieren zich ontspanden, en de
enige toekomst die ze kende, aanbrak. Toen zij de geest gaf zuchtte jij,
en begreep ik dat je leefde.